U0076256

盛期之風貌

俠壇三劍客諸葛青雲
作品歷久不衰

諸葛青雲是台灣新派武俠創作小說大家，爲早期最有號召力的武俠巨擘之一。與臥龍生、司馬翎並稱台灣俠壇「三劍客」。諸葛青雲的創作師承還珠樓主，詠物、敘事、寫景，奇禽怪蛇及玄功秘錄等，均與還珠樓主創作酷似，其作品熔技擊俠義和才子佳人於一爐，遣詞用句典雅。《紫電青霜》爲諸葛青雲的成名代表作，內容繁浩，情節動人，氣勢恢宏，在當時即膾炙人口，且歷久不衰，對於台灣武俠創作的總體發展表現、趨向影響甚大。

《紫電青霜》一書文筆清絕，格局壯闊。該書成於1959年，內容主要以少俠葛龍驤和柏青青、魏無雙、冉冰玉三女之間的愛情糾葛爲經，以「武林十三奇」的正邪排名之爭爲緯，交叉敘述老少兩輩英雄兒女如何冒險犯難、掃蕩妖氛的傳奇故事，名動一時。

諸葛青雲全盛時期，坊間冠以「諸葛青雲」之名，出版的武俠小說多達七八十部，其中參雜不少由他人代筆或託名僞冒之作，幾乎與臥龍生的情形如出一轍，由此可見他當時的高人氣。

與

武俠小說

台港武俠文學

武俠巨擘

諸葛青

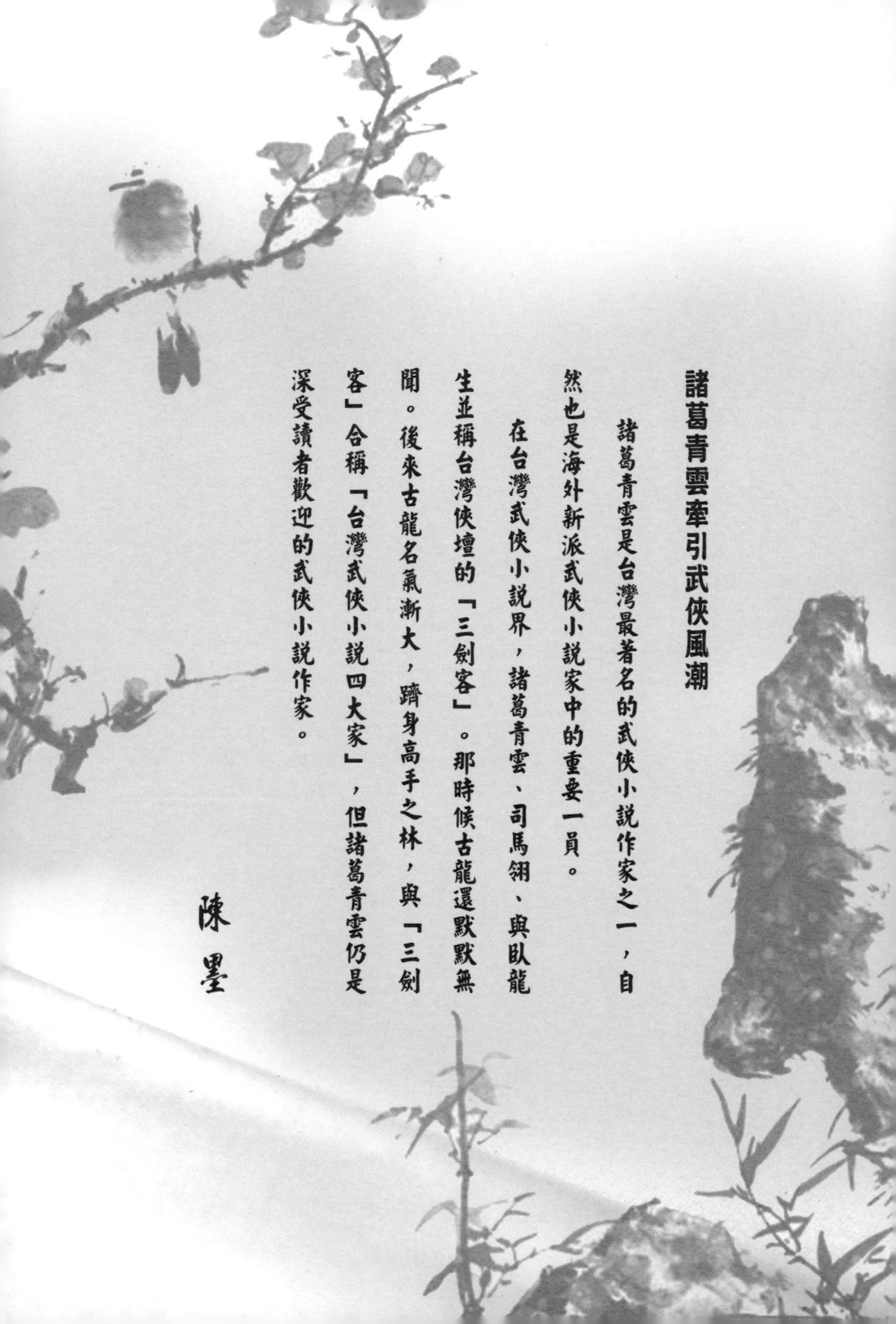

諸葛青雲牽引武俠風潮

諸葛青雲是台灣最著名的武俠小説作家之一，自然也是海外新派武俠小説家中的重要一員。

在台灣武俠小説界，諸葛青雲、司馬翎、與臥龍生並稱台灣俠壇的「三劍客」。那時候古龍還默默無聞。後來古龍名氣漸大，躋身高手之林，與「三劍客」合稱「台灣武俠小説四大家」，但諸葛青雲仍是深受讀者歡迎的武俠小説作家。

陳墨

一劍光寒十四州（下）

諸葛青雲精品集 06

諸葛青雲 精品集06

一劍光寒十四州(下)

目錄

四五 宇内三奇

且說次日清晨，「癡佛」紅雲趕回金龍寺中，一進方丈室內，便向「病佛」孤雲叫道：

「北嶽無憂、南海妙法與那個『天香玉鳳』嚴凝素，均已即將來此拜會，我們趕快放掉呂崇文，僅留下那柄青虹龜甲劍好了。」

「病佛」孤雲被他叫得沒頭沒腦，皺眉問道：「四師弟怎的說話如此籠統？無憂、妙法來此由他來此，我們卻要放那呂崇文做甚？」

「癡佛」紅雲因一夜急趕，說話未免衝口而出，一切因果均未敘明，無怪大師兄聽得糊塗，連自己想起來都覺得好笑！遂啜了一口香茗，把妙法神尼自認是大漠神尼師妹之事細說一遍，然後笑道：

「大漠妖尼既有嫡親師妹在世，我們與呂崇文即無嫌怨可言，繼續將他囚禁慧光塔中，不但徒與靜寧老道結仇，也授人一種以大壓小、以眾凌寡口實，所以小弟業已答允無憂、妙法，在他們到此之前放人扣劍！」

「病佛」孤雲一想，妙法神尼既然出面承擔，她師姊大漠神尼與本門的一段前仇，則呂崇文確無再行囚禁之理，遂點頭說道：

「四師弟長途跋涉，且請稍息，我去釋放那呂崇文，並通知二師弟、三師弟，回到寺中，按照武林規矩，正大光明地接待無憂、妙法！」

說完便往慧光塔方向走去，但邊走邊想：無憂、妙法昨夜均與四師弟「癡佛」紅雲朝相，

則來這金龍寺中留書，及慧光塔頂擾鬧之人，難道是北天山冷梅峪的靜寧道長？這樣一來，金龍四佛會鬥宇內三奇，倒真是近三十年來的一段武林大事！

到得慧光塔內，把一切情形，細告醉、笑二佛以後，便自啓鎖開門，準備放人！

呂崇文今日態度更見安詳，連昨夜的冷傲神色均已除去，在「病佛」孤雲告知冤仇業已有主承擔，與他無涉，從此便可自由行動，或返中原，或在此相候令師，均無不可，但那柄青虹龜甲劍，因係兩派結怨主物，卻仍須留在這金龍寺內以後，只是微微一笑，右掌斜舉，劈空一擊，那扇由寸餘粗細鋼條所鑄的窗櫺，竟自輕輕易易地應手全毀，飛墜塔下，現出方圓二尺的一個窗洞，凡屬稍具輕功之人均可一穿而出！

「病佛」等人因事出意外，愕然互相驚視之時，呂崇文縱聲笑道：

「何必勞駕孤雲大師親來釋放？你看呂崇文是否隨時均可離此？不過心中總覺貴派先德法元，平生所行，邪惡已極，才以一個佛門弟子，得號『魔僧』！北天山絕頂，大漠神尼的青虹龜甲劍下，委實斬者無罪，倘若竟把此事當作深仇大怨，一來不是學佛參禪之人的明心見性之道，二來循環報復，世世生生，何時方了？所以不願仇上加仇，寧願忍辱負重，暫居此間，靜待大師等悟徹真如，消除嗔念，化解一場天驚石破的浩劫奇災，爲一樁流傳百世的武林佳話！

「呂崇文雖然人微言輕，但既有所得，不敢不告，請聽金龍寺內的鐘聲已響，我恩師與無憂師伯、妙法師叔想必齊來，但願三位大師，能珍惜西域一派的締創艱難，不必各走極端，則

呂崇文這數月幽居，便不算毫無價值的了！」

話完昂然舉步下塔，「病佛」孤雲真有點爲這少年英風豪氣所折，加上前寺鐘鳴不已，知道果然有人明面入寺拜會，遂顧不得再去思索那粗的純鋼窗櫺，怎會被呂崇文一掌整個擊碎之故，忙與兩個師弟奔往前寺！

等病、醉、笑三佛與呂崇文四人，到達金龍寺中，「癡佛」紅雲業已陪著一個鬚眉奇古的披髮頭陀，一個緇衣老尼，與一個骨傲神清的絕美白衣女子，在禪堂之上談話。

呂崇文見自己的嚴凝素姑姑侍立那位緇衣老尼身後，不問可知，定是南海小潮音的妙法神尼，遂上前一一禮見。

嚴凝素心中本以爲呂崇文這等氣傲心高少年，被禁這久，一定急怒塡膺，哪知他此時臉上神情，卻笑吟吟的如同沒事人兒一般，不由心中大詫，柳眉接連幾皺，思忖其中緣故。

呂崇文看出她心思，走到身邊，低低笑道：「這幾個和尙，除了不知天高地厚，有點狂妄自大以外，還並不算太壞，我慕容叔父傷勢也已痊癒，少時就來，倘若他們識得好歹，嚴姑姑勸勸妙法老前輩，趁這藏邊一會，雙方各釋嫌怨，把當年北天山之事化解，兗得西域、中原永成世敵！」

嚴凝素見呂崇文不僅不想報復被囚之恨，反而請自己勸恩師化解雙方嫌怨，自然大出意外，但聽得慕容剛無恙，並即將來此，芳心之內，更覺一寬，遂微微頷首示意。

此時金龍寺四佛與無憂、妙法均已禮見，「病佛」孤雲聽呂崇文譏誚自己師兄弟狂妄自大，不知天高地厚，語意之中，頗爲輕視！心中自然有氣，但對方師長已到，不再向小輩鬥口，只得強作大方，含笑說了一聲：

「無憂、妙法二位……」

突然寺外雲鐘「噹」然又響，「病佛」孤雲眉尖略挑，側顧「醉佛」飄雲說道：

「寺中傳鐘報訊，又有人來，這回想是北天山冷梅峪的靜寧道友，我在此陪客，二師弟代我出迎。」

「醉佛」飄雲起立踅出，少時果然迎進一位神如古月蒼松的靜寧道長，和瀟灑英武的鐵膽書生！

嚴凝素關心最切，一雙秋水眼神凝注慕容剛，覺得意中人不但依舊英風俊朗，反而更添了幾分安詳之氣，心中一喜，嬌靨以上，自然而然地梨渦微露，笑意盈盈！

慕容剛當然也領略到心上人原來眉尖聚集的懸念離愁，在一見自己之下，渙然冰釋的那份深切關垂情意！但因妙法神尼在座，自己早經靜寧真人指點，目光只與嚴凝素一接便收，走到妙法神尼身前，整頓衣冠，恭謹下拜說：

「弟子慕容剛，拜見潮音庵主妙法前輩！」

妙法神尼的一雙炯炯神目，自一見慕容剛，就在留意觀察，這刹那之間，所得印象頗佳，

覺得此人丰神倜儻，並極其沉穩安詳，毫無輕浮佻達之狀，愛徒慧眼果然識人，遂伸手命起，含笑說道：「彼此均在客中，賢侄不必多禮！」

嚴凝素知道師父脾氣極怪，但偷眼看見妙法神尼對慕容剛之神色，心中積壓甚久的一塊大石，已自落地！

「病佛」孤雲俟諸人禮畢坐定，小僧獻過香茗，向無憂、靜寧、妙法等人合掌為禮，微笑說道：「宇內三奇齊降西藏，實在令這阿耨達池及金龍寺一併生輝！孤雲不善虛語，此次遠赴臯蘭，得罪貴門下，全為本派欲復當年北天山絕頂的一劍之仇，聞我四師弟傳言，潮音庵主願意承擔令師姊昔日所為，獨攬此事麼？」

妙法神尼微哼一聲，靜寧真人已先笑道：

「昔年北天山絕頂，青虹龜甲劍對抗日月金幢的一場震驚江湖大戰，大漠神尼是應中原武林各派之請，方始出手！就事論事，魔僧法元一身武學固然超卓無倫，但心性之劣，卻與四位大師難以相比，殘酷乖寡，所作所為，西域聲名因之狼藉，才引起南北少林一致公憤，出面聯合各派，邀請大漠神尼出手，誅除這佛門敗類。魔僧死後，西域一派的清譽遂復，此後十年西域參禪，更贏得舉世武林交相讚佩！

「故貧道據此進言，大漠神尼不僅與貴派無怨，且有深恩，四位大師佛門高僧，皆具靈機妙諦，對此當有善知善識！貧道惟恐潮音庵主與四位大師見面之下，萬一有所誤會，特於昨

夜先行趕來留函，天山一劍，皋蘭一掌，再加上我這小徒的數月被禁，雙方嫌怨，應可相消，把一場武林浩劫，化成一片祥和，既免得中原、西域永生門戶之爭，四位大師功德，也自無量！」

靜寧真人的這一番話，入情入理，「病佛」孤雲幾乎無話可答，只得把面容一冷，強辭奪理地說道：

「昔日之事是非，殊難論斷，各執各理，根本無法辯明！三位大駕既臨，潮音庵主又說明大漠、南海原是一派，願意承擔此事，則不如仍按武林向例，彼此比劃一下，四佛對三奇，我們雖然多出一人，但慕容、嚴、呂三位小施主，聯手齊上，也可算得一位，金龍寺四佛如敗，不僅交還青虹龜甲劍，並從此約束門下，永謝江湖，不談武學！如若僥倖承讓，則擬請潮音庵主出面，邀來南北少林十位高僧，到這阿耨達池畔的金龍寺內，爲先德法元，做三日水陸道場，並將那柄青虹龜甲劍改鑄日月金幢，便算了斷兩家之事！這樣無論孰勝孰負，均引不起甚麼浩劫奇災，三位大概也不能責怪孤雲師兄弟們一意孤行，妄自狂大了吧？」

妙法神尼見這位「病佛」孤雲竟也頗善詞令，所說聽去似乎頗合情理，其實他們如勝，自己需邀少林十僧，來此爲魔僧法元做三日水陸道場，並毀去青虹龜甲劍，改鑄日月金幢，西域一派自然光輝萬丈！但己方如勝，他那永謝江湖、不談武學，卻是虛無縹緲的一句空話，不由心中有氣，正待駁他幾句，卻見靜寧真人向自己微施眼色，笑向「病佛」孤雲說道：

「貧道等如若怕事，也不會迢迢千里，遠來藏中，不過總覺得凡事必需先盡人力而後憑天，大師們既然必欲賜教，則只好客隨主便，我們大概不必像一般俗手，呼號擲刃拆招換式，四位大師有何高明辦法？」

「病佛」孤雲點頭笑道：「靜寧道友快言快語，我這金龍寺外的阿耨達池，號稱藏中聖地，景色尚佳，孤雲命人設置座椅、香茗，就在池上較技如何？」

宇內三奇一齊點首，「病佛」孤雲遂命人安排，合掌引導眾人，走向金龍寺外。

無憂、靜寧、妙法三老與金龍寺四佛並肩齊行，慕容剛、嚴凝素、呂崇文隨在身後，慕容剛因此處全是自己人，不比在王屋翠竹山莊，遂大大方方地向嚴凝素笑道：

「素妹大概想不到我與文侄，皋蘭掃墓，祭奠他父母之時，會出了這等事故！在南海等我叔侄，等急了吧？」

嚴凝素微笑低聲說道：「等你不來，知道必有重大變故，每日均在猜疑，澄空師兄把噩耗傳到，你們二人，一個連人帶劍被擄，一個身受重傷，才真真令人急煞！如今你已痊癒，文侄也已獲釋，但那柄青虹龜甲劍卻在那『病佛』孤雲身上，我看著總不服氣，文侄平日花樣甚多，想個法兒，先弄回來才好！」

慕容剛聽嚴凝素把平日稱呼自己的「慕容兄」，又換成一個「你」字，分外顯得親切！方待答他所說，呂崇文業已一拉嚴凝素，放慢腳步，壓低聲音笑道：

「嚴姑姑！妳莫看那『病佛』孤雲神氣活現，其實青虹龜甲劍早已到了我們手中，他身上劍匣以內，不定裝的是甚麼東西？等發現之時，可能要氣得半死！」

嚴凝素知道金龍寺四佛之中，以這「病佛」孤雲功力最高，青虹龜甲劍既由他隨身佩帶，呂崇文業已設法弄回，對方居然毫未覺察，豈非不可思議？

呂崇文看出嚴凝素心意，又自笑道：「嚴姑姑，妳先不要猜疑，這些花樣，早說穿了還有甚麼意思？我被禁在慧光塔頂，起初真是氣得要死，但最後幾月卻是隨時想走便走，故意住在裏面，等他們明瞭因果，主動釋放而已！總之，今天不論鬥智還是鬥力，這金龍寺的和尚們，都非敗不可！」

說笑之間，業已走到阿達耨池池畔，相互禮讓落座。

這池頗不算小，風動清波，波紋細展，迷離蘆蓼，影接峰巒，遠眺遙方，泱漭澄泓，恍與天光一色！但近寺一帶，卻宛如葫蘆似的，凸出一個半環，範圍比較窄小。

靜寧真人啜了一口香茗笑道：「臨流論武，波上較功，四位大師這個方法，確實高人一等！貧道等如入考場，敬候大師們出題目了！」

「病佛」孤雲向靜寧真人合掌說道：「在彼此未曾過手之前，孤雲有一事想向道長請教！」

靜寧真人稽首還禮笑道：「大師有話請講！」

孤雲問道：「昨夜慧光塔頂，有人以石子破窗投入，但周圍數十丈之內，並無人蹤，孤雲百思不解……」

話猶未了，呂崇文接口說道：「此事是呂崇文因在隔室聽得三位大師的言語之中，將對家師不敬，才行發石相阻！」

說完自囊中取出一粒黑色鐵石圍棋子，用旋轉巧勁，向前方打出，果然那粒圍棋子，在空中繞了一個大半圓弧，回到原來方向，「呼」地一聲，照準隔著幾個座位的「病佛」孤雲飛到，就如同人在對面直接所發，準快已極！

「病佛」孤雲接到手中一看，果與昨夜嵌在壁中的圓形黑石一般無二，遂含笑說道：「呂小施主這圍棋子手法真高，啓我茅塞！」

轉頭對「醉佛」飄雲說道：「二師弟！你那步步生蓮身法，可以先向幾位道友任選一位，討教幾手！」

「醉佛」飄雲端起几上的酒葫蘆，喝了幾口，向靜寧真人呵呵笑道：

「這阿耨達池當前十丈池水之內，我們師兄弟平日爲了習練功力，特別製造了九九八十一朵鐵鑄紅蓮，此時低於水面半寸，但略加內家吸引之力，便會自動升出！紅蓮安排之法，前後左右，每距三尺一朵，絕無差錯，靜寧道長昨夜光臨慧光塔上，走得匆忙，飄雲未及招待，此時想在這九九八十一朵鐵鑄紅蓮以上，與道長較量一個『快』字，我們雙方同時躍登水面，以

內力貫注腳底，吸引紅蓮，一步一升，誰先升起了第四十一朵紅蓮，便算他得勝，道長意下如何？」

靜寧真人一聽題目，便自暗覺這「醉佛」飄雲，不但不醉不飄，而且刁得厲害！這八十一朵鐵鑄紅蓮，既有機關升降，他們長年在上操練武功，位置方向自然記得熟而又熟！自己任憑功力再高，生疏難免，他不約自己在這紅蓮以上，較量劍術、掌法，卻要提出這頗爲動聽的「步步生蓮」，來比一個「快」字，幾乎已占七成勝面！但以自己在武林之中的名望地位，已然說過請人出題，豈能畏難不接這碴！

只得向無憂頭陀及妙法神尼笑道：「上人與庵主二位，且爲我掠陣，這位飄雲大師，好靈的心思，好難的題目，第一陣便指定要我丟人現眼！」

「醉佛」飄雲把葫蘆之中的所貯美酒，一傾而盡，起立哈哈笑道：

「靜寧道長，休得過謙！你那獨門七禽身法，不但是輕功翹楚，壓蓋中原，連我這窮邊小僧，也欽佩已久！阿耨達池的聖水之上，步步生蓮，彼此比較一個『快』字，飄雲絕占不了絲毫便宜！我們閒話少提，請到池邊，先看看這九九八十一朵鑄鐵紅蓮的佈置之法！」

靜寧真人微笑起身，池水離眾人座位，不過丈許，一到岸邊，便可看出那八十一朵紅蓮，掩映碧波之下，排列得極爲整齊，九朵一行，共計九行，四四方方，並沒有絲毫奇妙之處！

靜寧真人起先以爲他這八十一朵紅蓮，排列錯綜複雜，自己一面要運氣黏吸，使步下升

蓮，一面要注意方位，自然非敗不可！如今見這紅蓮，佈置成了一個正方形，每朵之間的距離，也勻稱已極，心頭卻自一放，向「醉佛」飄雲笑道：

「貧道勉爲其難，大師請自先登，爲我引路。」

「醉佛」飄雲呵呵笑道：「恭敬不如從命，飄雲有僭，道長也請！」

黃色僧袍的大袖一展，真如一朵輕雲，平步凌虛，飄空而起，落向池內紅蓮之上，並回頭向「病佛」孤雲叫道：「大師兄請以金鐘三響爲號，我與靜寧道長同時起步升蓮！」

靜寧真人見「醉佛」飄雲這一縱一落，便悟出這場比賽，自己業已輸得篤定。

他那捷如雲飄的「平步凌虛」身法，雖然極其迅疾輕靈，卻最多也不過和自己不相上下，但落足之處，卻占了全陣要點「天元」之位，九九八十一朵紅蓮的中心一朵！

飄雲既占此處，則金鐘三響，他必然先行舉步，升起這「天元」之位的一朵紅蓮，由此開始，雙方倘若身法快捷程度，及足下黏吸之力，完全相等，自己至少也需比他多邁三尺，才能爭取那關係勝負的第四十一朵紅蓮！

雙方均是頂尖好手，雖然僅僅相差這三尺之微，即極難平反敗局！最可笑的是，自己素來精善圍棋之道，怎的一時大意，被這「醉佛」飄雲藉著自己一讓之間，乘機先占這不敗要點！

但事已至此，只有一拚，輕輕縱上水內紅蓮，對「醉佛」飄雲笑道：「大師一占天元，優先三尺，貧道已落下風，但不能不勉強學步，請令師兄擊鐘開始，不要耽誤了旁人施展！」

「醉佛」飄雲微笑不答，只把右手一揚，「病佛」孤雲遂向几上預先置備的一隻小小金鐘，噹噹噹地連敲三下！

這番較技，果然別出心裁地好看已極！掩映碧波之中，隨著靜寧真人及「醉佛」飄雲每一舉步，便有一朵紅蓮，冉冉升出水面！

兩人全是一樣地先行搶走內圈，然後再往外繞，靜寧真人把三十年在北天山冷梅峪秘練神功，施展到九成以上，但始終未能把「醉佛」飄雲搶佔「天元」的那一著先機平反，爭取均勢！

剎那之間，碧波之上參參差差升起紅蓮，已有三、四十朵，無憂頭陀長眉微皺，向妙法神尼低低說道：「庵主妳看，靜寧道兄誤中對方巧計，棋差一著，情勢不大妙呢！」

呂崇文一旁插口低聲笑道：「兩位師伯不必擔心，我師父雖然上當，卻絕敗不了！」

妙法神尼也覺無論如何，靜寧真人已居劣勢，方對呂崇文說道：「你師父雖然七禽身法，神妙無比，但……」

說到「但」字，妙法神尼語音忽住，因爲眼前奇事突生，那所有水下紅蓮，竟不等靜寧真人與「醉佛」飄雲用內家真氣貫注足底，一朵朵地往上黏吸，全部自動冉冉升出水面。

「病佛」孤雲一看這樁奇事，便知定然有人在金龍寺中，操縱這水下紅蓮的秘室之內搗鬼，眼角一瞟「癡佛」紅雲。「癡佛」會意離座，帶著在旁侍立的離悟、離空兩名紅衣僧人，

轉回寺內察看。

八十一朵紅蓮突然一齊自動升起，靜寧真人與「醉佛」飄雲的這場「步步生蓮」比賽，自然無法繼續！

「醉佛」飄雲中斷必勝之機，不由憤怒已極，縱回岸上，冷笑一聲，向「病佛」孤雲問道：「八十一朵紅蓮，自動升起，倒免去了我在靜寧道長面前現眼丟人，大師兄可曾派人去看看那控制室內，有沒有什麼鬼魅作怪？」

靜寧真人知道他疑心自己這邊，暗中還有幫手，微微一笑，也不答理，只向無憂頭陀、妙法神尼低聲說道：

「我一著棋差，把天元讓敵，若非滿池紅蓮突然自升，真要折在對方足下！這金龍寺四佛，不但武學不俗，心計亦工，倒確實不可加以輕視呢！」

無憂、妙法一齊含笑頷首，表示會意，這時「癡佛」紅雲，業已面帶疑詫之色，由寺內返來，向「病佛」孤雲等人，低聲皺眉說道：

「大師兄！近來怪事真多，那紅蓮控制室內，毫無他人侵入痕跡，只有輪值弟子，醉臥其中，似是無意之下，手臂壓動機括，才令這滿池紅蓮，驟然一齊升起！」

四六 金龍四佛

「病佛」孤雲滿佈病容的一張蠟黃臉上，神色不變，只低低「哦」了一聲，向「笑佛」白雲說道：「三師弟，你那『伏虎降龍二十七式』，可向北嶽無憂，討教幾招！」

「笑佛」白雲一陣震天狂笑，起立向無憂頭陀說道：「無憂大師，你般禪掌力譽重武林，白雲自不度德，要在這九九八十一朵紅蓮之上，領教幾手！」

無憂頭陀呵呵一笑，方要起立，「鐵膽書生」慕容剛卻先恭身稟道：「這『笑佛』白雲，在皋蘭曾對弟子有一掌之惠，敢請師伯讓弟子把這場恩怨在此了斷！」

無憂頭陀知道金龍寺醉、笑、病、癡四佛非同小可，而慕容剛氣質早經變化，素來沉穩，怎會忽然討令出戰，其中定有緣故，不由看了他一眼。

靜寧真人在旁已自笑道：「只要彼此較量真實武功，不弄陰謀鬼計，賢侄但去無妨！」

無憂頭陀聞言，便知慕容剛此次北天山療傷期間，定然得了靜寧真人秘密傳授，不然他不會如此說法吹，遂含笑點頭示可。

慕容剛仍然是一襲青衫，也不略為施紥，便向「笑佛」白雲抱拳笑道：「白雲大師！慕容剛不才，想在大師手下再行討教幾招，尚望不吝指教！」

「笑佛」白雲在皋蘭呂家莊上的一記大金剛掌，把慕容剛傷得極重，以為他是要在此找場，不能不接，但又覺得對方口氣、神情，絲毫未含尋仇報復之意，不由略為遲疑，點頭答道：

「皋蘭一會，你與呂崇文人手太單，難怪不服，今日在這九九八十一朵紅蓮之上過招，一來我們忝為地主，自較熟練，二來輩分有關，我讓你一隻左手，只用一隻右掌對敵便了！」

話完腰間微扭，平空拔起三丈來高，輕輕落足水上紅蓮，僧袍飄拂，顯得極其意態悠閒，絲毫沒有把對手放在心上。

「鐵膽書生」慕容剛由他賣弄張狂，一面輕輕縱上紅蓮，一面心中卻在暗想這八十一朵紅蓮，除了是植在水中以外，因係鐵鑄，比起同一類的青竹梅花陣、羅漢束香樁及金刀換掌，容易著力得多，以金龍寺四佛功力之深，不應如此平淡無奇，難道其中另有什麼奧妙？

心中既有所疑，遂展開步法，宛如流水行雲般地，把這八十一朵紅蓮全部走遍，覺得朵朵均可著力，無一虛栽，不由微感出於意料！

「笑佛」白雲見狀，業已猜透慕容剛心事，卓立紅蓮之上，傲然笑道：

「這九九紅蓮大陣，雖然內藏變化，但此刻尚未到變化時期，只把它當做極普通的蓮花樁，便無差錯！當日皋蘭之戰，未展所長，此刻貧僧有話在先，僅以一隻右掌應敵，怎的還不進手？」

慕容剛劍眉微剔，移步換過三朵紅蓮，與「笑佛」白雲距僅六尺，說了一聲：「慕容剛遵命放肆，大師接招！」探身發掌，「龍項探驪」，用的是恆山秘傳「天龍掌法」！

「笑佛」白雲果然如言不用左手，右掌猛揮，一抖僧袍大袖，硬接慕容剛來勢。

慕容剛一聽他拂袖所帶風聲，便知道「笑佛」白雲是在他得意掌法「伏虎降龍二十七式」之中暗藏鐵袖神功，想把自己第一招便折在這碧水紅蓮之上！

這種鐵袖神功一經運足氣勁，軟綿綿一隻大袖，能夠堅逾精鋼，對手倘若不知底細，稍一失神，手臂極可能應袖而折！用意雖然歹毒，但在這種莖細如指的紅蓮之上，能夠凝勁發力，身形足下仍然保持美妙輕靈，這功力也委實令人驚佩！

慕容剛此次遠來西藏，實是一片苦心孤詣，絕無絲毫尋仇報復之念，所以這第一招，哪肯互相接實？收勢飄身，閃過兩朵紅蓮，口中卻點明說道：

「大師你好俊的鐵袖神功，你再接接慕容剛這招『花開拜佛』！」

身形盤旋繞進，雙掌蓄力，在胸前合十，往外一開，竟以般禪掌力劈空遙擊！

「笑佛」白雲見對方頗爲淵博，識得自己的鐵袖神功，遂哈哈笑道：「你既識得我這鐵袖神功，怎不接上一招？看看可抵得上你們自詡爲恆山絕學的般禪掌力？」僧袍大袖一抖，又是一般奇勁罡風，迎著慕容剛劈空擊來的般禪掌力發出！

慕容剛見他仍是恃強硬幹，微微一笑，再度收勢。

岸上觀戰的呂崇文，雖然心中有數，知道今日阿耨達池之上互相惡鬥，金龍寺四佛絕對難佔便宜！但自己這位鐵膽書生叔父，平日何等氣吞河嶽？如今怎的一再避讓，難道這「笑佛」白雲的什麼金剛掌力與鐵袖神功，就厲害到如此地步？

無憂頭陀卻向靜寧真人低聲笑道：「慕容剛似在故意驕敵，然後乘隙硬拚，他功力雖然不弱，但比較白雲，恐怕還要差上半籌，他不是沒有自知之明，突作如此企圖，難道你竟把乾元罡氣之中的化勁打力，傳了他麼？」

靜寧真人笑聲答道：「他們叔侄二人，被那西門豹放下屠刀、立地成佛之事所感，氣質較未下北天山之前更有變化！尤其是慕容剛，挨了『笑佛』白雲那夾背一掌，幾乎震斷心脈，死於非命，但醒來時，見已由狄雲送到北天山，對我所講的第一句話，便是不論他傷勢能好與否，求我只救呂崇文，不要爲這一掌之仇，弄得中原、西域世世生生，永爲仇敵！我見他宅心如此仁厚，才不惜大費心力，在他傷癒之後，傳授你方才所說乾元罡氣中的化勁打力之法，並費我七晝夜苦心，替他打通『任』、『督』二脈，所以到得稍晚！如今他已三花聚頂，五氣朝元，與你我相較，也不過是火候之差而已了！」

呂崇文聽得師父這一番話，才替慕容叔父放下心來，而那碧水紅蓮之上，也到了不可開交階段！

原來「笑佛」白雲見「鐵膽書生」慕容剛一味遊鬥，不敢實打實接，以爲對方嘗過自己「大金剛掌」威力，心存怯懼，遂益發逞威，狂笑連連，就憑一隻右掌，一會兒「大金剛掌」，一會兒「鐵袖神功」，逼得個鐵膽書生運用出燕青十八閃翻中的「速、小、綿、軟、巧」五訣，在八十一朵紅蓮之上，處處騰挪退讓！

突然頗為寂靜的遙空之中，一聲怪異鳥鳴，慕容剛此時正以「影落寒塘」身法，閃過「笑佛」白雲的一股強烈袖風，但似為鳥鳴分心，足下略為一慢！

「笑佛」白雲怎肯放過如此機會，施展絕頂輕功「達摩渡海」，肩頭晃處，連越四朵紅蓮，貼近慕容剛，右掌猛搗，直向對方後背擊去！

慕容剛單足才點紅蓮，忽然人似陀螺，轉過身來，與「笑佛」白雲成了正面相對，他也自放棄左掌不用，單以右掌當胸一立，與對方接在一起！

此舉頗出「笑佛」白雲意料之外，他這一掌，本來知道不易打實，但因彼此近只三尺，慕容剛縱然避過，也必慌忙，只要他閃式騰身，略慢絲毫，便可跟蹤追撲，就勢施展鐵袖神功，克敵奏效！

所以這一掌，「笑佛」白雲只用了七成真力，但突見慕容剛旋身接掌，心中不由暗笑對方螳臂擋車，幾次處於主動地位的蓄勢發招，尚且不敢硬拚自己掌力，如今這倏然旋身，足下不穩之際，卻突變打法，豈非自取敗辱？遂原勢不變，右掌再加一成勁力，在狂笑聲中，打算隨手便把慕容剛震下這碧水紅蓮！

哪知雙方手掌才一接觸，慕容剛便即微縮半寸，「笑佛」白雲暗叫不妙，已感覺慕容剛掌上所發，是一種往內吸收的奇異掌力。

「笑佛」白雲身為武學大師，當然懂得這種往內吸收的奇異掌力，是一類極高無上的借勁

打力手法，要在把自己所發掌力消卸得將盡未盡之際，才連同對方本身的真力，回頭反震！

自己真未想到手下敗將鐵膽書生，能有如此高深武學！在目前情勢之下，只有冒險把自己所有潛力，孤注一擲，倘能壓制慕容剛，在自己餘勁猶存，未受反震之前，便把對方推下紅蓮，尚有勝望！否則，只要他能夠忍到自己餘力用盡，略加功力反震，「笑佛」白雲四字，便算在這阿耨達池的碧波之上交代了！

念頭至此，竭盡所餘的兩成真力緩緩前推，慕容剛也提一口靜寧真人新近秘授的乾元罡氣，凝神相對。

兩人各站在一朵紅蓮之上，單掌相接，外行人看來平淡無奇，但在高手眼中，這是榮辱勝敗立判的生死之搏！

岸上諸人之中關心最切的，當然要數「天香玉鳳」嚴凝素，柳眉緊蹙，湊近妙法神尼身畔，剛待啟齒，妙法神尼已知她心意，低聲笑道：

「素兒不必擔心，照你靜寧師伯所說，慕容剛任督二脈既通，他方才又連連引得『笑佛』白雲濫發大金剛掌與鐵袖神功，消耗不少真力，這一戰大概不會落敗！」

果然妙法神尼看得不錯，「鐵膽書生」慕容剛雙頰之上，一陣飛紅，咬緊牙關，把「笑佛」白雲最後一點殘餘真力消卸之後，卻未化勁反震，只是輕輕把「笑佛」白雲往後微推，免得他在自己驟然收力之下，有所蹉跌！口中低低說道：

「武技一道，最高本意原在強身，而動手過招主旨，也無非切磋求益，何苦定欲爭勝？弄得爲了一點聲名之累，彼此冤怨相尋，演爲世劫！奉勸大師，適可而止了吧！」

語音停處，施展在靜寧真人處學來的七禽身法「孤鶴沖天」，拔起兩丈來高，轉化成「紫燕斜飛」，縱回岸上。

「笑佛」白雲在最後一點餘力用盡，仍未把對方推下紅蓮，便知必敗無疑！誰知這位恢弘豁達的鐵膽書生，居然不念皋蘭一掌之仇，反爲自己顧全臉面。

看他臨下紅蓮所施展的七禽身法，足見尙有餘力將自己震落水中，但捨此不圖，反而以幾句義正詞婉之言，暗加規勸，真把天理人情一齊占盡！弄得自己明面雖未分勝負，但實在無顏下這碧水紅蓮。

正在不知如何是好之際，「病佛」孤雲眉頭緊皺，袍袖輕輕一展，便自飛落紅蓮以上，向「笑佛」白雲說道：「三師弟既與對方打成和局，請回本陣，還是我來與潮音庵主談談武學，把昔日北天山之事作一了斷！」

四七 奇事踵至

「笑佛」白雲借此台階，微嘆一聲，縱回岸上，但心中確實泯除不少嗔念殺機，而對這「鐵膽書生」慕容剛，佩服已極！

「醉佛」飄雲見「病佛」孤雲已在紅蓮之上向妙法神尼叫陣，遂執起小錘，向那幾個金鐘，噹噹噹地敲了九下！

金鐘一響，奇事又生，原來頗爲平靜的池水之上，頓時微泛波瀾，而那九九八十一朵鐵鑄紅蓮，也自右往左地慢慢轉動起來！

「病佛」孤雲沉著一張黃瘦臉龐，輕飄飄地足點紅蓮，任它慢慢轉動，遙向妙法神尼合掌叫道：「潮音庵主，我們不必再一場場地比鬥下去，孤雲擬請庵主在這聖水活蓮之上，互換幾招，就以這一陣，了斷昔日北天山之事！誰先退下這八十一朵活動紅蓮，便須依照所言，或是妳約來少林十僧，爲先德唪經，或是貧僧約束門下，永世不再涉中原一步！」

妙法神尼見他這紅蓮能夠轉動，便知道水底定然是一個極大鐵盤，有人在遠處聽令控制，而「醉佛」飄雲那金鐘九響，即是開動紅蓮號令！

紅蓮前後左右部位，均是每隔三尺一莖，雖然徐徐轉動，在上面過招動手，較爲困難，但似乎並難不倒自己，遂向無憂頭陀及靜寧真人笑道：

「讓貧尼與他作一了斷，免得多費手腳也好，不過這種水上活蓮，是否還有……」

一言未了，更奇的事又生，那徐徐轉動的八十一朵紅蓮，突然加足速度，轉動得宛如風飆

電掣！四圍捲激起丈許高的水花，不但把站立紅蓮中心的「病佛」孤雲身形遮沒，並因水花飛濺甚遠，逼得岸上諸人不得不離座向後趨避。

「醉佛」飄雲先前與靜寧真人較量那「步步生蓮」之時，八十一朵紅蓮不待吸引，自動一齊冉冉升起，就猜疑控制室中有人弄鬼，雖經「癡佛」紅雲前往察看，說是值班弟子酒醉，誤觸機關所致，心中始終尚在存疑，此時突見怪事又生，一聲怒吼，縱身便往寺內趕去！

老遠便見寺中秩序井然，好像並無敵人侵入模樣，但到得控制室內，卻見輪值弟子離惠大師口中酒氣極濃，醉倒在那控制紅蓮轉動快慢的開關之上，把機鈕壓到盡頭，才弄得那八十一朵紅蓮電旋星飛，碧波騰浪！

「醉佛」飄雲雖然覺得自己金鐘九響，紅蓮開始轉動，足見彼時輪值弟子離惠，尚屬神智清醒，遵照規定開動機鈕，怎的剎那之間，便會醉到這般地步，未免太已可疑！但已無暇細想，只把離惠抱開，使機鈕回復正常，轉身又往阿耨達池趕去！

但才到中途，「病佛」孤雲已滿臉悻悻之色，陪著宇內三奇等人回寺。

原來「病佛」孤雲一身武學，在金龍寺四佛之內，確實獨秀群倫，足與宇內三奇之中的任何一人，互相頡頏！誰知才上紅蓮，便即發生那種怪事，起先知道必會有人處理，還想在紅蓮之上略為等待，但紅蓮越轉越快，到了後來，九九八十一朵紅蓮轉得以目力看來，竟已成一片外包丈許白色水霧的絕大紅光，再好的武功，也無法在上面站得住腳，萬般無奈，「病佛」孤雲借著那急旋轉之力穿出水霧，回到岸上，但已被轉得頭暈眼花，氣喘吁吁，一身黃色僧袍也完全濕透，緊貼身上，難看已極！

妙法神尼等人，也想不到「病佛」孤雲會遭遇到如此怪事，方待請他略為休息，再談比鬥之事，「病佛」孤雲已先怒目切齒，合掌說道：

「孤雲門下無能，防範不嚴，致令金龍寺內已有奸徒侵入，暗中鬧鬼！三位道友名重一時，孤雲當然不敢猜疑與此有何關聯，但請惠允把我們這場比鬥略為耽延，等我先徹底排搜寺內，處置了這令人痛恨的無恥奸徒再說！倘若搜不出這奸徒蹤影，西域一派，也無顏再與中原武學爭雄，金龍寺從此閉關，並奉還青虹龜甲劍，北天山之事即算了斷！」

妙法神尼尚未答言，一向不大開口的無憂頭陀，已向「病佛」孤雲合掌答禮笑道：

「些須小事，大師何必生嗔？我等來此本意，只求化解嫌怨，不在爭勝，一切聽從大師吩咐就是。」

「病佛」孤雲此時肝火大旺，目射兇光，轉身便往金龍寺內走去！

呂崇文見他那一身水濕，氣得周身皮肉連連抖顫、說不出來的奇窘怪相，不禁掩口！

慕容剛怕「病佛」孤雲在極度難堪之下，倘若再聞呂崇文笑聲刺激，可能不顧一切憤走極端，而令自己一行來時釋怨解嫌主意，無法實現！遂趕緊對他微使眼色，呂崇文也自會意，不再發笑。

入寺以後，彼此在大殿之上落座，輪值弟子獻上早就備好的香茗，「病佛」孤雲舉茶讓客，自己也啜了一口，便把臉色一沉，面罩寒霜，對「醉佛」飄雲等人說道：

「輪值紅蓮控制室弟子離惠，無端醉酒誤事，罰打四十戒板，並往香積廚下燒火三年！我在此陪客，三位師弟，立即率領所有二、三兩代弟子，仔細排搜寺內及左右周圍，務須把那暗中作怪的大膽奸徒，擒來見我！」

霎時間這大殿之上，除了兩名伺候茶水的輪值弟子以外，全隨醉、笑、癡三佛往搜各處。「病佛」孤雲此刻似把方才的極度憤怒淡卻，不時舉茶敬客，與坐得離他最近的無憂頭陀閒聊一些內外武功及佛家經典。

「天香玉鳳」嚴凝素心細如髮，侍立妙法神尼身後，螓首微低地在恩師耳畔，用極低聲音說道：「恩師！弟子覺得這『病佛』孤雲臉上，由急憤驟然轉變的笑容之中，隱隱含有一種詭譎得意之色，莫非他們有甚麼陰謀毒計不成？」

妙法神尼經嚴凝素一提，暗加注意，果然發現「病佛」孤雲臉上，有一異常得意神色，於不知不覺之中自行流露，不由暗暗打量這座大殿，覺得不像有特殊佈置，而且茶水之內，眾人飲用已久，並無何反應，而且茶色極清，茶葉亦醇，似是上等雨前龍井，其他方面，也找不出足啓人疑之處！

此時無憂頭陀、靜寧真人也自然而然地覺到，「病佛」孤雲的笑容之後，似乎藏有無數銳

利鋼刀，或是一種極爲毒辣奸謀，令人從心靈上起了一種森森之感！

就在宇內三奇與「鐵膽書生」慕容剛、「天香玉鳳」嚴凝素及小俠呂崇文等，心內生疑，而疑團難釋之際，「醉佛」飄雲、「笑佛」白雲、「癡佛」紅雲相繼回殿報道：

「小弟等率人遍搜寺內各處，均未發現有外人潛伏！」

「病佛」孤雲長眉一展，冷笑連聲說道：「三位師弟搜他不著也罷，我們且再敬無憂大師各位一杯香茗，孤雲有話交代！」

金龍寺四佛一齊擎杯起立，無憂頭陀等人不知他們用意如何，也只好舉杯一飲而盡！

「病佛」孤雲臉上突然極其明顯地現出那種得意獰笑，向妙法神尼說道：

「依孤雲之意，令徒『天香玉鳳』與那柄青虹龜甲劍，可暫留金龍寺內爲質，等庵主邀來南北少林十僧，爲先德法元舉行水陸道場以後，便即放回！」

妙法神尼被他說得摸不著頭緒，詫然怒聲說道：「彼此勝負未分，大師何出此語？難道水上活蓮過手，你就準能勝我不成？」

「病佛」孤雲一陣仰天狂笑說道：「事到如今，誰還與你們過甚麼手？」

妙法神尼倏然變色，起座叱道：「我念你也是三寶弟子，饒你一次，再如口角輕狂，休怪貧尼劍下無情，要叫你伏屍佛殿，流血五臟！」

「病佛」孤雲看了妙法神尼一眼，冷然哂道：「你們死在眼前，還敢如此張狂？可知道方

才那茶水內，妳已飲下了本寺特製、無色無嗅的『七日斷魂散』，如不服用獨門解藥，到時必然五臟皆裂而亡麼？」

妙法神尼才知自己等人，先前那種心靈預感，果然不是無因而作，本想盛怒而起，與這干無恥賊子奮力一拚，但眼角瞟處，忽見無憂頭陀與靜寧真人臉上並無多大驚容，慕容剛與嚴凝素亦均尚能鎮靜，尤其是呂崇文，面上居然仍自微微含笑，好像根本就未聽見「病佛」孤雲說是茶中已下慢性劇毒一般！遂把滿腔憤怒勉強再為抑壓，眼望「病佛」孤雲，用極其冷峻的聲音緩緩問道：

「你們金龍寺四佛，就仗著這種鬼蜮無恥伎倆，來與中原武學爭雄麼？」

「病佛」孤雲得意笑道：「呂崇文所居慧光塔頂密室之內的鋼窗，無故自毀，九九八十一朵紅蓮，在我二師弟飄雲已佔優勢之下，無故自升，以及孤雲親上紅蓮的那種無故急速轉動，還不是顯出了你們另外有人在暗中搗鬼？既然先自作俑，怨我何來？不過孤雲此舉，也頗費一番苦心，你可知道我師兄弟四人，為了免你們生疑，一樣奉陪服下劇毒，但我們解藥現成，你們卻除非完全聽我命令，否則越是妄逞兇頑，毒力越是提前發作。不是孤雲自詡，我這七日斷魂散製法精妙，休看此刻宛如無事一般，到時肝腸寸斷，死得卻極其慘呢！」

無憂頭陀與靜寧真人在妙法神尼與「病佛」孤雲答話之間，已自各用功力，潛自默察，果然覺出對方所言不虛，一種奇異毒力，業已深藏臟腑之中，慢慢散入血液之內！

妙法神尼此時也有同樣覺察，她昔年仗劍江湖，誅戮群邪，性情極暴，手下亦辣，此番因三十年南海潛修，畢竟減去不少火氣，又看出無憂、靜寧，意在化解中原、西域世仇，處處委屈求全，不欲與金龍寺四佛爭勝，才一再力加忍耐！

如今既然覺出已中對方暗算，「病佛」孤雲並在信口雌黃，說那暗中對他們作怪破壞之人，是自己有意佈置，以做他們毒計傷人藉口，不由盛怒狂衝，無法遏制，隔座出聲怒叱：

「無恥西域僧人，信口雌黃，行爲狠毒，且吃你家庵主一掌！」

右掌一揮「呼」然作響，一陣強勁無比的劈空勁氣，便往「病佛」孤雲打去。

「病佛」孤雲不防妙法神尼這等剛強，在身中劇毒，必須求取自己獨門解藥保全生命的情況之下，仍敢動手，哈哈一笑，僧袍大袖雙揮，也自迎著妙法神尼的掌風拂去！

這種情形之下，雙方均係各以全力施爲，兩股勁風一接，高下優劣立判！妙法神尼面罩寒霜，巍然不動，「病佛」孤雲卻連座椅均被震翻，滿臉驚容，人也退出數尺！

他稱雄藏邊多年，哪裏受過如此挫折？還自不信妙法神尼功力高過自己，以爲倉卒應變，吃了暗虧，方把雙眼一瞪，暴射兇光，準備提足真氣，主動進搏妙法神尼！但一口真氣才提聚心頭，臉上突然現出比不敵妙法神尼掌力更驚憤十倍的奇異神色！

這時「醉佛」飄雲等人，見雙方業已破臉，也紛紛離座，準備應敵，「病佛」孤雲雙掌一伸，攔住己方眾人，長眉深鎖，沉聲說道：

「三位師弟，且各自緩緩提聚一口真氣，看看你們心頭可有異狀？」

四八 天外有天

「醉佛」飄雲等人被「病佛」孤雲這種舉止，弄得莫名其妙，如言各提一口真氣，但面上均自悚然變色，個個覺得心頭彷彿有物蠕蠕而動，難過已極！

「病佛」孤雲一看師弟們臉上神色，便知與自己同一遭遇，不由冷笑一聲，向妙法神尼說道：「妳方才罵我心腸歹毒，其實你們枉自身居中原俠義領袖，心腸更比我歹毒十分，這一來也好，金龍寺四佛與宇內三奇兩敗俱傷，但搭上鐵膽書生、『天香玉鳳』和呂崇文三人，我們並不虧本，不過孤雲倒由衷佩服你們那位暗中接應之人，幾度搜查，均無所獲，他到底藏在什麼秘密所在……」

話猶未了，大殿中的佛幔之後，突然極其輕微的「噓」了一聲，「病佛」孤雲臉色驟變，大袖拂處，一陣勁急罡風，把那黃綢佛幔和幔後的佛像金身，震得四分五裂，一片煙塵，但出聲之人，仍然毫無蹤影！

「病佛」孤雲此時心中不禁驚詫到了極點，心想以自己耳音，這近距離絕對不會聽錯，分明聲出殿中佛幔之後，又未見人逃遁閃避，卻徒自毀損佛像，仍未發現敵蹤，難道來人功力高過宇內三奇，宛如鬼怪不成？

而且自己這一妄動無名，拂袖發力，心頭更覺有物不住爬行，難過得幾乎支持不住！不由更覺心驚，對方所用究是何種毒物，能有如此厲害！

慢說「病佛」孤雲等人，連宇內三奇都覺得這在暗中自動接應，與金龍寺四佛作對之人所做所爲，實在神妙莫測！

殿中片刻沉寂以後，呂崇文忍俊不禁，笑聲叫道：「和尚打佛，真是天下奇聞！老前輩再不現身，他們疑團難釋，可能把這座大廟要拆掉了！」

殿中離那被「病佛」孤雲袖風擊碎的大佛右側三、四尺遠，一片較小的黃色佛幔倏然一開，竄出一位身材瘦削微矮，長眉朗目，五官端正，但雙頰之上，深深印有兩個十字烙痕，五十來歲，肩插長劍的葛衣老人！身法頗爲快捷，一閃便到宇內三奇面前。

「病佛」孤雲知道今日之事，大半壞在這葛衣老人手中，不由憤恨已極，強忍心頭那種奇異痛苦，雙掌猛推，大殿之中頓時寒風四起，又以陰毒掌力向葛衣老人的後背襲去！

靜寧真人見這「病佛」孤雲好似靈智已失，一再妄自逞兇，眉頭微皺，道袍大袖迎著對方所發陰毒掌風往外一展，勁急絕倫的玄門罡氣起處，「病佛」孤雲悶哼一聲，騰空退出五、六步去，跌坐地上，全身關節疼痛欲散，心頭更如一片蟻爬，已然無法支撐起立！

「醉佛」飄雲這時才知道，自己先前與靜寧真人比賽那「步步生蓮」之時，不過是因所占紅蓮位置之利，略占先機！若論真實功力，大師兄原爲群倫之冠，而既敗於妙法神尼掌下，如今又被靜寧真人的玄門罡氣震出這遠，可見金龍寺四佛確實尙不足與宇內三奇互相抗衡，一爭長短！

衡形度勢，不敢再逞強，只得招呼笑、癲二佛，把「病佛」孤雲慢慢扶起。

葛衣老人此時回頭笑道：「你們阿耨達池水面，九九八十一朵紅蓮之上，雙方互相較技，勝負未分之下，便已心懷歹毒，派人事先準備毒茶，做爲萬一不敵，反敗爲勝之用！這等卑鄙無恥行徑，哪裏像是西域一派的宗師所爲？卻怪不得我將計就計，即以其人之道，還治其人之身，在你們四位主座的茶杯之內，多放一點覓自苗疆的『天蠶惡蠱』！」

金龍寺四佛一聽自己心頭蠕蠕爬動的那種奇異感覺，竟是在自以爲得計之間，誤服下了「天蠶惡蠱」！不由面面相覷，個個色如槁灰，知道天蠶惡蠱是蠱毒之中的最狠一種，除了養蠱本人以外，走遍天涯，也無法找得出其他解藥，而且蠱毒發作之際，宛如蠶食心肝，必須熬受三日三夜以上的無邊痛苦，才得死去！

葛衣老人見金龍寺四佛聞言以後的這種神色，微微一笑又道：

「你們大概業已知道這種『天蠶惡蠱』的厲害，不用我細加贅述！孤雲僧人兩動無明，妄提真氣，蠱毒已將發作，先服我一包解藥，靜待宇內三奇老前輩們加以發落！」

隨手擲過一個黃色小包，便即略整衣衫，轉面向宇內三奇說道：「弟子九華山西門豹，以無邊罪孽之身，拜見三位前輩！」

無憂頭陀離得最近，哪裏容他下拜，伸手相攔，呵呵笑道：「西門施主屠刀一放，早成度世菩薩，善果無邊，何孽之有？無憂對你極度欽佩，神交已久，前輩之稱，萬不敢領！」

西門豹見三奇一齊含笑相攔，不令下拜，只得改行長揖說道：

「晚輩蒙鐵膽書生慕容老弟不嫌舊惡，折節論交，輩分早定，怎敢狂妄僭越？三位老前輩望重當世，年高德劭，更是舉世武林之中的泰山北斗，論哪一樣，西門豹也應恭執弟子之禮，弟子風聞天南雙怪已蒞中原，這金龍寺內的一段糾纏，還是盡速了斷的好！」

無憂頭陀見西門豹堅欲自居後輩，也只好由他，改口笑道：

「西門賢契既然如此謙恭，就煩你把中原、西域昔年今日的兩段恩仇，代我等作主，作一了斷！」說完便與靜寧真人、妙法神尼含笑就座。

西門豹知道這類奇人不必推諉，剛轉身向著金龍寺四佛，還未開言，「醉佛」飄雲已先悖悖說道：「西門豹你休得意，我們雖然誤服『天蠶惡蠱』，但無憂、靜寧、妙法等人，也同樣中了我們獨門毒藥『七日斷魂』，何必弄個兩敗俱傷？不如彼此交換解藥，或是重行比鬥，或是另約他日，各憑真實武力，了斷新仇宿怨！」

到此略頓，打量了西門豹幾眼，面帶詫色地又復問道：「還有一事，飄雲亦欲請教，就是水上紅蓮突生變故的剎那之間，我已趕到控制室中，但除去輪值弟子離惠醉倒以外，別無一人，雖經四周仔細搜查，毫無發現，當時你究竟藏身何處？」

西門豹默默聽完，搖頭微笑說道：「你第一個念頭，便已打錯！西門豹昔年匪號『千毒人魔』，天下何種毒物無法化解？不然我豈能聽憑三位老前輩等以鴆解渴，而不加阻止？至於你

們雖然服下『天蠶惡蠱』，我因體念三位老前輩立意化解嫌怨的慈悲本旨，也必將解藥相贈！但由於你們行事乖張，心腸歹毒，目前只能留下些阻遏蠱毒發作的普通藥物，真正的解蠱靈丹，卻要等三年以後，西門豹親自到這金龍寺內，察看你們是否徹底改悔之時，再定與否！」

說到此處，藉著轉身取茶，卻向「天香玉鳳」嚴凝素微使眼色，也不管那茶中置有什麼「七日斷魂散」毒藥，便自徐徐飲下！

「鐵膽書生」慕容剛見西門豹說話之間，突然向嚴凝素微使眼色，方在猜度用意，「天香玉鳳」端的冰雪聰明，在他耳邊低低笑道：

「這位千毒人魔實在高明，你不要猜疑，我已懂得他的用意！」

西門豹眼角餘光略略一瞥，業已知道嚴凝素猜出自己所打啞謎，微微一笑，又向「醉佛」飄雲說道：「至於西門豹在你金龍寺內所弄狡獪，也當問一答三，詳細說明，好讓你們深切體會，凡事驕敵必敗，即令十拿九穩之局，偶一粗心，便會不可收拾！你且先把孤雲身上所懸的那柄青虹龜甲劍抽出看看！」

「病佛」孤雲心頭上宛如蟲爬的奇異難禁苦痛，自服下西門豹那包黃色藥粉之後，業已漸漸消止，聞言暗想，我就不信你這千毒人魔能有多大神通？連在自己貼身所懸的青虹龜甲劍上都會做了手腳！

手籠劍柄，往外一抽，金龍寺四佛不由全部臉上變色！劍仍是劍，但只是一柄普通青鋼長

劍，哪裏還是劍身之上，隱鐫龜甲暗紋、冷氣森森、青芒如電的大漠神尼昔年所用故物？

西門豹見狀哂然，在自己肩頭拔劍，青虹騰彩，不住龍吟，雙手交還呂崇文，並向慕容剛等人含笑說道：

「翠竹山莊會後，西門豹還未及返回仙霞嶺一元谷老友歐陽智之處，便被我侄兒西門泰追上，告以西域四佛十三僧發現青虹龜甲劍不真，回頭重撲翠竹山莊！我一聞此言，便知不妙，匆匆趕到皋蘭，慕容老弟與呂崇文業經失事！幾番躊躇之下，斷定慕容老弟既已脫圍，則三位老前輩極可能在短期之內齊下藏邊，遂獨自慢慢潛行入藏，想在暗中防護崇文賢侄，免得萬一在三位老前輩等未到之前有所不幸！」

說話至此，轉對金龍寺四佛笑道：「哪知你們在三位老前輩未到之前，根本不知人外有人，天外有天，夜郎自大，驕狂已極，金龍寺內，完全未加任何防範，被我乘著孤雲獨自飲酒之際，覓機替他加了一粒睡丸，便把青虹龜甲劍輕輕易易地換回手內！」

「病佛」孤雲聽至此處，枯黃如蠟的臉上，不由也自泛起一片羞紅！

西門豹微笑又道：「我得劍之後，正好潮音庵主妙法前輩，率領嚴女俠已到康境的警報傳來，你們才開始警惕，欲以飄雲、白雲去往慧光塔頂防守！但西門豹搶先一步，就用青虹龜甲劍斬斷塔頂鋼窗，與我崇文賢侄在密室之中同居三日。」

慕容剛、嚴凝素這才知道，呂崇文被禁如此之久，脫禁而出，竟然未鬧絲毫意氣，全是西

門豹的先期開導之力。

西門豹又自飲了一口毒茶解渴，笑道：「你們明知有人在紅蓮控制室中搗亂，卻查勘不出，弄得疑神疑鬼！其實西門豹何曾藏匿，只不過暗中迷倒輪值僧人離惠，借了他那一身打扮，略為施展我昔年又號『千面人魔』的易容化裝故技，公然醉臥室中，隨興所至地開動那些機掣而已，不想這一偶然遊戲，卻害得那位真正的離惠大師，平白挨了四十戒板，還要罰往香積廚下燒火三年，西門豹委實問心難安，戒板已打，無法補救，那燒火三年之罰，敬祈赦免才好！」

呂崇文聽得幾乎要笑出聲來。

「病佛」孤雲卻氣得周身抖顫，戟指西門豹說道：「還……還有一件，方才你分明在這佛幔之後發聲，不見閃躲！怎會人在三尺以外？」

西門豹起立走到方才所藏身的佛幔之後，取出一根四尺來長的青竹，微笑說道：「我雖然知人在急時，防遠不防近之理，藏身殿內，但因你們這些武學名家，耳音太靈，已經自覺過分膽大，再如隨便出聲，豈非找死？這根青竹早經鑿空，伸至中座佛像之後，輕輕一吹，誘你提氣發力，才好自知身中蠱毒，不敢率意逞強，否則此刻哪裏還能在這大殿之中相對靜坐，把前因後果娓娓清談，金龍寺內，恐怕早已化成一片腥風血雨！

「不過這等做法，累得金身被毀，有點唐突我佛如來，西門豹回轉中原，立願誦經三日，

懺悔這段罪孽！話已講明，別無牽掛，這一瓶藥粉，足可遏止蠱毒發作三年之久，到時西門豹絕不食言，定當親攜解蠱靈丹，再到寶寺奉訪！尚望四位大師自朗靈明，善消嗔念，便可化無邊浩劫，成一片祥和，西門豹就此告別！」

話完，自懷內取出一個黃色藥瓶，和七粒清香怡人的解毒靈丹，分與宇內三奇、慕容剛、嚴凝素、呂崇文與他自己每人一粒，就用毒茶送入腹中，並把黃色藥瓶放在几上，便欲起身。

金龍寺四佛深知蠱毒厲害，性命在人手中，哪敢逞強？只得一齊臉罩寒霜，默默無言，準備送客。

「天香玉鳳」嚴凝素突然盈盈起立，向西門豹含笑說道：「西門……大俠的一切神妙處置，嚴凝素佩服無已！但有一事……」

西門豹不等嚴凝素話完，便已接口笑道：「千毒人魔居然變成了西門大俠，嚴女俠這個稱呼，未免令我受寵若驚！有何高見，儘管請講！」

嚴凝素嫣然笑道：「我想問西門大俠，要點東西！」

西門豹點頭笑道：「只要我囊中所有，無不竭誠奉送！」

嚴凝素玉顏之上現出一片湛湛神光，朗聲說道：「我想要金龍寺四佛所中天蠶惡蠱的解蠱靈藥！」

西門豹略一遲疑，慨然說道：「西門豹應諾在先，不能不給，但望嚴女俠深體縱虎歸山，

難加約束之意！」便從懷中另一玉瓶之內，傾出四粒大如桐子，色紅似火的解毒靈丹，遞與「天香玉鳳」。

嚴凝素接過靈丹，毫不考慮地交到「病佛」孤雲手中，靄然說道：

「昔年魔僧法元，殘酷不仁，惡跡昭彰，才引起中原武林公憤，邀我萬法師伯大漠神尼，在北天山絕頂約戰魔僧，加以誅戮！衡情論理，江湖自有是非，四位大師均爲參禪學佛、明心見性的有道高僧，委實不應爲此事深懷芥蒂！行俠仗義，除暴安良，本不怕對方尋仇報復，但冤有頭、債有主，倘爲此一劍之仇，把武林各派一齊牽入漩渦，演成浩劫，更有失健體保元的研求武術本意！今日之會，四位大師先以毒茶起意加害，才引得西門大俠仗義援手，以其人之道，還治其人之身！嚴凝素私心以爲，冤家宜解不宜結，特地將解蠱靈藥討來，奉贈四位大師，務望明察是非，彼此解冤釋怨，否則南海小潮音的潮音庵內，嚴凝素與我恩師，願意擔當一切！四位大師倘仍嗔念難消，請隨時駕臨南海，不必遷怒旁人，攪得武林之中，一片腥風殺氣！」

「病佛」孤雲手中接得「天香玉鳳」嚴凝素向西門豹要來的解蠱靈藥，一張枯黃臉上，由黃變紅，由紅轉白，最後眼皮微閉，雙掌慢慢漸往胸前合十，再睜目時，已是一片湛湛神光，向嚴凝素欣然爲禮說道：

「嚴俠女善根善識，菩薩心腸，幾句至理名言，宛如暮鼓晨鐘，發人深省！孤雲回首知

非，定當約束我門下弟子，不再記起昔日北天山之事！諸位遠來勞頓，何必如此急行？且在我金龍寺內盤桓幾日，容孤雲師兄弟，略盡地主之誼！」

無憂頭陀、靜寧真人與妙法神尼等宇內三奇，均已看出「病佛」孤雲此時確實已被「天香玉鳳」嚴凝素大仁大義感化，語出自一片至誠，反正中原之事，並不急在一時，遂個個含笑點頭，願意與這金龍寺四佛就機結緣，將其徹底度化！

「病佛」孤雲見宇內三奇等不嫌舊惡，願意結交，臉上更自現出一副安慰笑容，向西門豹合掌笑道：「孤雲此刻被嚴女俠啓迪得靈明全復，嗔念齊消，休看西門大俠你把我師兄弟玩弄於股掌之上，但孤雲卻對你的妙算神機欽佩已極，倘若無事，真想挽留你多住幾月，好好討教討教！」

西門豹哈哈笑道：「這些日來，我在暗中到處流連，覺得阿耨達池的風光絕美，不愧稱為藏中聖地！若非中原有事，便你不留我，也要多玩幾日！大師既然折節下交，西門豹將來可能就要在你這金龍寺中，求個永久歸宿，不過你們是『佛』，西門豹是『魔』，佛為魔擾，耽誤了正果清修，卻怪我不得呢？」

眾人一番談笑，方才的生死強仇，剎那之間，卻成互相交契的老友一般，這也就是武林俠義中人，至性至情的可愛之處！

情勢變化到了這般地步，不但「鐵膽書生」慕容剛、呂崇文叔侄，就連宇內三奇，也暗對

西門豹翹指稱佩！知道是他示意嚴凝素主動討贈解蠱靈藥，並以微言大義感化西域諸僧，使得自己一行的來此本意，完全實現！

但天下事，往往難得十全十美，宇內三奇、西門豹、慕容剛叔侄、「天香玉鳳」嚴凝素等人，爲了結緣金龍寺四佛，使中原、西域永息紛爭，化仇爲友，在這金龍寺內，阿耨達池之旁小作流連，多勾留了幾日，卻幾乎害得一位武林隱士，平白無辜遭受了出自意外的飛來橫禍！

這日，病、醉、笑、癡四佛，正陪著眾人，在阿耨達池之上蕩舟暢遊，突然聽得金龍寺內的雲鐘，又自「噹噹」地敲了兩下！

「病佛」孤雲眉頭微皺笑道：

「金龍寺內又有人來，除了諸位以外，居然還有何方嘉客，光降窮邊，西門大俠猜得出來麼？」

西門豹哈哈笑道：「大師既來考我，西門豹不妨就猜上一猜，據我看來，來人不是要找四位大師，可能找的是宇內三奇老前輩，或者『鐵膽書生』慕容剛老弟與『天香玉鳳』嚴女俠的！」

「天香玉鳳」嚴凝素瞿然一驚，向西門豹問道：「聽西門大俠之言，你是猜測中原業已出了驚人變故！」

西門豹點頭道：「我不過是自作聰明的如此猜測，究竟如何？我們遊興已盡，且回寺去，看看來人是誰，再作道理吧！」

眾人回到金龍寺內，來人居然又是無憂頭陀的弟子澄空！

無憂見他未奉己命，亦自這遠趕來，知道果然不出西門豹所料，中原定有變故，略皺眉頭問道：「你這遠趕來，神色又頗急遽，中原出了什麼變故？」

澄空拜罷三奇、四佛，並與慕容剛等人相互禮見之後，說出一番話來。

原來澄空自南海小潮音參謁妙法神尼以後，便即渡海西歸，趕往王屋翠竹山莊，通知「雙首神龍」裴伯羽，業已獲訊，「玄龜羽士」宋三清在近期之內，即將隨天南雙怪再履中原，極可能重奪翠竹山莊復振舊業，要他留神戒備防範！

但方到河南，便已遇見了恩師無憂頭陀，無憂告以聞得「玄龜羽士」宋三清對那西門豹的憤恨程度，超越任何人之上，如果一旦重蒞中原，第一步便要到仙霞嶺一元谷中，尋他報復！

西門豹此人，不但生具大智大慧，其改邪爲正，遍彌前惡的一段事蹟，尤其是江湖中偶然失足之人的絕好借鏡，所以聞訊之後，特地略延西藏行期，在此等待澄空，命他再跑趟仙霞嶺一元谷，告知西門豹及早趨避，等宇內三奇向四佛十三僧救人索劍事了，回到中原，便可不懼天南雙怪妄逞兇焰！

無憂因西藏途遙，囑咐以後，便即匆匆自去，澄空既然已到河南，離王屋不遠，遂決定仍

然先到翠竹山莊會晤「雙首神龍」裴伯羽，然後再往仙霞嶺一元谷兼程急趕，去向西門豹告警！

自三月三日大會，「毒心玉麟」傅君平碎骨飛魂，「玄龜羽士」宋三清倉惶遠遁，煊赫十餘年的四靈寨一旦瓦解冰消以來，「雙首神龍」裴伯羽雖然仍住莊中處理善後，但已遣散寨徒，並將所有房屋分贈附近貧困山民，只留下一所比較清幽的聽水軒暫作居停，以便於監視是否尚有惡心不死寨徒，私自嘯聚，做出爲害江湖之舉！

澄空一到翠竹山莊，便見「雙首神龍」裴伯羽所居的聽水軒，業已被人夷爲平地，裴伯羽本人也根本不知去向及吉凶禍福！連向附近山民探詢，均無頭緒可尋，萬般無奈之下，想起翠竹山莊既有人來，仙霞嶺一元谷可能危在旦夕，遂只得把漫無頭緒的裴伯羽之事暫時擱開，日夜兼程，趕往閩北。

澄空幼隨無憂，早得真傳，功力高出鐵膽書生之上，這一拚力急趕，哪消多日，便自到達仙霞嶺「璇璣居士」歐陽智所居的一元谷內！

但一進谷口，澄空心中又自暗叫不妙，只見歐陽智苦心佈置的那條璇璣迷徑，被人摧毀得一塌糊塗，所住的幾間茅屋也已化成灰燼！

澄空千里奔波，兩度遲人一步，禍變已做，雖然禪定功深，也不免無明業火，高騰三尺！暗想西門豹、歐陽智以及「雙首神龍」裴伯羽，均算得武林之中的一流人物，居然頗像齊遭他

人毒手！難道竟是天南雙怪不守明歲歲朝泰山絕頂相會之約，先期肆虐中原，對這幾位「玄龜羽士」宋三清結有深仇的俠士加害，不然尚有何人，具此功力？

四九 岱頂尋兇

澄空既然起疑，遂竭盡心力，四處察訪，果然被他訪出一些端倪，聽說是天南雙怪禁不住「玄龜羽士」宋三清再三苦纏，大怪韋昌爲求對抗宇內三奇確保優勢，特地遠赴野人山中，邀請約有四十餘年未履江湖的「鳩面神婆」常素素出手相助！

二怪韋光卻隨「玄龜羽士」宋三清來到中原，擒去「雙首神龍」裴伯羽和「千毒人魔」西門豹，並揚言要在泰山絕頂開闢一所基業，以備來歲歲朝戰敗宇內三奇，就在該處重立四靈寨，揚威天下，永爲霸主！

澄空探得這些訊息以後，未免深自爲難，躊躇不決！因爲據常理判斷，「雙首神龍」裴伯羽與西門豹倘若未死，極可能被天南二怪「白骨天王」韋光、「玄龜羽士」宋三清師徒，帶到泰山囚禁！自己武功雖然不畏玄龜羽士，但卻知絕非「白骨天王」老怪韋光敵手，萬一暗中救人不成，激起老怪殺機，把裴伯羽、西門豹立時加害，豈非反速其死？

尤其天南大怪，「骷髏羽士」韋昌到野人山去請的那位「鳩面神婆」常素素，是今世碩果僅存的唯一厲害無比魔頭！風聞她在野人山中久居，偶然因習練一種魔功，爲苗疆毒瘴所侵，兩腿風癱，不能轉動，已有四十餘年未履塵世，如今大怪韋昌既去相邀，可能常素素的風癱宿疾仗著一身超絕武功，自行療治，業已復原。

這個老魔頭年逾百歲，六十年前，武林之中即無敵手，萬一真被「骷髏羽士」韋昌邀來，恩師與靜寧、妙法三位師叔，恐怕不但大費手腳，並是否抵擋得住，尚屬疑問？

利害輕重，在心頭細一衡量，澄空的一把無明業火便自漸漸平息，覺得不能妄逞一時不忍之憤，先期打草驚蛇，還是趕赴藏邊，把自己所探各情稟明宇內三奇，請老一輩的做主爲當！

不辭萬里，遠涉重山，等他到得阿耨達池畔的金龍寺內，三奇、四佛業已棄嫌修好！

話說澄空敘完經過，轉身對西門豹問道：

「澄空所得訊息，係出自『玄龜羽士』宋三清之口，似乎不應不實？但他說是擒得西門大俠，而西門大俠行蹤，卻在藏邊，倒叫澄空好生疑惑……」

他一言未了，呂崇文已自叫道：

「西門老前輩投身四靈寨中，化裝的是『璇璣居士』歐陽智模樣，不料玄龜羽士弄假成真，蠱惑老怪韋光把真的歐陽智隱士捉得去了？」

眾人均被呂崇文一言提醒，尤其西門豹更覺自己連累老友歐陽智，不知忍受天南老怪、玄龜羽士師徒甚等折磨？內心太歉疚，立時即想趕往泰山一探！

無憂頭陀略一沉思，向西門豹等人說道：

「裴伯羽、歐陽智固然極待援救，而那位心狠手辣，殺人向不眨眼的老妖婦『鳩面神婆』常素素，更不能容其踏入中原！不然她所到之處，將不知有多少正人君子要遭受浩劫？爲敵之道，貴乎知己知彼，無憂絕非長他人志氣，滅自己威風，我們這所謂宇內三奇聯手應付老妖婦一人，或許扯個平手，單獨對敵，卻必無勝理，所以目前人手，必須分頭行事！

「老怪韋光既然已到泰山，去人不能太少，無憂想請西門大俠率領澄空、慕容剛、嚴凝素、呂崇文等潛往山東，暗中相機行事！玄龜羽士無足為慮，老怪韋光的一身白骨陰功，倘若單獨硬拚，你們卻無一人是人家對手！何況還有那個『桃竹陰陽幡』主人，一樣極不好惹，倘若他在泰山，則更須小心謹慎！好在西門大俠智計絕倫，只要好好聽他指派，諒無太大差錯！」

說話至此，轉對靜寧真人、妙法神尼笑道：

「老妖婦只要魔蹤再現中原，立時便是一場無比浩劫！不如我們迎往野人山中，就在苗疆與其作一決斷？但所慮的是，天南大怪『骷髏羽士』韋昌倘若仍在野人山中未走，我們便須分出一人應付韋昌，剩下二人搏鬥常素素，可能稍嫌不足……」

「病佛」孤雲默聽多時，突然接口笑道：「我們既然釋怨修好，結做知交，只要三位不嫌技薄，孤雲願與三師弟白雲略效微力！」

無憂頭陀大喜說道：「常素素妖婦，六十年前即罪孽如山，其心腸之毒，手段之辣，與一身武學之高，寰宇之中，無人能比！此次若能得兩位大師之助，將其除去，實是一件莫大功德！」

兩事均如燃眉之急，「病佛」孤雲遂囑咐「醉佛」飄雲、「癡佛」紅雲二人主持金龍寺內事務，自與「笑佛」白雲，隨著無憂、靜寧、妙法等宇內三奇，向野人山中趕去。

西門豹、澄空、慕容剛、嚴凝素及呂崇文等人，當然也自離開西域，遄返中原。

呂崇文青虹龜甲劍重歸掌握，意興飛揚，他這一路上倒真乖得出奇，處處均為自己的嚴姑姑和慕容叔父製造機會，以致「鐵膽書生」與「天香玉鳳」自靈犀暗度的默默鍾情，業已飛躍進展到公開無忌階段，而西門豹也與澄空談得互相投機已極。

到了山東，暫在泰山腳下的一家旅店投宿，西門豹與眾人討論，怎樣闖上泰山絕峰，探聽裴伯羽、歐陽智是否無恙？被禁何處？才可針對情況，設法援救！

澄空說道：「『天南雙怪』韋昌、韋光，我雖未曾會過，但常聽恩師提及，當年泰山絕頂，靜寧師叔與他們拚鬥多時，才在青竹九九樁上，以太乙奇門劍術勝了半劍！兩老怪蓄意復仇雪恥，數十年海外潛修，及高黎貢山的黑谷之中刻苦磨練，如今再出江湖，自然對對付宇內三奇已有極大把握！由此推斷，老怪們武功之高，絕非我們所能抵敵！尤其是二怪『白骨天王』韋光的那身『白骨陰功』，運用到了極致之時，能令人骨髓成冰，四肢強烈痙攣而死！何況不知『桃竹陰陽幡』的男女主人是否也在峰頂？所以明面硬幹之事，斷不可為，至於暗中設計，則西門大俠出色當行，澄空恭候差遣就是。」

慕容剛、嚴凝素心中雖然覺得自己這方，已有五名好手，未見得真就不可一拚？但表面上，卻仍尊重澄空意見。呂崇文只是含笑聆聽，一語不發！

西門豹看了呂崇文一眼，向眾人道：「此事重大，不管明攻暗取，也非一言可決，我們長途趕路辛勞，且自好好休息一宵，明日再行從長計議！」

眾人齊覺一時實在無法可想，飯罷均自如言就寢，但呂崇文卻等「鐵膽書生」慕容剛睡熟以後，提氣輕身，躡手躡腳地，取了自己的衣履棋囊及青虹龜甲劍，走到室外，悄悄著好，又到櫃房之中，找了一張紅帖，提筆疾書，揣在懷中，便往山上縱去。

才順著樵徑上得十來丈，便見遠遠當路一塊大青石上，躺著一個葛衣老者，正在仰望明月。

呂崇文本想悄悄繞過，但走近以後，卻驟然一驚，那葛衣老者並非生人，正是自己極其欽佩的西門豹！看此情形，分明瞞他不過，索性自草樹叢中走出，含笑喚了一聲：

「老前輩不會無端跑到這半山賞月，可是在等我麼？」

西門豹欠身坐起，微笑說道：「在店中討論之時，你一言未發，眼珠卻不時亂轉，豈但瞞不過我，連澄空大師也已起疑，還是我代你遮掩了幾句！我來此等你，不是阻你上峰，是要問問你上峰想要怎麼做法？」

呂崇文知道實在難以瞞得過他，含笑在石上坐下說道：

「我猜老怪韋光定然得悉我恩師與無憂師伯、妙法師叔已去藏邊，不然也不敢在仙霞、王屋兩處，妄逞兇鋒，毫無顧忌；這樣情形之下，峰頭防範必疏，否則我們昨天這一群又有和尚

又有美女，並身帶兵刃的扎眼人物投店，人家應該早有警覺！所以想趁對方大意之下，一探峰頭，若能僥倖得手，將人救出，當然最好，萬一被老怪發現，我如今業已學乖，人單力弱，絕不和他們硬拚，就說是奉命投帖，老怪韋光因身分名頭所關，必然不能不按江湖禮節，接下拜帖，聽憑我揚長而去。」

西門豹拍手讚道：「這一著倒是極高，老怪再狠，也斷不能對你這奉命投帖的孤身後輩，妄下任何毒手！你拜帖如何寫法？給我看看！」

呂崇文取出遞過，西門豹展開一看，上面寫著：

「無憂、靜寧、妙法率門下弟子，請骷髏羽士『白骨天王』韋氏昆仲暨『桃竹陰陽幡』主人，明夜初更，在泰山山腳，劉氏荒墳一會！」

西門豹看完笑道：「你這拜帖之上，又弄玄虛，是不是想乘老怪們傾巢而出，分人去往絕峰援救雙首神龍和歐智居士，而以輕功較俊之人，利用那碑碣草樹、障礙甚多的劉氏荒墳，來收牽制之效呢？」

呂崇文笑道：「老前輩料事如神，我今日晚間，曾藉口散步，前往察看形勢，那劉氏荒墳，荒涼已極，頗爲理想！老前輩既知此事，我想請你也像在那建德荒墳，戲弄我慕容叔父一樣，替他們栽上幾根不去釘頭的毒釘，讓老怪嘗嘗老前輩昔日外號『千毒人魔』的滋味如何？」

五十 桃竹陰陽

西門豹臉上一紅說道：「我自蒙你慨贈無憂老前輩的稀世之寶萬妙靈丹，在積翠峰石室的棺中復活以來，昔日那些帶有奇毒之物，早已焚毀不用！不過，總有方法牽制老怪，使他們疑神疑鬼，而令上峰救人之舉，容易得手便是。」

話至此處，眉頭略皺，向呂崇文笑道：「但岱宗絕頂丈人峰上，天南老怪『白骨天王』韋光固然功力絕世，就是『玄龜羽士』宋三清也頗不好惹！何況『桃竹陰陽幡』主人陰陽二惡，是否也在峰頭？尚自難定！你雖然決定不與他們硬拚，一人前去，我總覺放心不下……」

話猶未了，林中有人接口大笑道：

「西門大俠，我陪他前去如何？」

二人聞聲驚顧，那位鐵木大師澄空和尚，已自林中緩步而出。

西門豹哈哈笑道：「我早知道此事瞞不過大師，用兵之道，在於度己知人，呂崇文仗著青虹龜甲劍及太乙奇門、卍字多羅等神妙劍術，可敵玄龜羽士，大師卻因功力所限，未免稍次老怪『白骨天王』一籌，桃竹陰陽二惡尚未計算在內！所以依我之見，今夜峰頭只在投帖探路，不必下手救人，只要我老友歐陽智與『雙首神龍』裴伯羽留得命在，明日夜間，我借劉氏荒墳略施小計，定可將他們救出來！」

澄空含笑點頭，與呂崇文別過西門豹，便往泰山絕頂丈人峰趕去。

泰山本來就峻拔已極，丈人峰是泰山主峰，真可以說得上是一經登臨，眾山皆小！

老怪「白骨天王」韋光此次存心重振聲勢，仍在籌措自己兄弟佔據泰山為惡的舊址之上，重新修建，期於來歲歲朝，與宇內三奇二度較技之時，不但全復舊觀，而且更加巍峨壯麗！

但此時工程多半尚未竣事，只有十來幢房屋蓋好，呂崇文手指一所燈火輝煌的比較高的廳堂，向澄空笑道：「這所房屋既大，又有燈光，想必是群賊嘯聚之處！大師請在暗中維護，我要把老賊們叫出來，看看天南第二怪『白骨天王』韋光，到底是副什麼凶相？」

澄空含笑點頭，身形轉過來路以上一堵牆角的暗影之中。

呂崇文遂猛提一口玄門罡氣，故意裝作不知大怪韋昌不在峰頭，舌綻春雷般地叫道：「『骷髏羽士』韋昌、『白骨天王』韋光，與陰陽二惡凌風竹、畢桃花，請出來答話！」

那燈火輝煌的房屋之中，先是剎那寧靜，然後一聲刺耳已極，令人聽來心神皆顫的慘厲怪嘯起處，一白一黑兩條人影，往呂崇文立處電撲而至！

尤其是那條白影，來勢之速，及所挾徹骨寒風的威力之強，委實前所未見！

呂崇文自從怪嘯入耳，便覺得心魂悸悸欲飛！知道這種怪嘯，名叫「攝魂魔音」，又叫「勾魂嘯」，功力稍差之人，一聞此聲，可能心智立失，受人擺佈！

加上隨白衣人影俱來的疾風勁氣，也令人透骨生寒，趕緊自運純陽真氣，瀰漫周身百穴，岸立如山，對那即將臨頭下壓的疾風人影，根本視若無睹！

白衣人影見所發魔音無效，連身下撲的無倫威勢，又嚇不動呂崇文，心中倒也頗爲讚佩這年輕英挺來人的功力膽識！把怪嘯一收，在呂崇文面前飄身下降，是個又長又瘦，一張馬臉毫無血色，雙眼深陷濃眉之下的白衣老人！

隨在白衣老人身後縱到的，卻是昔日四靈寨首腦，「玄龜羽士」宋三清！

白衣老人濃眉之下的眼皮微睜，那兩道宛如電閃一般的眼神，在呂崇文身上來回一瞬，冷冷向身後的「玄龜羽士」宋三清問道：

「宋三清！這娃兒年紀輕輕，居然禁得住我一聲『勾魂嘯』和一陣『白骨陰風』，倒真難得，你認識他麼？」

「玄龜羽士」宋三清一雙兇毒目光，盯了呂崇文一下，恭身答道：「他就是靜寧老道弟子，被四佛十三僧擒往西域的呂崇文！不知怎的逃回？又來丈人峰生事，師叔把他留下！」

呂崇文一聽宋三清如此稱呼，便知這面前的白衣老人，就是天南二怪「白骨天王」韋光！

此時，不但天南大怪「骷髏羽士」韋昌正往野人山中邀請「鳩面神婆」常素素，連桃竹陰陽二惡凌風竹、畢桃花，也有事他往。所以「白骨天王」韋光聽說呂崇文自西域脫身，以爲宇內三奇一齊來到泰山，心中倒是不覺一怵！但隨即恢復那不可一世神色，「哦」了一聲，向呂崇文問道：

「你是奉靜寧老道所差，還是連無憂、妙法也在山下？」

呂崇文何等機伶？從「白骨天王」韋光那一怔之間，便已看出老怪外強內怯！心中一轉，暗想照此情形，拜帖不能遞出，因爲老怪倘以三奇齊全，不敢到劉氏荒墳赴約，自己乘隙救人之計，豈非白費？遂隨機應變答道：

「老怪別怕，我無憂師伯與妙法師叔被金龍寺四佛留在藏邊，談談佛理禪經，尚未回轉中原，我恩師命呂崇文來此傳言，請天南雙怪與桃竹陰陽凌畢二惡，明夜初更，到泰山腳下的劉氏荒墳一會！」

「白骨天王」韋光聽說只來了靜寧真人一人，不由寬心大放，一陣狂笑說道：「對付區區一個靜寧老道，哪裏還用得著骷髏羽士和陰陽雙聖出手？你歸告靜寧，明夜三更，『白骨天王』韋光率宋三清，準時前往劉氏荒墳，與他一了三十年前舊債！」

「玄龜羽士」宋三清因十年心血所建的翠竹山莊，在「鐵膽書生」慕容剛、小俠呂崇文等手下瓦解冰消，故把這些敵人恨入骨髓，不願讓呂崇文就這樣輕輕離去，剛叫了一聲：

「師叔……」

「白骨天王」把手一擺，止住宋三清話頭，說道：「我與他師父三十年舊恨未消，明日劉氏荒墳之會，把他師徒一併擒來，與西門豹、裴伯羽監禁一處，留到來歲歲朝，柬邀天下各派群雄，泰山丈人峰聚會之時，才殺以立威警眾，此時不放這娃兒去，反爲靜寧老道留一個欺凌他門下弟子之名，卻是何苦？」

呂崇文聽老怪師徒這番答話，真叫又好氣，又好笑，並又微覺安慰；氣的是老怪大言不慚，竟似宇內三奇在他掌握之內的一般！笑的是事到如今，居然還拿人家平白無辜的「璇璣居士」歐陽智當做是「千毒人魔」西門豹！安慰的則是從話中聽出，歐陽智、裴伯羽尚未遇害，果然囚在峰頭！

以自己性情，實在聽不慣老怪韋光的這種驕狂聲口，但方才被他連身撲來的勁風寒氣一侵，雖仗純陽真氣護住周身百穴，此時筋骨猶覺痠疼，知道對方功力，果然與自己相去甚遠，不可徒逞一時之憤，把事弄僵！遂點頭冷笑一聲說道：

「丈人峰是泰山絕頂，夜風甚大，老怪仔細吹得太過，閃了你的舌頭，明夜到劉氏荒墳，我師徒的天山絕學太乙奇門劍下，叫你曉得厲害！」

人隨聲起，因心中有氣，故意逞能，一個「鷹隼沖雲」，竟然拔起了三丈多高，掉頭向下，雙臂一分，施展七禽身法之中的「仙鶴凌虛」，冉冉飛落峰下！

「玄龜羽士」宋三清見呂崇文頂撞師叔「白骨天王」，怒吼一聲，聚集七煞陰掌功力，一股勁氣狂飆，劈空擊出！卻未料呂崇文走得這快，一掌打空。

方欲跟蹤追撲，「白骨天王」韋光把他拉住笑道：

「你武功實已不弱於無憂、靜寧、妙法老鬼門下弟子，只是忍氣功夫略差一籌，這樣在持久戰鬥之時，便自吃虧不少！就拿我們兄弟爲例，三十年前泰山大會，敗在靜寧老鬼的太乙奇

門劍下，一直忍氣至今，才練就多種絕功，出頭報復，小賊既走，由他自去，明夜只要我以白骨玄功戰敗靜寧，還怕他師徒逃出手去不成？」

說罷，便帶著「玄龜羽士」宋三清悻悻不已地回轉所居，鐵木大師澄空和尚也自趁此機會，悄悄尾隨呂崇文退往峰下！

次日眾人再度計議，一齊推由西門豹調派一切，西門豹微作沉吟，含笑說道：

「昨夜我自峰腰退下，曾去勘察過那劉氏荒墳，四周全是些密莽叢林，地勢果然極好！照昨夜情勢，宵來赴約的，可能只有『白骨天王』韋光和『玄龜羽士』宋三清兩人，峰頭所留，也應無甚扎手人物！所以我想把人手做如下分配，嚴女俠與呂崇文埋伏暗處，等那天南老怪師徒一進劉氏荒墳，便立即闖上峰頭，儘快下手施救『雙首神龍』裴伯羽與『璇璣居士』歐陽智！慕容老弟、澄空大師與西門豹，則在劉氏荒墳之中，相機應付老怪師徒！」

說完轉對澄空笑道：「我們三人之中，自然要推大師功力最高……」

澄空不等他說完，便即搖頭笑道：「西門大俠平素料事如神，這次可說得不對，我慕容師弟皋蘭受傷之後，靜寧師叔賜以殊恩，花費七晝七夜苦心，用太清神功乾元罡氣，替他打通『督』、『任』二脈，如今比我強得多了！」

西門豹聞言才知道，自己重見「鐵膽書生」慕容剛以後，總覺得他面色之中，時常隱現一

種神光，原來在北天山養病，居然養出了這大好處？「哦」了一聲笑道：

「我是因爲老怪韋光的白骨玄功，聽說厲害無比！必須設法消除掉他幾分功力，然後再以一個最強大之人勉力應付，等其餘之人把『玄龜羽士』宋三清收拾下來，再行合手齊攻，便不怕什麼天南老怪了！」

呂崇文聽得稀奇，插口問道：「西門老前輩！你到底多大神通？老怪『白骨天王』韋光練就的一身武學，還能由你替他減掉幾分麼？」

西門豹失笑說道：「你還記得我侄兒西門泰，使巢湖姥山『小銀龍』顧俊二莊主飲恨黃泉的那一件『毒蝟金簑』麼？我除事後對西門泰痛加斥責以外，並把這件毒蝟金簑立即追回，本想予以毀去，但因此簑本身是一件武林異寶，不僅可禦尋常刀劍，並專門剋制各種陰毒掌力！所以只把簑上劇毒去淨，依然保存至今！宵來可由慕容老弟暗暗著在儒衫之內，設法在動手之間，賣給那老怪一掌，定然使他吃足苦頭，豈非可以減去老怪兇威三分以上？」

略停又道：「不過此舉頗不易爲，一落痕跡，狡詐的老怪韋光必然不肯上當！閃避之間，萬一略失分寸，又容易傷在他白骨玄功之下，所以必須慕容老弟這等功力方足擔負！但還須注意一事，就是上來必須盡量遊鬥，拖延時刻，不到萬不得已之時，絕不與他們正面過手，以使嚴女俠等能在峰頭從容救人！澄空大師請隨時協助慕容老弟，我則略使昔年故技，惑亂老怪師徒心神，令他們疑惑萬端，易於上當！」

呂崇文皺眉說道：「老前輩你這分派雖好，但有些不公，多有趣味的劉氏荒墳之會，不讓嚴姑姑和我參與，卻罰我們去爬那高一座泰山，實在越想越不服氣！」

這幾句話，不由引得眾人哈哈大笑，「天香玉鳳」嚴凝素本來擔心鐵膽書生獨對「白骨天王」老怪韋光過分危險，想用自己的鐵鱗劍魚魚皮軟甲替他護住前胸後背，如今見有西門豹的毒蝟金簑，既可防身，又能挫敵，當然強於魚皮軟甲，芳心之內，也自略放！

這一整日之間，澄空、慕容剛、嚴凝素、呂崇文四人，全在靜坐行功，西門豹卻一人出外，不知作何佈置？

夕陽一墜，澄空、西門豹、慕容剛，便往劉氏荒墳以內埋伏，「天香玉鳳」嚴凝素也與呂崇文，隱身在離荒墳約有半里之遙的一叢竹林之中。

呂崇文默計時刻，已近初更，正低低說了一聲：「嚴姑姑！莫非老怪機警，不來上當！」嚴凝素似有所聞，突伸玉手作勢，令他噤聲，二人同時往丈人峰方面矚目，果然在月光之下，一白一黑，兩條人影，快捷得宛如御風飛行一般，直向劉氏荒墳馳去！

嚴凝素、呂崇文見「白骨天王」韋光果然是與「玄龜羽士」宋三清二人赴約，遂由竹林後側繞出，施展功力，便直奔丈人峰頭！

他們此去，尚有意外遭遇，但暫時慢表，先行敘述韋光老怪師徒，劉氏荒墳赴約之事。

「白骨天王」韋光、「玄龜羽士」宋三清，一到劉氏荒墳，只見四周坏坏黃土，碑碣縱橫之間，有不少家境貧寒、草草掩埋的殘棺白骨暴露在外！月光時爲流雲所掩，偶爾再有幾點青燐，隨風飄舞明滅，越發顯得鬼氣森森，淒迷已極！

「玄龜羽士」宋三清對老怪韋光說道：「時已初更，我們準時來此，對方卻不見人，不要真如師叔所料……」

一言未了，三、四丈外，一座高大墳頭的墓碑之後，突然響起一聲令人聽來毛髮直豎的森然冷笑，慢慢站起一個身穿黑衣，頭戴面具，只留兩眼在外，精光閃爍說道：

「老夫在此候已多時，你們徒生雙目卻看不見，怨得誰來？」

「玄龜羽士」宋三清正覺此人口音好熟，「白骨天王」韋光已自冷冷說道：「來人通名，不然休怪韋光手辣！靜寧老道遣他門下弟子與我定約，怎的不來，人在何處？」

黑衣人陰陽怪氣地慢慢答道：「老夫西門豹，人送外號千……毒……人……魔！」

韋光師徒聞言不由齊覺一愕，暗忖「千毒人魔」西門豹分明被自己囚在峰頭，適才下山赴約以前，還在他身上特加佈置，怎會在此又出現了一個？

黑衣人似是猜透他師徒心意，一面伸手慢慢揭下所戴面具，一面嘻嘻怪笑說道：

「韋光、宋三清，你們疑心些什麼？老夫化身千億，大千世界之中，隨意遊行，區區丈人峰頭，哪裏能夠困得住我？」

話到尾聲，面具業已揭下，「白骨天王」師徒更覺莫名其妙，因爲赫然果是片刻之前還監禁在自己手中，自稱「璇璣居士」歐陽智，而攪得四靈寨瓦解冰消的「千毒人魔」西門豹！

玄龜羽士尚在驚疑，老怪韋光卻比他這師侄更爲陰毒，三丈多遠，在他不過閃身即到，一聲不響，只肩頭微微一晃，帶著一陣砭骨陰風，便即往那站在墓碑以後的西門豹撲去！

西門豹久聞老怪盛名，照理應該及早閃避，但他絲毫不懼，卓立如山，等韋光撲到一丈左右，自己身上已可感覺到對方比人先到的砭骨陰風之時，才突然哈哈一笑，雙掌翻處，也自發出勁疾掌風，但他並不是要與老怪韋光硬拚內力，卻向自己身前的墓碑打去！

說也奇怪，西門豹的掌風一發，不但墓碑應手四分五裂，並自碑中飛揚出一片白煙，直向老怪韋光迎面罩去！若換平時，以老怪韋光功力，只消舉袖一揮，白骨陰風發處，那片白煙自然激蕩得四散飛揚，無影無蹤，仍可照樣向對方追擊！

但目下韋光卻須略爲慎重，因一來自己這「天南老怪白骨天王」八字，固然威震武林，但人家那「千毒人魔」的名頭也不在小，既以千毒威名，誰曉得他這片白煙以內藏有甚麼花樣？二來，自己在仙霞嶺一元谷下手擒他之時，武功深淺，曾有覺察，適才囚在峰頭，就算自己與宋三清一走，他便脫困，但以腳程而論，也絕不會趕在自己前面，先到這劉氏荒墳之內等待！

何況雙掌一擊，墓碑應手碎裂的輕易程度，及碑中居然會冒白煙的種種疑團，老怪韋光在困惑之中，難以解析，只得左手大袖一拂，驅散當前白煙，人卻往側方斜出四、五尺遠，飄然

落地！

這時西門豹也已趁機退出三、四丈去，站在一座墳頭之上，手指韋光，哈哈笑道：

「我以為天南老怪『白骨天王』，是怎麼樣的一位狠天狠地人物？原來不過是個膽小如鼠之輩！老夫稍弄狡猾，便自嚇得膽裂魂飛，幾張碎紙，一片石灰，你就如此怕麼？」

「玄龜羽士」宋三清見師叔被人捉弄，業已怒發如狂，老怪韋光卻看他一眼，陰惻惻地說了一聲：「對方存心激怒我們，濫耗真力，然後才以靜寧老道等極強高手出面硬鬥！你也數十年磨練修為，火氣怎的仍然如此旺法？理他則甚！」

慢慢走到西門豹方才所立之處一看，不由覺得又好氣又好笑，哪裏是甚麼墓碑，只是一個用黑色硬紙所作紙殼，殼中盛著不少平常的石灰而已！

韋光眼望離自己幾達六、七丈遠，站在一座小墳頭上的西門豹，陰笑連聲說道：

「西門豹，你這些徒自令人笑掉大牙的手段，對老夫施展毫無用處！靜寧如在，叫他趕快出頭，三十年一別，與昔日故人在這荒墳相會，一分勝負存亡，就此埋骨，未嘗不是人生樂事？」

西門豹自鼻中「哼」的一聲，冷笑說道：

「老怪物不要得了便宜還來賣乖，老夫若不是痛悟前非，盡棄昔年所用之物，只要在那石灰以內，加上一點『聞香酥骨消魂毒散』，並運氣護住周身要穴，拚著略受你那白骨陰風的寒

毒傷損，等你撲到當頭，再行發動，此時任憑你武學蓋世，也已在所立之處伏屍作鬼！靜寧真人本欲親自爲世除害，但忽因急事不克分身，特命老夫等代其下手，三更時分，準來替你收屍，你知因宗族不對，不願埋在這劉氏荒墳，我們另換地方也可！」

「白骨天王」韋光任憑西門豹竭力撩撥挑逗，臉上始終不現怒容，只冷冷說道：「西門豹，你休要枉費心機，想氣激老夫，致動無名，那叫妄想，我只先把你擒住，不怕靜寧再不出面！」

說話之中，度量自己與西門豹之間，距離六丈有餘，七丈不到，若以全力施爲，正好可以縱過！而對方絕想不到距離這遠，自己一縱便到，即令警覺閃避，以自己功力，在他所立墳頭，再一借力，躍起高空，用雲龍身法，凌空下擊，無論這狡詐老鬼逃往何方，三、五丈方圓全在自己掌風身影籠罩之下，必然成擒，毫無疑問！

老怪心中想事，只是剎那之間，一口玄功真氣提足，真像隻大白鶴一般，雙袖一抖，便自電掣前飛六丈多遠！

而且知道西門豹武功遠遜自己，絕不會站在墳頭之上等著挨打！所以這一撲，並不欲撲人，意在接近距離，逼得對方閃避移位，再行變更身法後，出手傷敵！

哪知西門豹心細如髮，智計又高，早在自己所立墳頭之上做了手腳，該處本來只是一片荒草，並無墳頭，西門豹費了半日工夫，以竹枝皮紙紮了一座空墳，墳中放了一大盆奇髒穢水，

水中並撿來幾塊暴露枯骨，墳上覆以泥土亂草，配上周圍累累真墳，又在淒迷月色之下，任何人也想不到墳還有假！

他自己立足之處，是插入地中的唯一兩根較粗竹竿，並連與老怪韋光之間的距離也已算好！知道以老怪這等功力，如在三、四丈內，倘若萬一發現有異，雖然身在空中，仍可隨意變化身法！但這一相距六丈有餘，老怪必須竭盡全力方能縱到，則縱起以後，因力已用絀，要想變式傷人，或轉化方向，均需等落地借力，二度騰身不可！

所以眼看老怪快捷如風地縱身撲來，仍然沉心納氣不動，直等老怪撲過中途，往下斜落，看出果然是往自己所立墳頭著足，才自冷笑一聲，輕點腳下浮土之內的竹樁，退出兩丈以外！

老怪韋光對西門豹不戰而退，原在意中，也自冷笑一聲，方待落足以後，二度騰身追擊，定然可以擒住對方！哪知墳頭是假？既未提氣輕身，又想借勢騰身，力量自然用絀！

就見老怪身形一落，「喀嚓」、「撲通」連聲，正好掉進那西門豹事先佈置好的髒水盆中，水花帶著皚然白骨，四外飛濺，不但弄得一身奇臭，而且在左右數丈的兩座墳頭之上，又復出現兩條人影，與站在前方草樹叢中的西門豹，一齊拍手笑道：

「天南老怪在泰山腳下鑽墳，變成臭鬼，這倒是近世以來的武林韻事！」

「玄龜羽士」宋三清老遠看見師叔又中暗算，暴吼一聲，如飛趕至！

老怪韋光涵養再好，此時聞著自己這身奇臭，也未免怒火沖天！匆匆辨明後出現的兩人，

一個似是光頭僧人，一個則是書生打扮，仍無大對頭靜寧真人在內，遂把滿腔怨毒，一齊專注那連番使自己上當的「千毒人魔」西門豹，暴吼一聲，提足白骨玄功，一張馬臉，在淒迷月光之下，慘白得連頸項之間都不見血色，兇睛怒瞪，精光暴射，那副凶相，簡直能把膽小之人，嚇都嚇死！

白色長衫的大袖猛然一抖，從那假墳污水之中，拔起了四丈多高，半空中雙臂一分，頭下腳上，連著懾人心魂的怪嘯之聲，直朝西門豹當頭飛落！

這時後現身的鐵木大師澄空和尚，業已截住「玄龜羽士」宋三清，毫不留情地運足練得極精純的北嶽絕學般禪掌力，一輪暴風雨似的急遽攻擊，便把宋三清在沒頭沒腦、莫名奇妙之下，逼到幾座高大墳塋之後，與老怪韋光分做兩處！

「鐵膽書生」慕容剛則知道老怪韋光屢上惡當，這凌空一撲，是以全力施為。西門豹逃既為難，縱然自己出手代為抵擋，也恐怕因對方威勢過強，抵擋不住！念頭一轉，不救西門豹，也自凌空縱起，從側裏直撲老怪韋光，雙掌猛推，排山倒海一般的急勁罡風，向老怪攔腰疾撞而至！

老怪韋光毒恨西門豹，本來倚仗白骨玄功，業已提貫周身，預備不理這書生打扮之人，先把這個狡惡對頭毀在掌下！

但忽然覺出慕容剛的掌風來勢太強，自己似乎硬抗不住，只得抽回右手，一招「雲龍擺尾」，以八分功力應敵鐵膽書生，左掌依然掌心一登，發出寒毒襲人的白骨陰風，不過氣勢業已大減，只剩下兩成左右威力！

這樣一來，老怪韋光又未免兩頭落空！

西門豹武學本已不弱，自服呂崇文那一顆萬妙靈丹以後，功力更增，雖仍比不上慕容剛、澄空，卻對老怪這只剩兩成威勢的白骨陰風並無所懼！哈哈一笑，雙掌連推，化解開老怪掌力，便即隱入豐草密樹之內！

至於與鐵膽書生硬拚的那一掌，則因慕容剛一來全力施爲，二來從旁側擊，占了便宜！

老怪韋光卻只用了八成功力，又復分心對付西門豹，居然半斤八兩地一震而開，雙方各無所損的凌空退出四、五尺遠，飄身落地！

五一 各逞奇謀

此時老怪「白骨天王」韋光倒顧不得切齒痛恨的「千毒人魔」西門豹業已溜走，及師侄「玄龜羽士」宋三清與那僧人拚鬥的勝負如何？眼望面前這個神色悠然自如，與自己硬拚一掌，居然未分上下，而看來只有三十來歲的英俊書生，冷然發話問道：

「你居然能夠接我一掌，真算難得！報個姓名，再行動手！」

「鐵膽書生」慕容剛人立下風，聞見老怪身上傳來的陣陣臭味，頗覺噁心，移步換了一個方向，看了老怪一眼，故意裝出一副傲然神色答道：

「你這老怪，委實見聞太淺，居然不認識我，宋三清十年心血所創建出來的萬惡寨會，毀在誰的手中，你知道麼？」

老怪韋光見對方神情竟比自己更傲，不由鋼牙微挫，暗把心頭一口惡氣強行按捺，又打量慕容剛幾眼，帶著懷疑的口吻問道：

「難道你就是北嶽無憂的師侄，『鐵膽書生』麼？」

慕容剛仰天狂笑說道：「豈只鐵膽，還有一雙鐵手，『天南老怪』，你再吃我一掌，試試滋味怎樣？」

身隨聲起，快捷無倫，居然主動進撲「白骨天王」，蓄足生平功力，雙掌猛推，宛如橫空霹靂，挾帶狂風暴雨俱至！

老怪「白骨天王」韋光真想不到這位比自己身分矮上一輩的鐵膽書生如此膽大？因適才撲

擊西門豹之時，已然覺出慕容剛掌力極強，老怪並不輕視後輩，眉目之間，閃動一絲淡淡白氣，右手一拂，用了九成以上的白骨玄功，一片陰風，對著慕容剛所發的劈空勁氣逆襲而去。

這一招是硬打硬接，鐵膽書生不比方才在橫裏截擊，老怪又分神貫注西門豹之下，占了便宜，雖然北天山養傷，被靜寧真人花費極大心力，用乾元罡氣太清神功打通「督」、「任」兩脈，龍虎玄關已通，三花聚頂，五氣朝元，功力大有進境，但仍敵不過天南老怪六、七十年苦練的白骨玄功！

掌風一接之下，老怪韋光岸然不動，鐵膽書生卻被震得退出七、八尺遠，身上感覺一涼，陰毒寒風幾乎透體而入！

好在慕容剛越經磨難，見識越多，行事也越發沉穩！他們今夜裝出種種狂妄傲慢神色，全是爲了激怒老怪，令他心浮氣散，易於上當！所以面上雖狂妄得無以復加，心中卻對老怪韋光警惕已極！

方才凌空一掌相對，上下未分，慕容剛心中即已懷疑，自己進境再快，也不致極短期間，便能與這等成名老怪分庭抗禮？所以等二度出其不意遞掌，看來凌厲無倫，其實保留了一成以上功力！此時既覺陰毒寒風襲體，知道不過是老怪掌力餘波，自運真氣，流轉百穴，再往體外一逼，也就無事了！

人落地上，依舊神色從容，戟指「白骨天王」笑道：「這一手白骨陰風，還不愧『天南老

怪』之名，要像先前那樣膿包，慕容剛就無興奉陪，在這荒墳惡鬥了！」

老怪韋光見彼此差了一輩，自己九成功力的白骨陰風出手，僅僅把這「鐵膽書生」慕容剛震退七、八尺遠，並無傷損，不由心中怙惙，萬一無憂、靜寧、妙法等老鬼，真個來上一人，場面豈非不易應付？

他心另懷鬼胎，見動手這久，昨夜峰頭訂約的呂崇文始終未現，不由面露得意獰笑！雖然隱隱聽宋三清與那僧人越鬥越遠，但因深知師侄玄龜羽士功力頗爲精純，並未掛心，掛心的卻是眼前這個鐵膽書生，似乎並不是三招兩式便能打發，尤其是那神出鬼沒、難以捉摸的西門豹，自隱入草樹之中以後，始終未曾露面，不曉得他在暗中搗的甚麼鬼？

此人除了智計絕倫以外，人稱「千毒人魔」！倘若他在自己與鐵膽書生纏戰之時，暗暗從旁施展威震江湖的成名「毒」技，卻是極爲可慮！

老怪刹那之間，心頭百轉，覺得周圍一片荒墳蔓草，那千毒人魔倘藏在其中暗施詭計，簡直太爲方便！必須把這鐵膽書生及早打發，何況方才失足陷入空墳，弄得滿身穢臭，自己聞在鼻中，都覺噁心欲嘔，也急待回峰洗滌，遂眼望慕容剛，陰惻惻地說道：

「小輩既知老夫厲害，仍敢口角輕狂，豈非找死？」

雙方相距，不過一丈三、四，老怪韋光連肩頭全未見晃，閃身即到，月白長衫大袖往上一翻，露出一隻瘦骨嶙峋，形如鬼爪似的慘白右手，五指半屈半伸，抓向「鐵膽書生」，指尖銳

甲，長約寸半，並似有緩緩冷氣，從那指甲之間射出！

「鐵膽書生」慕容剛心中驀地一驚，認出這種功力，叫做「白骨陰風爪」及「陰寒鬼甲」！

白骨陰風爪凌空一抓，固然陰風襲人，能透百穴，但最厲害的，還是數那「陰寒鬼甲」，這長約寸半的指甲之上，一貫內家真力，幾乎無堅不摧，並浸以極毒藥物，對方只要被這「陰寒鬼甲」略為劃破絲毫皮肉，微見血跡，便即周身冷顫不休，血脈便會凝結而死！

想不到以「天南老怪」威望之高，一開手就以這種極厲害的陰毒功力對付自己？碰既不敢硬碰，以老怪身法功力，彼此對面動手，閃又絕閃不開，慕容剛萬般無奈之下，知道這類陰毒功力，最怕一種純陽禪門絕學「金剛訣印」！自己未習練，何不冒一冒險，唬這老怪一下，或許可以解開目前之厄，再與他利用地形遊鬥，絕不近身纏戰！

主意打定，哈哈一笑，朗然說道：「無知老怪，休以為用『陰寒鬼甲』便能暗算慕容剛，我索性讓你見識一下禪門絕學『大旃檀神功』其中的一種罕世奇功，你可知道這叫甚麼名目？」

右手立掌當胸，左手食指、無名指一盤，拇指、小指一掐，單以中指挺立如錐，直向老怪韋光劈面抓來的「陰寒鬼甲」戳去！

老怪韋光何嘗不知道自己的「陰寒鬼甲」最怕「金剛訣印」！但絕不相信，連北嶽無憂、

南海妙法都未曾聽說練有的「大旃檀三絕神功」之一的「金剛訣印」，會在這「鐵膽書生」手中出現？

但慕容剛高就高在沒有叫明這是「金剛訣印」，而末後又復反問老怪一句，自己這以中指挺立迎向「陰寒鬼甲」的功夫，叫做甚麼名目？

再奸再滑的「天南老怪」被這輕輕一問，問了個疑竇叢生！暗想對方既然認識「白骨陰風爪」及「陰寒鬼甲」，當然知道鬼甲傷人，見血立死，何以絲毫不避的坦然硬抗？倘若是疑兵之計，故意唬人，則更應該把「金剛訣印」之名叫出，不會只用不說，滿面傲容地反問自己！

今夜這般敵人，詭詐無比，這一手即或是假，以自己功力，不難再度進手傷敵！但萬一真是「金剛訣印」，自己不信硬拚之下，因純陽純陰相剋之故，可能數十年苦功，毀在這種後輩手內，未免太過不值！

老怪權衡利害，終於覺得寧信其有，不信其無，遂在雙方指爪展眼即將接觸之下，把「陰寒鬼甲」倏然收回！

「鐵膽書生」慕容剛見奇險已過，滿身冷汗，哈哈一笑，雙足倒點，退出兩丈以外！

慕容剛這一退，老怪韋光知道自己顧慮太多，又中敵計，不由羞惱成怒，極其淒厲的暴吼一聲，滿頭蕭蕭白髮，根根倒豎，雙臂一張，十枚「陰寒鬼甲」銳利如刀，欲待凌空撲起，施展自己拿手看家絕學「天魔百爪」，把這鐵膽書生立斃「陰寒鬼甲」之下。

「鐵膽書生」看老怪這副兇相，也自驚心，知道對方已動真怒，這一擊定然全力出手，石破天驚，猛烈無比，趕緊靜氣寧神，雙目凝光，注定老怪韋光準備相機閃避，絕對不再冒方才那種奇險硬抗！

就在老怪韋光蓄意蘊怒，欲起未起之時，豐草密樹之間，又響起那位西門豹的口音，哂笑說道：「老怪物你有什麼了不起？做出這副怪相，真像是一具塚內枯屍，妄自張致，你且接接老夫這件暗器，看是何物？」

隨著話音，黑忽忽的一物，好似份量不輕，劃空生嘯的，自草樹之中，照準老怪韋光打到！

若換常人，老怪韋光或接或擋，均所不懼，但對這位「千毒人魔」西門豹，卻因業經上過兩次惡當，摸不清這件黑忽忽作嘯飛來，份量不輕，體積不小之物，究竟有何花樣？只得暫遏撲擊「鐵膽書生」慕容剛之勢，往後略為縱避！

那件黑忽忽之物，因西門豹是暗器名家，手勁用得極好，恰恰落在老怪韋光身前，哪是什麼暗器？卻是「玄龜羽士」宋三清頭上所戴的一頂九梁道冠！

這頂九梁道冠一入眼中，老怪韋光不由心內一驚，知道師侄宋三清拚鬥那個僧人，縱未喪生遭擒，此時形聲不聞，道冠在目，情勢也必不妙！

眼角瞥處，看見西門豹適才發聲之處的豐草以內，突往西南波動一道草紋，知道人在其

中，怒吼一聲，雷疾一般淩空縱起，雙手箕張，十枚「陰寒鬼甲」尖端，發出刺耳驚心的陰風銳嘯，把那草紋波動之處籠罩在內！

老怪因心中毒恨西門豹，這次淩空飛撲，是以全力施爲，自信以去勢之疾，對方絕難再行逃脫，半空一聲狂笑，得意叫道：

「西門老賊，還不與我納命？」

十二成的白骨玄功展處，陰風怒捲，只見一片斷草殘枝和砂石之屬，漫空飛揚，連地面都被那老怪掌力，生生擊出五、六尺方圓的一個大洞！

但西門豹哈哈一笑，再度現身，仍然是在先前發聲之處，絲毫未動！手指老怪韋光哂然說道：「西門豹折枝爲計，信手一甩，卻令你費了不少真氣內力，委實抱歉萬分。但以你天南老怪名頭，不應屢上我這千毒人魔惡當，莫非年齡太大，目力減退，而這劉氏荒墳之內，草樹淒迷，月色星光，也過分黯淡，看不清楚所致麼？」

老怪蓄足十二成白骨玄功，石破天驚的一擊又空，雖明知敵人意在激怒，也已禁不住怒火狂燃！

落地以後，方待不顧一切的，先把西門豹斃在掌下，縱令靜寧老鬼等人暗伏在側，俟自己真力損耗，再出硬拚也所不計之時，西門豹又已笑道：

「老怪物你不要妄起凶心，再若逞強亂來，西門豹掌中這兩把『千毒神砂』，就叫你魂返

天南，屍身留在此處！」

老怪韋光突然一陣極高、極烈的獰聲狂笑，驚得草樹之間的梟鳥狐鼠紛紛悲號驚竄，爲這月夜荒墳，更添上了幾分恐怖淒涼的景色！

笑完慢慢說道：「西門豹！老夫早已看透靜寧老道不在此間，你們弄此玄虛，無非想乘此機會上峰鬧鬼！所以來此之前，早在丈人峰頭設下玄妙佈置，你們上峰之人，不是化作厲鬼，便是又爲老夫添了階下之囚，還在此自鳴得意作甚？話已說明，你這老匹夫，今夜屢對老夫無禮，想活萬難！什麼叫『千毒神砂』？便是『萬毒神砂』，老夫何懼？你拿命來吧？」

尾音才出，人已凌空拔起四丈多高，而西門豹這回確似並未虛言，左、右手同時一揚，兩把似砂非砂之物，對準老怪縱起半空的身形，飛灑而至！

「白骨天王」韋光此時蓄意先搏殺這西門豹洩憤，業已對一切不再顧忌，森然一笑，右手大袖，以十成白骨陰風，猛然一拂，飛砂立被驅散，但也看出那僅是兩把自地上隨便抓起來的尋常砂石！

而西門豹乘著兩把砂石灑出，又欲遁逃，不由狂笑連聲，掉頭撲下，得意叫道：「『白骨天王』要命，便是五殿閻君也不敢稍違，西門豹你還想跑？」

兩掌由分而合，往胸一收，十指陰風業已籠住對方，正待立下殺手之際，左、右同時有人高呼：「老怪猖狂，只怕未必！」

一青一灰，兩條人影，也自淩空飛撲「白骨天王」！

老怪韋光目力極好，雖然月被雲遮，光影極暗，但人既縱起空中，較易辨別，自左面撲到的，正是適才對手「鐵膽書生」慕容剛，右面撲到的，卻是激鬥自己師侄宋三清的灰衣和尙！

此人一來，宋三清十九不幸，休看自己功力絕世，獨對三人也略爲嫌重，不如將計就計，先把個比較最強的「鐵膽書生」除去。

老怪韋光毒計一生，竟以數十年修爲的白骨玄功護住周身，拚著硬挨右面撲來的灰衣和尙一掌，突然半空旋身，迎向鐵膽書生，「嘿」的一聲，雙掌貫注全力，直向慕容剛胸前撲去！

他這一舉，倒真出慕容剛、澄空二人意外，空中轉折閃避，畢竟較難，「鐵膽書生」固然被老怪韋光擊中前胸，老怪韋光的後背之上，也被澄空所發的般禪重掌，打了個實而又實！

慕容剛雖然事先立計，覓機賣給老怪一掌，但卻未料到此時便被打上？而且老怪又是意圖一擊立斃，用了全力！只覺得對方雙掌遞到，自己一撥未曾撥開，千鈞壓力，當胸撞到，不由心頭一悶，腦際一昏，竟被震出七、八尺遠，跌入叢草之內！

但老怪韋光做夢也未想到，慕容剛青衫之內，還穿有一件劇毒已去的「毒蝟金簑」？力量用得太猛，雖然將人震出，一聲淒厲怒吼，雙掌鮮血淋漓，受傷已在不淺！

而背上挨的般禪重掌，威力之強，也出於老怪所料，雖然提足白骨玄功護身，照樣把他打得飛出四、五步去，臟腑翻騰，心頭狂震！

老怪韋光知道這一掌硬挨，挨得不輕，而雙掌傷勢更重，今晚業已無法逞兇，也不顧宋三清死活，目光狠狠盯了澄空及西門豹幾眼，肩頭晃處，便如一縷白煙，消失在荒墳蔓草之外！

澄空、西門豹見老怪已遁，而慕容剛被他當胸雙掌震出那遠，跌入草中，毫無動靜，不由焦急異常，雙雙趕過！

卻見「鐵膽書生」盤坐亂草之內，正在閉目行功，面容煞白，不帶絲毫血色！

澄空解開慕容剛青衫及「毒蝟金簑」，伸出一隻右掌，貼在他後心之上，以本身真氣內力，助益慕容剛流轉百穴。

足有兩、三盞熱茶工夫過後，「鐵膽書生」滿頭大汗地整衣而起，取了兩粒靈丹，噍入口中，看著胸前被殘毀的青衫，和一片血跡，搖頭說道：

「『天南老怪』好厲害的掌力，隔著一件『毒蝟金簑』，在雙掌已受重創之下，還把我幾乎一掌震死！」

澄空也自嘆道：「老怪功力委實超凡！他不像師弟有『毒蝟金簑』護身，後背硬挨我幾盡全力的般禪重掌，便是一個石人，也應震成粉碎，他卻居然未受太大傷害，走時身法，照樣快捷無倫！以此看來，恩師、師叔與金龍寺二佛等人，拚鬥『鳩面神婆』常素素及天南大怪『骷髏羽士』韋昌的野人山之行，一場血戰的慘烈艱難，可以想見呢！」

五二
千慮一失

慕容剛忽然想起老怪韋光誇言峰頭設伏之事，「天香玉鳳」嚴凝素愛侶關心，呂崇文叔侄情重，此間之事一了，不禁爲他們憂慮萬端！

向西門豹問道：「西門兄，適才老怪誇言看透我們的用意，峰頭早設厲害埋伏之語，不知是真是假？」

西門豹低頭思索片刻，浩然嘆道：「我平日總以智計自許，哪知百密之內終有一疏，昨夜不該讚同呂崇文上峰邀戰之舉，確實留下了一個莫大漏洞！」

慕容剛焦急萬狀，問道：「西門兄不要再打啞謎，我們漏洞何在？」

西門豹說道：「呂崇文上峰邀戰，打的是他師父靜寧老前輩的旗號，請想，倘靜寧老前輩真若來此，以他宇內三奇身分，定然直上丈人峰頭，向『白骨天王』韋光問罪，怎會邀人下山，到什麼鬼氣森森的劉氏荒墳之內惡鬥？老怪江湖經驗，不會後人！看出此點可疑之處，反覆再一推敲，極可能猜出我們調虎離山，志在救人，而如他適才所言，一面率宋三清到劉氏荒墳赴約，一面卻將計就計，在峰頭加以佈置，俟人自投羅網！」

慕容剛聽至此處，不顧所受內傷，變色欲起，澄空卻把他一把按住道：

「師弟休急，嚴女俠、呂崇文均不是尋常身手，扎手難鬥的老怪師徒，已到劉氏荒墳，峰頭縱然設伏，也未必能對他們二人有所傷害！情形究竟如何，回店一看便知，就算出了什麼些微差錯，甚至成了老怪的階下之囚，我也擔保他們無礙！你雖仗毒蝟金簑之力，受傷不是十分

嚴重，但還是把真氣再流轉周身百穴一遍，以期完全復元得好！」

慕容剛聽澄空師兄的言中之意，似說縱然嚴凝素、呂崇文被獲遭擒，也無大礙，不由瞠目莫名其意！

西門豹含笑命他閉目調氣，緩緩說道：「慕容老弟且自寬心用功，把餘傷去盡，那『玄龜羽士』宋三清本就鬥不過你澄空師兄，被他一連幾記般禪掌力硬攻，逼得退往一座大墳之後！我因看出天南老怪過分厲害，怕你一人應敵，易蹈危機，才不擇手段，暗中撒出兩把石灰，迷住宋三清雙目，被你師兄一下點倒，有了這好人質，嚴、呂二人縱令稍有閃失，還怕老怪韋光敢對他們加害不成？」

慕容剛聽說擒住「玄龜羽士」宋三清，心內果然略寬，真氣再度調勻，運行周身一遍，覺得傷勢告癒，功力也恢復十之七、八，遂與澄空、西門豹，帶著被點暈穴的玄龜羽士回轉所居客店！

到得店中，上丈人峰救人的「天香玉鳳」嚴凝素與小俠呂崇文猶未回轉！

鐵膽書生雖有人質在手，但因嚴、呂二人與自己關係太深，正欲請澄空師兄及西門豹相助，索性帶著宋三清闖趟丈人峰頭，與他們打個接應之時，院內疾風颯然，腳步急驟聲中，當門現出了一身白衣之上染遍斑斑血跡，柳眉籠聚，滿臉愁急之容的「天香玉鳳」嚴凝素，手中

拿的卻是呂崇文的青虹龜甲神劍！

嚴凝素見三人均在室中，也不問劉氏荒墳之戰勝負如何？便自惶聲叫道：「文侄在丈人峰頭中計被擒，我們趕快合力前往援救！」

慕容剛還未答言，澄空業已說道：「慕容師弟方才曾受老怪掌傷，西門大俠則名頭太大，賊黨人人皆欲得你甘心，還是讓我上趟峰頭，通知老怪『白骨天王』韋光、宋三清未死，人在我手，約他不許虐待呂崇文，明夜初更，峰腰互換人質，然後彼此約期再戰！」說完，便自飄身縱出！

慕容剛招呼嚴凝素坐下休息，並替她倒了一杯熱茶，先告訴她劉氏荒墳之戰，擒住宋三清，氣走老怪「白骨天王」韋光等情，然後問她峰頭遭遇。

嚴凝素聽澄空說是慕容剛又受老怪掌傷，不由自極度疲乏的目光之中，流露驚急關垂，但聽完以後，知道隔著一層「毒蝟金簑」，老怪吃虧更重，意中人並無大礙，才銀牙微咬地說出一番話來。

原來嚴凝素、呂崇文伏在林中暗處，等看見老怪韋光師徒馳往劉氏荒墳，立即施展絕頂輕功，直撲丈人峰頭！

因必須趕在「白骨天王」及玄龜羽士被西門豹、澄空、慕容剛等人絆住，未曾回轉丈人峰之前，方易下手救人，良機瞬息，稍縱即逝，所以嚴凝素、呂崇文才全力攀登！

「天香玉鳳」輕功本來極俊，呂崇文的七禽身法，更是快捷無比。不消多時，業已登上這座百丈高峰，但只見峰頭燈光黯淡，一片沉寂！

呂崇文昨夜曾經來過一次，遂爲他這位嚴姑姑引路，撲向那座比較高大的群賊議事之所，想探聽「雙首神龍」裴伯羽、「璇璣居士」歐陽智，究竟被囚何處？

但二人身形，宛如風飄輕絮一般，毫無聲息地往大廳屋頂一落，廳內居然立時警覺，突地響起一聲號角，剎那間廳內燈光倏然全滅，並從四外的暗陬之間，發出無數箭雨，在朦朧月色之下，劃空生嘯地攢射嚴、呂二人，兩大廳之內也竄出了十來條手執兵刃的勁裝人影！

嚴凝素、呂崇文知道自己所定的聲東擊西、調虎離山之計，已被對方識破，看這情形，老怪韋光下峰以前，分明早有佈置，要想如願救人，非經一番灑血苦戰不可！

二人何等功力？對四周攢射的一陣漫空箭雨毫不爲意，呂崇文口中微嘯，青虹龜甲神劍一陣龍吟，半空中突然騰起一圈精美青虹，宛如冷電旋光，把數十支暗箭一齊格飛削折！

「天香玉鳳」嚴凝素卻見那大廳內竄出的十來條手執兵刃勁裝人影以內，有一道裝之人，對屋頂略加審視以後，便自遮遮掩掩地，似存怯意！不由心內起疑，鳳眼凝光，特別注目之下，業已認出此人是誰，頓時一椿往事，電映心頭，發聲清叱，真氣提貫玉臂，靈龍軟劍，映月生輝，頭下腳上地，往群賊叢中，凌空飛撲而至！

原來那道裝之人，正是曾以「柔骨迷煙」暗算，幾乎在傅君平獸行之下，毀去嚴凝素一生

清白，洞宮山天琴谷的一塵惡道，惡道當然知道這位昔日四靈寨天鳳令主的厲害，及對自己怨毒之深，又加上吃過呂崇文大苦，所以一經認出來人，便已先萌逃志！

「天香玉鳳」白衣飄飄的人影撲到，群賊之中，暴吼連聲，飛起一條虎尾三截棍，一對護手雙鉤，照準嚴凝素攔腰疾落，風勢呼呼，顯見功力不弱！

但嚴凝素毒恨這一塵道人，蓄意搏殺此獠，半空中柳腰微閃，讓開護手雙鉤，左臂卻以內家罡氣，硬把那根虎尾三截棍震得飛起半天，掌中靈龍軟劍，則仍然化作千重劍幕，毫不留情地向一塵道人當頭蓋下！

呂崇文也已認出一塵惡道，見嚴姑姑飛身下撲，怕她忿怒之中受人暗算，青虹龜甲劍舞成一圈精虹，隨同飛落！

恰好那使護手雙鉤的賊徒，武功不弱，見嚴凝素白衣輕揚，像隻玉鳳般的，在半空中微一翩遷，自己雙鉤便告砸空，正待用一種毒辣招術「反手奪魂」，翻轉雙鉤，再度傷敵！眼前一道耀目青虹，帶著森森冷氣，已自從天而降！

這用鉤賊徒，不曾嘗過青虹龜甲劍的厲害，倚仗所使護手雙鉤，專門鎖拿刀劍之屬，遂狂笑一聲，雙鉤交叉，往上便搭！

呂崇文根本不倚仗神劍鋒刃，默運內家真力，以劍脊輕輕一震，便把對方震得手臂痠麻，雙鉤欲脫，鉤前門戶，自然洞開！猿臂隨伸，血花一濺，這名使鉤賊子，便在青虹龜甲劍下交

代！

在呂崇文斃賊同時，「天香玉鳳」嚴凝素也凌空揮拳，突發一記劈空掌力，震退準備攔截自己的三、四個賊徒，靈龍軟劍劍花加緊一旋，一塵惡道只覺得萬條劍影，當頭疾落，手中一柄玄門雲帚，不知從何招架？倉皇無措地狂吼一聲，半個頭顱，飛出多遠，連嚴凝素白衣之上，因衝勢過急，收煞不住，也沾上了不少腦花血雨！

一塵惡道與死在呂崇文手中的使鉤之人，在這群賊以內，還算得上是佼佼人物！一招未過，便在對方劍下雙雙喪命，這種威勢，竟把其餘群賊一齊鎮住！

呂崇文一聲冷笑，正待喝問裴伯羽、歐陽智二人被禁何處？那黑黝黝的大廳之中，突然響起一陣宛如夜梟悲號般的桀桀怪笑！

「天香玉鳳」嚴凝素聽那笑聲雖然並不高洪，但卻聲聲扣人心弦，似乎含有一種迷神魅力！知道發笑之人，不但武功頗高，並可能是個邪僻怪異一流人物，遂一扯呂崇文，命他在未看清對方來歷之前，不可妄動！

那發笑之人，好似從未換氣，笑得極長，但越笑越低，越低越覺得懾人，等笑到宛如一縷游絲，大廳門口，現出了一個唇紅齒白，年約三十上下的俊美書生，手中輕搖一把湘妃竹摺扇，瞥了地上裂腦洞胸的兩具死屍一眼，毫不驚奇的嘴角微披，蔑然一笑，好似根本就未把仗劍卓立的「天香玉鳳」嚴凝素，與小俠呂崇文看在眼內！

呂崇文哪裏看得慣他這副嘴臉？劍眉雙剔，方待叱問，嚴凝素卻已盯了書生手中那把比尋常摺扇略長的湘妃竹摺扇幾眼，微帶詫聲問道：

「三十多年以前，有一個人妖巨寇鍾如玉，在雲貴苗疆一帶橫行，外號人稱『白面人妖陰風秀士』，可是你麼？」

那手搖摺扇的俊美書生，聞言把那本來低垂的眼眉一睜，精光電射，偏頭看了「天香玉鳳」嚴凝素一眼，但似爲對方那種絕代容光，微微驚奇，點頭說道：

「妳這女娃居然有點見識，長得也還不錯，大概就是什麼『天香玉鳳』嚴凝素了？你們那點陰謀鬼計，瞞得了誰？韋天王親自下山赴約，卻請我在峰頭坐鎮擒人，來來來，我先讓你們看看想救的裴伯羽和西門豹！」

說完，舉手一揮，遠遠一處房屋之前，火把紛紛舉起，照著一座極大鐵柵以內，果有兩人，背縛在兩根大柱之上！

五三
魔高一丈

嚴凝素低聲向呂崇文說道：「文侄！這鍾如玉成名多年，煞是難鬥，但峰頭除他一人，想來別無好手？這人由我對付，我一與他交手之時，你便飛撲那座囚人鐵柵，仗青虹龜甲神劍之力，斬柵救人，得手以後，也不必與我會合，彼此分頭退往峰下，千萬不可戀戰！」

呂崇文知道這位嚴姑姑心性之傲，不在自己之下！她居然都說這個「白面人妖陰風秀士」難鬥，此人來歷定然不小！一面點頭笑諾，一面向那書生打扮的鍾如玉叫道：

「『天南雙怪』是韋昌、韋光，桃竹陰陽教主是淩風竹、畢桃花兩個惡煞，你算是其中哪一號人物？出頭尋死則甚？」

「白面人妖陰風秀士」鍾如玉冷冷答道：「韋昌、韋光自苗疆野人山中，請來『鳩面神婆』常素素助陣，淩風竹、畢桃花則特自六詔山中，請出我來，爲他們重振桃竹陰陽大教護法！有這多罕世人物聯手，慢說你們後生下輩的螢火之光，就是無憂、靜寧及妙法三個老鬼，也如同土雞瓦狗，不堪一擊……」

他發話之間，呂崇文向嚴凝素附耳說道：「嚴姑姑！這個什麼『白面人妖』，說話簡直太狂，我先砍他一劍，不管能傷與否，馬上就去救人！」

青虹龜甲劍驀地騰光，一縱而出！

嚴凝素久闖江湖，見識自然比呂崇文廣博得多！知道這「白面人妖陰風秀士」鍾如玉，看來雖只三十左右，其實年齡盡過七旬，一身功力，奇高無比！聽呂崇文要先砍他一劍，生怕有

失，方待阻止，呂崇文話完人起，身法太快，業已縱出。

他也明知面前這位看來與「鐵膽書生」慕容叔父差不多年歲的陰風秀士不大好惹！所以一上手就是太乙奇門劍中的精絕招術「天河倒瀉」，青光瀰漫，一片寒星，向鍾如玉迎頭灑下！

武學之道，差之毫釐，便不可以道里相計！呂崇文這一招精粹絕學「天河倒瀉」，對付別人，確實威勢無倫，但鍾如玉卻未看在眼內，輕輕一哂，手中湘妃竹摺扇合攏，迎著一片寒星劍影，向上一穿，就憑一柄竹骨紙扇，居然把大漠神尼昔年降魔至寶青虹龜甲神劍，硬用內家真力黏吸，往外一領，左手駢指如戟，快如石火電光一般，直戳呂崇文脅下！

且說呂崇文下山行道以來，除了在皋蘭被四佛十三僧合力擒住之外，尚未遇見過如此高手，只覺得對方一柄摺扇，貼在自己青虹龜甲劍劍脊之上，往外一領，力量之強，寶劍幾乎掌握不住！

他逞強已慣，心中哪裏肯服？方待硬運真力奪劍，並化拆鍾如玉點向自己肋下的一招，耳邊陡的響起一聲清叱：「文侄棄劍速退，按照原計行事，此人交我打發！」眼前更有三點金星，一條白影，電掣而至！

呂崇文聽出嚴姑姑話中，焦急之音特重，不敢再行逞強，索性把手中青虹龜甲劍柄向前猛推，就勢施展絕世輕功七禽身法，宛如一隻大鳥似的退後倒飛，然後翻身拳足，一踹一伸，撲往先前所見的囚人鐵檻！

嚴凝素因聽恩師妙法神尼閒中談述昔年成名人物，知道這「白面人妖陰風秀士」鍾如玉，練有一種絕毒武功「七陰指」力，其威勢之強，竟與佛門降魔絕學「大金剛神指」不相上下！

見呂崇文不識厲害，竟欲硬加拆解，不由急得出聲阻止，一面發出三枚「伏魔金環」，人也隨同進撲！

「白面人妖陰風秀士」鍾如玉，確是暗中施展「七陰指」力，想把呂崇文立斃指下！所以見他蓄力奪劍，正中下懷，一絲殘酷冷笑才剛浮上嘴角，卻未想到呂崇文突然聽話起來，以進爲退，倏地推劍飄身，不但躲過足以致命的「七陰指」力，並還使自己往外黏吸的真力一空，幾乎閃得倒退幾步！

而劈面飛到的三點金星，破空之聲，既不同於尋常暗器，打的也是雙睛及胸前「七坎」要穴，逼得不能不移步閃躲！

就在他移步避那三枚「伏魔金環」之時，眼前白影一飄，香風一掠，自呂崇文手中奪過的青虹龜甲劍，又被「天香玉鳳」嚴凝素搶回手內！

「白面人妖陰風秀士」鍾如玉真未想到嚴凝素有如此大膽，敢在自己手中奪劍，兇心一起，把初見「天香玉鳳」絕代容光的憐香惜玉之情，減去不少，「七陰指」二度發力，陰毒已極的反手自肋下發出一縷奇寒勁氣，向後襲去！

哪知「天香玉鳳」嚴凝素在膽大之中，還要加上心思極細，奪回青虹龜甲劍以後，猛提一口真氣，嬌軀平升數尺，仗著絕妙輕功，就在「白面人妖」的湘妃竹摺扇之上，微一借力，「紫燕倒穿簾」飄然已在丈許以外！

鍾如玉這反手一指又已落空，不由氣得這位「白面人妖」的白面之上越發慘白，湘妃竹摺扇刷地一開，雙眼兇光一注嚴凝素。

嚴凝素已把自己的靈龍軟劍歸鞘，手持呂崇文的青虹龜甲劍，俏生生地傲然卓立，屈指彈劍，劍作龍吟，青芒電閃之中，對著鍾如玉笑道：

「你不要以爲這『白面人妖陰風秀士』八個字，有多大聲威，嚴凝素要叫你知道人外有人，天外有天，嘗嘗我南海劍術與這柄青虹龜甲劍的厲害！」

女俠早已瞥見旁觀的一群賊子，正在分人阻截呂崇文前往大鐵柵中救人。雖知道這些酒囊飯袋不堪一擊，但呂崇文此時手內已無兵刃，萬一拖延時間，等老怪「白骨天王」與玄龜羽士趕回峰頭，則滿盤計畫，豈非盡成畫餅？

所以玉手一抬，青虹龜甲劍精光打閃，微伏纖腰，似是撲向「白面人妖」，其實身形長處，又是方才施展的那一式「紫燕倒穿簾」，但這次穿得更遠，追上撲往呂崇文的五、六個賊徒，半空中出聲清叱，劍化一片青芒，威勢無倫的當頭狂掃！

「白面人妖陰風秀士」鍾如玉見自己又中了「天香玉鳳」的聲東擊西之計，暗咬鋼牙，一

聲不響地悄悄跟蹤縱起，湘妃竹摺扇合成一股，毫無聲息，點向嚴凝素腰後！

他在縱到嚴凝素身後一丈左右之際，半空中血花四濺，業已飛起三顆人頭！

「白面人妖」怒滿胸膛，摺扇加力下點，以爲螳螂捕蟬，黃雀在後，這突然一擊，定可將這智勇兼全的「天香玉鳳」毀在摺扇之下！

哪知「天香玉鳳」慧質靈心，「白面人妖」鍾如玉雖是提氣輕身，毫無聲息撲來，她卻早知這位魔星絕不會任自己屠戮他手下賊黨，而置諸不理！故而在動手殺賊之間，特別注意身後動靜，已在地上忽有忽無的淡淡月色之內，瞥見一條人影凌空飛來！

「天香玉鳳」佯如未覺，「伏地追風」，劍刺前逃一賊，但在招發方半之時，嬌軀疾轉，青虹龜甲劍倒捲精芒，宛如一條青色神龍向當頭撲到，挺扇下擊的「白面人妖」鍾如玉攔腰逆掃！

當夜月色本不甚佳，何況風急雲多，時掩時現，所以「白面人妖」鍾如玉萬想不到嚴凝素會在依稀月影之中，發現自己撲到！身形正在下落，青芒如電的森森劍影，已自逆掃而來！

鍾如玉功力再高，也不敢與這類神物實刃硬抗，倘幸臨敵經驗太多，一身武學，也委實幾達爐火純青之境，在百忙中奇險之下，左掌微吐劈空勁氣，擊向地面，略借反震之力，一停身形，右手卻以準確無比的手法，用摺扇前端，閃電般地點向嚴凝素疾掃而來的青虹龜甲劍的劍脊之上！

就仗這輕輕一點之力，「白面人妖」鍾如玉好純的功夫，半空中兩個滾轉，閃出一丈三、四，逃過了一劍之厄，但心中業已連聲暗叫慚愧不止！

「天香玉鳳」得理之下不肯讓人，她好就好在把敵我強弱形勢及此來目的，看得極其清楚！所以根本不追那武功高出自己的「白面人妖陰風秀士」。

青虹龜甲劍精芒騰彩，一連兩式「風捲殘雲」、「滾湯沃雪」，南海劍法之中的絕學，攻向其餘群賊。慘嚎厲吼聲中，又是三、四名賊黨洞胸、折肢、飛頭、裂腦！

「白面人妖陰風秀士」鍾如玉此時已對手下賊黨死活不再關心，知道倘若不出全力，頗難制勝這頗令自己頭痛的「天香玉鳳」！遂先把被對方激怒的盛氣一平，恢復了初出大廳時的瀟灑從容，但除去了那股不可一世的驕狂神態！湘妃竹摺扇輕搖，面含獰笑的一步一步走向「天香玉鳳」。

嚴凝素偷眼旁觀，殘餘的四、五名賊黨，又有兩人喪命在呂崇文的「乾坤八掌」及玄門罡氣之下，而且離那囚人的大鐵柵也不甚遠！知道只要自己能絆住「白面人妖陰風秀士」一段時間，呂崇文必可功成，遂專心一志，靜氣凝神，足下不丁不八，暗合陰陽太極的穩立如山，欲以妙法神尼新近參悟相傳的師門絕學「伽羅十三劍」，會鬥這位久未出世，武功絕高的「白面人妖陰風秀士」鍾如玉！

世間事往往百密之內，終有一疏，「天香玉鳳」嚴凝素本是聰明絕頂的人物，但卻把眼前

一椿極大漏洞未曾看出！

因爲「白面人妖陰風秀士」鍾如玉分明知道自己與呂崇文夜闖丈人峰之舉，志在救人，則理應先截呂崇文撲往囚人鐵柵，他如此之圖，卻要向自己拚力纏鬥，豈非其中顯然藏有謀略？

鍾如玉自見嚴凝素後，起初覺得對方不過以劍法神妙及輕功靈活見長，但此時突然神凝氣靜，穩得像座山嶽似的，橫劍卓立，容光絕世之內，隱具莫大威儀，才深知此女不但身負極高武學，掌中又是一口稀世寶刃，委實不可輕敵！

走離嚴凝素身前數尺之處，摺扇一合，方待遞招，好個「天香玉鳳」業已把握敵不動，我不動，敵欲動，我先動的內家要訣，一劍生寒，斜勁而出！

這一招，名叫「慧劍降魔」，是「伽羅十三劍」中招術，初出手時，看來慢吞吞的威力並不甚大，但在接近的一刹那間，突然變慢爲快，而且快捷得無法形容，電閃光騰，幻起千重劍法，宛如如來世尊的普渡法輪一般，直向「白面人妖陰風秀士」鍾如玉捲去！

鍾如玉看出她這一招，不但威力奇大，其中並還藏有無窮變化，自然不肯遽加拆解，方一避勢飄身。

嚴凝素就倚仗這一著先機，把「伽羅十三劍」一招接著一招的施展開來，展眼之間，劍化萬重光幕，人疑千手觀音，足下並踩著南海絕學「七寶金蓮步」法，散著她身上生來特具的淡淡天香，把個蓋世魔頭圈在其內！

饒你「白面人妖」身負陰毒無比的極高功力，在這一柄青虹龜甲神劍及兩般禪門絕學之下，也不得不暫時屈居下風，手中湘妃竹摺扇按架遮攔之間，還得時時避免觸及對方斬金截玉的神劍鋒刃！

但等「天香玉鳳」嚴凝素把一套妙法神尼精研親傳的「伽羅十三劍」，使得將近尾聲，「白面人妖陰風秀士」鍾如玉已憑藉精純功力漸漸平反劣勢，手中摺扇有守有攻，並不時來上一下毒辣絕倫的「七陰指」，顯見得嚴凝素這一套精妙無比的看家劍法，使完之後，便必非敗不可！

就在這種緊要關頭，趕往大鐵柵中救人的小俠呂崇文，卻已出了岔事！

原來呂崇文推劍飄身，縱往大鐵柵之時，群賊以內，已有兩名趕到！

呂崇文哪裏會把這些妖魔小丑放在眼中？右手打出一股劈空襲人的玄門罡氣，把當面一賊震得口噴鮮血，跌出丈許，左手卻順勢一招「橫斷江流」，生生切在一個手持鋸齒雁翎刀，挺身進撲賊黨的大腿上，「喀嚓」一聲，腿骨應掌立折，疼得那名賊子鬼哭狼嚎，拋卻雁翎刀，疼得在地上抱著大腿亂滾。

二賊雖然在一照面下，便被呂崇文收拾，但這一耽延，其餘群賊，業已蜂擁而上！

呂崇文眼看嚴姑姑青虹飛舞之下，已替自己斫了不少惡賊頭顱，豪興一發，縱聲長嘯，施展師門絕學「乾坤八掌」，對付纏繞自己諸賊，那還不如虎戲羊群？剎那之間，足踩九宮，身

遊八卦，把三、四名賊子圈在一片掌風之內！

嚴凝素開始用「伽羅十三劍」對付「白面人妖」之際，呂崇文已把賊人收拾得只剩下兩個，而這兩個，也已心膽皆碎，鬥志毫無，呼嘯一聲，分頭逃去！

呂崇文看出嚴姑姑青虹龜甲劍在手，又復使出了看家絕學「伽羅十三劍」，卻仍然勝那「白面人妖」鍾如玉不得，知自己所能利用的良機無多，不顧嗜殺追敵，接連兩縱，自到達那內中囚人的大鐵柵外！

這具大鐵柵之中，立有兩根極粗鐵柱，柱上背縛兩人，但因設在月光難透的極暗之處，不到貼近鐵柵，無法辨清被縛之人的身形面目，看柵賊徒可能怯於呂崇文威勢，業已逃得一人不剩！

呂崇文在距離鐵柵五、六尺遠之處，便自開言問道：「柵內可是裴老前輩及歐陽居士？晚輩呂崇文，特來相救！」

柵內被囚之人，似已被折磨得毫無氣力，極其低微的「哼」了一聲，呂崇文天生俠膽，一陣心酸，淒然搶步上前，一手攢住一根鐵柵，便自猛凝真力，硬往左右分去！

就在鐵柵被拉得已見彎曲之時，柵內突然連聲陰沉冷笑，那兩個背縛在鐵柱之上，面容看不真切之人，倏地回身，每人手中一面半紅半白小旗，照準呂崇文臉面之間微一拂動！

冷笑一聲入耳，呂崇文便知中計，但事出突然，閉氣不及，那半紅半白小旗一拂之下，鼻

端微聞氤氳香氣，神智立昏，全身一軟，便自倒地！

呂崇文這一昏倒，峰頭燈火通明，每座房舍之間，均出現了預先埋伏的賊黨，同時厲聲吶喊著，要「天香玉鳳」棄劍就縛！

嚴凝素除了一開始之時，施展「伽羅十三劍」略佔優勢之外，本來已在漸落下風，再見呂崇文中計遭擒，芳心一亂，不禁連遇險招，胸前期門穴上，幾乎中了「白面人妖」鍾如玉的「七陰指」力！

尚幸身法靈活，一連兩個就地滾翻，不但躲過了「白面人妖」的致命一擊，同時趁這電閃之間，心中也已決定，自己在此拚死力戰，不過是徒逞匹夫之勇，毫無益處，必須立時脫身，會同西門豹、澄空、慕容剛等人設法營救，呂崇文才有生望！

「白面人妖」鍾如玉乘著「天香玉鳳」嚴凝素因瞥見呂崇文遇險，心神一分之際，用了一招「魁星點元」的「七陰指」力，逼得對方施展燕青十八閃翻身法，逃過此難！心中不由得意非常，一陣縱聲狂笑，跟蹤撲過，湘妃竹摺扇貫足真力，「玄鳥劃沙」下擊嚴凝素纖腰，口中叫道：

「小賊業已在桃竹陰陽幡妙用之下被擒，剩妳一人，還想逃得出我鍾如玉的手內麼？」

嚴凝素銀牙暗咬，香肩一靠地面，整個嬌軀倒翻而起，左手內兩枚伏魔金環，反打凌空撲下的「白面人妖」，右掌中的青虹龜甲劍，卻連演伽羅十三劍中連環雙絕「優曇飛缽」、「頑

石點頭」，但旋光劍雨，一發即收，足下暗用「金鯉倒穿波」，一縱便是兩丈多遠，倏地施展始終留而未用的一招，伽羅十三劍中威力最大絕學「伽羅禮佛」，幾乎連人帶劍，化在一道經丈精虹，青芒如電地向著圍在身外東南一面的群賊劈頭猛掃！

「白面人妖」鍾如玉因江湖經驗老到，眼力又高，看出伏魔金環所化的兩圈金虹不似平常暗器，那兩招「優曇飛鉢」、「頑石點頭」，配上青虹龜甲劍的森森精芒，威力又復奇大，自己站在穩勝局面之下，樂得慢慢消耗嚴凝素勁力，何必硬拚，遂一收「玄鳥劃沙」的下擊之勢，改爲「雁度寒塘」飄身左避！

算計雖然又穩又毒，但卻未料到「天香玉鳳」嚴凝素深明利害，不是爲了同伴中計，盛怒死拚，而是藉此兩環兩劍，略爲逼開自己，可作脫身之計！所以在「白面人妖」鍾如玉警覺之時，「天香玉鳳」已以獅子搏兔之力對付群賊！

一招「伽羅禮佛」，是伽羅十三劍的精中之精，粹中之粹，經丈精虹電捲之下，可憐碌碌群賊，哪裏禁受得起？人頭滾滾，斷肢紛紛，等「白面人妖」怒叱趕過，「天香玉鳳」的白色羅衣之上，業已染滿了斑斑血漬，脫身重圍，退往峰下！

嚴凝素香汗盈盈，微微帶喘地把呂崇文中計被擒，自己拚力脫圍經過絮絮講完，慕容剛一面心懸呂崇文安危，一面心疼嚴凝素的一番艱危浴血，急得劍眉緊皺，在室中不住負手往來蹀

踱。

西門豹見狀嘆道：「事已至此，慕容老弟你縱自急煞也是徒然，還不如靜攝心神，彼此好好商討一下！」

慕容剛扼腕搖頭說道：「武功一道，確實絲毫勉強不得，那天南第二怪『白骨天王』韋光確實已非我們能敵，再加上這麼一個『白面人妖陰風秀士』鍾如玉，如想硬闖丈人峰救人，不啻飛蛾投火，平白取辱，絕辦不到！若靠所擒『玄龜羽士』宋三清做為交換，則充其量也不過能換回呂崇文一人，其餘的裴老英雄及歐陽居士，難道就聽任他們淪於賊手，忍受長期凌辱麼？」

西門豹搖頭嘆道：「此事雖是呂崇文發起，但我也是認為可行，加以讚許！想不到生平以計弄人，如今遇見高明對手，雖然擒得宋三清，卻又把個呂崇文落入人家的算計之內！」

說到此處，突然眼內暴射神光，一陣軒眉狂笑說道：

「我自積翠峰石室之中，當著賢叔侄燒去那冊《百毒真經》以後，本已盡毀生平所練毒物，立誓永不再用！但今日為了對付這群萬惡凶邪及拯救正人俠士，少不得再度一施故技，我去準備一點東西，且等澄空大師峰頭交涉回來，看看結果如何再說？」

不提鐵膽書生、「天香玉鳳」等人，在山下店內憂心如焚，且說那丈人峰頭之事。

「白面人妖陰風秀士」鍾如玉見「天香玉鳳」嚴凝素不但從自己手內退去，而且在她青虹龜甲劍之下，又復死傷了二、三十名賊黨，滿地都是斷頭折肢，縱橫血跡，不由把一腔盛怒欲對呂崇文發洩。

將手一揮，賊黨抬過一具絕大門板，小俠呂崇文昏迷不醒，被三、四道極粗繩索綁在其上！

「白面人妖陰風秀士」鍾如玉命人把門板支在場中，自己在兩丈以外，向手下賊黨要來一袋十二把飛刀，獰笑說道：

「你們且用桃竹陰陽幡解藥，把這小賊用水救醒，我要叫他眼睜睜的驚心碎膽，然後才慢慢死在飛刀透體之下！」

賊黨興高彩烈地如言辦理，獨門解藥自然靈效，呂崇文覺得一股辛辣之氣入鼻，人已醒轉，但雙目才自朦朦朧朧的微開一線，便見「白面人妖」鍾如玉手攜一袋飛刀，站在距約自己兩丈之處，面含獰厲笑容！其餘群賊則在四外，各執強弓硬弩，兵刃暗器，環形圍立！

這種形勢，青虹龜甲劍又不在手中，慢說自己被綁門板之上，就算身無寸縛，也絕難逃得出「白面人妖」鍾如玉的湘妃竹摺扇及七陰指力之下！

但任何人均不願甘心就死，尤其是呂崇文一身功力並未喪失，遂故意裝作尚未完全醒轉，其實在利用這剎那生機，猛力提聚自己的玄門罡氣！

「白面人妖」鍾如玉何等目力？一來知道桃竹陰陽幡的獨門解藥入鼻即醒，二來已看出呂崇文胸際微微起伏，冷笑一聲說道：

「呂家小賊，裝甚麼死？你在四靈寨翠竹山莊之中的威風何在？」右手起處，一道白光電射而出，直向綁在板上的呂崇文的面門打去！

呂崇文本來膽大，但在此生死關頭，卻又突然心細起來！暗想這「白面人妖」鍾如玉先救醒自己之意，還不是要在自己神智清楚之下，盡興凌辱洩憤？既然如此，這第一刀，哪會就制自己死命？且自不去理它，利用這千金難買的光陰，盡量提聚真氣內力備用！

果然一縷急勁寒風，劈面襲來，那柄飛刀擦著呂崇文頭頂，登的一聲，釘入門板之內！

「白面人妖」鍾如玉見呂崇文分明已醒，但對自己這一飛刀，卻連眼皮都未抬上一抬，不由冷笑連聲，又復接連發出兩把飛刀，一左一右直向板門飛去！

五四 交換人質

呂崇文此時真氣內力業已貫注周身，試出身上所綁的三、四道繩索，若以十二成罡力硬掙，或許能夠震斷，所以只顧繼續凝聚真氣，對鍾如玉第二次所發飛刀，仍然連看都不看一眼！

果然「白面人妖」鍾如玉這第二次的兩柄飛刀，仍是對呂崇文加以心理威脅，白光電閃之下一左一右，齊在呂崇文雙耳之旁釘入板內。

但見呂崇文依舊毫無懼色，「白面人妖」鍾如玉不禁胸頭冒火，殺氣騰眉，一陣桀桀厲聲狂笑叫道：「呂家小兒，死到臨頭，居然還敢如此狂傲？我這一柄飛刀，要在你的右頰穿洞！」

這回手法用得極重，「呼」然作響，一道刀光，疾逾電閃地又自飛出！

呂崇文此時全身內力，業已貫注膝肘之間，但知鍾如玉已被激怒，這次不是虛言，故在刀光迎面飛到之時，提聚玄門罡氣，張口一噴，一尺以外，便把那柄飛刀凌空擊落！

「白面人妖」鍾如玉狂傲已極，先前便覺得「天香玉鳳」嚴凝素所施展的伽羅十三劍，及一身絕頂輕功，業已高明得大出自己意料，如今更想不到，這年歲輕輕呂崇文的內五行功力，居然練到能夠噴氣擊物？

想到此處，心頭猛的一驚，暗罵自己糊塗，對方內功既有這高，三、四道繩索哪裏綁得他住？雖然自己只要不再藐視敵人，施展全力以搏，對方絕難逃出掌握之內，但若被他掙脫綁

縛，手下賊黨卻難免又要受到傷損。

利害一明，慢慢向對方消遣解恨之心遂泯，剩下的十二柄飛刀，電舞當空，用的是滿天花雨手法，宛如一蓬刀雨，向門板上的呂崇文疾飛而至！

鍾如玉飛刀出手，呂崇文雙目一瞪，精光電射，突然引吭龍吟，蓄積已久的罡氣內力一齊發出，不但把身上所綁繩索掙斷，連那塊厚大門板，也四分五裂地震成數塊！

而且就利用手中現成的繩索旋成萬條光影，以柔克剛，把那一片幾乎無法躲閃的飛光刀雨，悉數擊落！

他知道雖然脫縛，要想突圍下峰，仍非易事，劍眉剔處，殺意也生，左手趁勢探囊，一大把鐵石圍棋子，「倒灑滿天星」，不打自知難以擊中迎面的「白面人妖」鍾如玉，卻專打四外那些狐假虎威的群賊，剎那間慘嚎四起，已有七、八人中棋子倒地！

「白面人妖」鍾如玉「哼」的一聲，把自己的湘妃竹摺扇收入懷中，雙臂倏地一張，全身骨節格格地一陣連響，十隻手指不但頓時粗大一倍，並且全變成為紫黑顏色，箕張高舉胸前，一對凶睛，以極凶極毒極冷極酷的光芒覷定呂崇文，口角掛著半絲陰森獰笑，一步一步地慢慢走近！

呂崇文先前才鬥一招，青虹龜甲劍便告出手，心頭怎不深深警惕這「白面人妖」厲害？此時見他這副兇相，知道業已凝聚甚麼極毒陰功，要把自己一舉毀在掌下！

功力懸殊過甚，如若不服硬抗，無非自速其死，呂崇文一面慢慢後退，一面以玄門罡氣，暗暗護住前胸後背幾處致命要穴！

這時四外群寇，也自鴉雀無聲，靜靜看著桃竹陰陽教護法，「白面人妖」鍾如玉怎樣施展絕世功力，搏殺對方這位年輕人物？

鍾如玉在緩緩前行之中，口內突作怪聲呻吟，這種呻吟，忽而窮媚極豔，令人心神俱蕩！忽而沉哀絕痛，令人心酸淚落，其意也消！忽而淒厲無倫，令人心悸魂搖，周身都起慄！

呂崇文知道對方所用，叫做「七情魔音」，欲在自己心神略爲所誘之間，立下辣手！一面既要抱元守一，靜氣寧神，防範有形毒手，一面又要以內家定力抗拒無相魔音，委實太難應付周全，自己在這丈人峰頭，恐怕終必難逃一劫！

驀地「白面人妖」鍾如玉口中，魔音盡歇，舌尖暴漲春雷，威勢之強，震得遠山近壑齊作回音，嗡嗡不絕，四外群賊竟有不少人驚倒在地！

呂崇文驟出不意，也覺心神一悸，但就在這刹那之間，「白面人妖」鍾如玉袍袖雙甩，人已凌空拔起四丈多高，掉頭撲下，十指半曲如鉤，怪的是由粗大一倍，不僅恢復原狀，並較原來更細，細成盡貼骨上，形同鳥爪一般，但顏色卻由紫黑轉成烏黑，指尖各有腥氣絲絲作響，十來丈方圓以內，全在他掌風身形籠罩之下！

呂崇文遁無可遁，知道難逃傷損，雄心也自勃發萬丈，索性把玄門罡氣及本身所有真力，

貫注在右手中指之上，巍然卓立，就如同一座山嶽一般，準備等「白面人妖」鍾如玉撲到之時，根本放棄防守，以一指換兩爪，與他拚個同歸於盡！

就在這雙方生死，懸諸一髮之時，一聲怪嘯，已自遙空而起！

嘯聲初發之時，聽來極遠，但轉眼之間，尾音嫋嫋，已至當頭，飛也似地掠到一條白色人影，正好迎著鍾如玉下撲身影，袍袖疾揮，捲起一股強烈陰風，向上擋去！

「白面人妖」鍾如玉從嘯聲之內，早已知道來人是天南第二怪「白骨天王」老怪，但卻絕想不到，「白骨天王」會出手護衛呂崇文，施展白骨陰風，阻礙自己雷霆萬鈞的全力下擊之勢。

尚幸真力初發，還來得及收勢飄身，但見「白骨天王」韋光雙掌沾滿血漬，氣色神情，均似在劉氏荒墳以內吃了甚大虧損之狀，不由更自瞠目驚愕！

「白骨天王」韋光知道「白面人妖」鍾如玉不懂自己爲何阻擋他搏殺呂崇文，濃眉微皺說道：「鍾賢弟不必驚疑，宋三清在劉氏荒墳中計被擒，生死未明，我們不得不暫時留這小賊一命！」說完轉面對呂崇文說道：「你在老夫等人手下，不必再事逞強，乖乖束手就縛，只要宋三清未死，我們也絕不傷害於你！」

呂崇文此時心頭委實難過已極，一個「白面人妖」鍾如玉，自己已非其敵，再加上天南老怪「白骨天王」，鬥是絕鬥不過！但真如老怪之言，束手就縛，休說有辱師門威望，便自己也絕不肯爲！

念頭一轉，縱然拚卻一死，不能對老怪等略爲輸口，一陣仰天狂笑說道：

「不知羞的老怪們，整日驕狂，自詡世少敵手！但卻在賊巢之中，對年輕後輩倚眾逞兇，小爺便把條性命交代在此，看你們卻有何顏面，與天下英雄相對！」

說完又是一陣震天狂笑，便向自己的天靈拍去！

「白面人妖」鍾如玉依舊面含冷笑，但老怪「白骨天王」韋光卻受不住呂崇文這幾句譏嘲，因彼此距約一丈三、四，欲速止呂崇文自盡已來不及，只得回手摘下月白長衫上的一粒鈕扣，閃電般地屈指彈出，正好打在呂崇文拍向天靈左掌的脈門之上！

呂崇文左臂頓時一陣痠麻，自然垂下，老怪韋光自鼻內哼的一聲冷笑說道：

「小賊休要不服，此時想死，卻不能由你！老夫雙掌均中奸計，受傷不輕，如今就以帶傷的一隻右掌擒你，還算不算是以大壓小？」

呂崇文哈哈一笑說道：

「我自蒙恩師啓迪教化，下山行道以來，從不占人半點便宜，休看你是成名老怪，倘僅用一隻右掌，呂崇文寧死不願動手！只要不仗人多，隨便你們哪個老怪出面，呂崇文接戰百合！」

「白骨天王」韋光把兩隻長衫大袖往上一翻，露出兩隻鮮血淋漓、尙未全乾的手掌，向呂

崇文獰聲笑道：

「小賊簡直不知天高地厚，你若非占了我師侄宋三清被擒的一點便宜，恐怕早已在我鍾老弟的『陰寒鬼甲』之下伏屍多時！放眼天下武林，除了你那老鬼師父和北嶽無憂、南海妙法以外，能接老夫百招之人，可說絕無僅有！以你這般年齡，三掌之內，並還許躲許接，我如不把你震傷倒地，不但任你揚長而去，並把那裴伯羽、歐陽智交你帶走！」

呂崇文雖知老怪厲害，但眼看他一雙手掌，鮮血未乾，不禁雄心頓起！暗想以師門絕頂輕功「七禽身法」，輔以玄門罡氣，真不信連躲閃帶硬接，就逃不出你老怪負傷未癒的三掌之下！

既然蓄意一試，遂自氣貫周身，功行百穴，方對老怪韋光微一點頭，「白骨天王」左掌揚處，便是一股排山倒海般的劈空勁氣，當胸湧到！

呂崇文雙臂一抖，猛提真氣，「一鶴沖天」拔起一丈來高，那股劈空勁氣，雖從腳下掠過，但因威勢過強，仍然把呂崇文身形帶得在半空中一陣震盪！

呂崇文雖然心驚，自己還是第一次見識有如此威力的劈空掌風，但仍趁著一震之勢，一式「風颭落花」飄出七、八尺遠，口中仍自故意傲然叫道：

「我已說過，生平絕不占人便宜，老怪物你若單掌發力，呂崇文可只躲不接！」

「白骨天王」韋光陰惻惻地說道：「小賊休再利口，你替老夫拿半條命來！」

雙掌在胸前一合，不但不進，反而退後半步，掌緣左右微張，雙掌掌心往前一登，這次卻不像上一掌一般，毫未發出甚麼疾風勁氣，但呂崇文卻感覺到有一股令人窒息的絕大潛力，向自己身前逼來！

他知道這次老怪是用雙掌徐徐發力，上下左右，方向隨意變化，必然不容自己再行倚仗絕世輕功閃躲，不由雄心一長，猛運玄門罡氣，也自往前一逼，但這次可吃了大苦，覺得面前那股無形潛力，簡直重如山嶽，自己所發玄門罡氣，不但無法前進，反而被逼回頭，全身立被潛力罩住，口鼻一窒，便即暈死！

呂崇文剛剛倒地，峰頭宛如電掣風飄，又掠上來一條灰影，正是那位鐵木大師澄空和尚！

澄空遠遠見呂崇文倒地不起，「咳」的一聲，雙眉緊皺，接連幾縱，便自趕到近前，等看出只是受傷未死，眉頭方自略展，他口角向不輕薄，合十當胸，對天南老怪「白骨天王」韋光施禮說道：

「宋三清現在山下，完好無傷，呂崇文卻落在老前輩手內，我們今夜初更，就在這丈人峰腰的一片松林之外，彼此互換人質如何？」

老怪韋光點頭說道：

「老夫兄弟及陰陽雙聖等人，送帖恆山，是與宇內三奇訂約明歲歲朝，在這岱宗絕頂，丈人峰頭一會！宋三清、呂崇文互換以後，不到會期之前，若再在泰山周圍，發現你們這干不知

死活的後輩，可休怪老夫手狠！」

澄空靜聽老怪發威，依然神色謙和地說道：「晚輩等本無意於會期之前有所失禮，但裴伯羽、歐陽智既然失陷在這丈人峰頭，晚輩等則不得不竭盡微力，與老前輩周旋到底！後話休提，今夜初更，峰腰敬候。」

話完，微一恭身爲禮，肩頭輕晃，便已退後數丈，回身縱往峰下！

老怪「白骨天王」韋光一面命人把暈在地上的呂崇文抬走，一面怪聲笑道：「想救裴伯羽、歐陽智？老夫一定讓你們如意稱心就是！嘿……嘿……嘿！」

澄空耳邊聽得這一串連聲長笑，不由頭皮發炸，皮肉皆顫，頗不明白老怪何以笑得如此淒厲？

等他回到店內，曉日早升，西門豹、慕容剛及「天香玉鳳」嚴凝素，均在愁眉相盼！雖然聽說呂崇文被老怪「白骨天王」韋光震傷倒地，人事不知，大家一齊心懸無已；但因只須等到初更，便可雙方換回人質，也就在無可如何之下略爲寬解，紛紛各自調氣行功，準備宵來再會對方之時，萬一又要拚力動手！

西門豹一面端坐行功，調勻真氣，流轉周身，一面心頭暗自盤算，苗疆野人方面，因那「鳩面神婆」常素素過分厲害，宇內三奇必須聯手應敵，方足一拚；金龍二佛對那天南大怪「骷髏羽士」韋昌，也不過頂多持平，頗難占得勝面！

而丈人峰頭，除了桃竹陰陽教主淩風竹、畢桃花二惡不知何往不算，就單憑天南第二怪「白骨天王」韋光，與那「白面人妖陰風秀士」鍾如玉二人，自己這面即已難以爲敵。

五五 匣內人皮

統盤局面衡量之下，明歲歲朝大會，就連留守金龍寺的「醉佛」飄雲、「癡佛」紅雲一併邀來，仍然是群魔方面顯佔優勢！要想一舉奏效，盡殲群魔，使武林中從此清平，必須設法削減對方實力，或另約絕世高人助陣不可！

但舉世之中，哪裏還有比宇內三奇再高的正派好手？西門豹遂不但爲眼前呂崇文的安危擔心，更爲將來道淺魔高的泰山大會，懸憂不淺！

苦思絕慮之下，到底被他想出一線曙光，西門豹那等深沉穩重之人，幾乎獨自手舞足蹈起來！

原來西門豹當初在廣西勾漏山的一條絕谷以內，發現那冊被他當著慕容剛、呂崇文撕毀燒去的《百毒真經》之際，因驟獲奇書，極度驚喜之下，竟未繼續細搜那座藏經秘洞！

但後來研習那冊《百毒真經》，卻從經上注解看出，三百年前武林之內，有兩位蓋代奇人，叫做天遊尊者與天缺真人。

天遊尊者以百歲光陰，足跡遍歷天下，把各門各派的武學精髓，完全設法學在身上，然後以苦心卓行，閉關勾漏山幽谷，研著一部《百合真經》。

這部奇經，雖不過寥寥數百字，但極度摘要鉤玄，深奧無比！只要能夠參悟貫通，則可把本身學得的各種武學綜合發揮，威力自然強大無匹！

天缺真人則因特殊嗜好，搜盡天下的奇毒之物，著作了一部《百毒真經》，二人在功行圓

滿、解脫皮囊以前，把這妙奪造化的兩冊真經，秘藏在同一洞內！

自己所得，是冊《百毒真經》，既知還有一部更爲精妙的《百合真經》，當然又去勾漏山幽谷搜索，但搜遍洞內，亦自毫無發現，才深信這一飲一啄莫非前定，福緣不屬，無法強求！

月前相偕諸人之中，慕容剛、呂崇文，均身得無憂、靜寧兩家之長，尤其是呂崇文，既已精嫻卍字多羅劍、太乙奇門劍，一路上又復磨著他「天香玉鳳」嚴姑姑，教會了妙法神尼新近研創的南海絕學「伽羅十三劍」，並曾揚言將來要把這三種劍術融會貫通，另行創造一種蓋世無雙的天下第一劍！

他既有這種志願，又已學會當世至高無上的三種劍法，若能機緣巧遇，得到那冊《百合真經》，定然短期之內即有大成！再加上那柄青虹龜甲神劍，哪怕不懾伏群魔，威震天下？

自己未歸正道之前，在蘭州桃林巧施詭計，假手「鐵膽書生」慕容剛毒死他父親「梅花劍」呂懷民，如今雖蒙他寬仁厚德，義釋這種不共戴天之仇，但當年憾事偶然一上心頭，總覺得宛如芒刺在背，無法對此子予以重報！

今夜將人換回以後，如能照自己安排，把「雙首神龍」裴伯羽及老友歐陽智也一併救出，則擬請澄空、慕容剛、嚴凝素等人暫時退出山東，覓地各自練功，等待宇內三奇、金龍寺二佛野人山會戰鳩面神婆、天南大怪的勝負消息，自己則與呂崇文跑趟勾漏山，試試可有這種絕世機緣，令他明歲歲朝，在泰山絕頂，仗青虹一劍光寒天下！

用畢晚飯，皓月一升，眾人便帶被點暈穴的「玄龜羽士」宋三清，揉升丈人峰半腰，在一片深密松林之外，靜待天南老怪韋光屆時赴約。

「天香玉鳳」嚴凝素知道敵強我弱，生怕老怪韋光與「白面人妖」鍾如玉，一面不放呂崇文，一面恃強硬奪宋三清，所以不但點了玄龜羽士暈穴，並以青虹龜甲劍始終指定他的要害之上！

時到初更，松林的另一端處，果然出現了幾條人影，走到距約十丈，已可辨清正是老怪韋光、「白面人妖」鍾如玉，與另一個肩扛呂崇文的賊黨！

西門豹喝聲：

「對方止步，我們各自先行解開被擒之人穴道！」

「天香玉鳳」嚴凝素玉掌輕揮，拍開玄龜羽士暈穴，宋三清悠悠醒轉，兇睛方一瞪，看見青虹龜甲劍精芒如電，正指在胸前，只得狠狠瞪了這位昔日同列四靈的嚴凝素幾眼，不敢倔強！

那邊老怪韋光也伸手解開呂崇文穴道，慕容剛最為關心，提氣叫道：

「文侄！你的傷勢怎樣？」

暗影之中，呂崇文一聲不答，慕容剛正在疑心是否呂崇文受傷極重，越發擔憂之際，西門

豹業已猜出呂崇文心意，叫道：

「呂老弟，你在龍潭虎穴之內，力敵兩個年齡比你大上五、六倍的名震江湖魔頭，真說得上是雖敗猶榮，難道還有什麼值得慚愧之處麼？」

西門豹如此說法，呂崇文才低低「哼」了一聲，老怪韋光也自揚聲問道：「宋師侄，你可曾受這般小輩虐待？」

「玄龜羽士」宋三清答道：「師叔放心，宋三清不曾有辱天南門下威望！」

老怪韋光自宋三清語音之中，聽出他果然未受傷損，遂向群俠叫道：「雙方人質既然均已無傷，我們莫再拖延，各自放手！」

說完便將呂崇文放過。這邊「天香玉鳳」嚴凝素也將青虹龜甲劍往後一撤，「玄龜羽士」宋三清帶羞含恨的忙往師叔「白骨天王」身前縱去！

玄龜羽士一走，西門豹因防範老怪等人恃強突襲，立刻搶步上前，接住呂崇文，揚手一把奇腥無比的銀色毒砂，飛舞滿空，對著「白骨天王」韋光叫道：

「老怪物們！老夫為了應付你們這些窮兇極惡魔頭，業已再度動用我昔年七十二般絕毒之物！這一把『蝕骨銀砂』，沾身即死，倘若不信，儘管上前一試！我們今夜換人已畢，就此別過，三月之內，定然叫你們自動把裴伯羽、歐陽智放出！」

老怪韋光與「白面人妖」鍾如玉何等眼光？從那漫空飛舞銀砂的奇腥之味，便已看出此物

果然具有劇毒，遂招呼宋三清與另一賊黨轉回峰頭，並遙遙用真氣傳聲獰笑道：

「今夜暫且饒過你們，但要想救出裴伯羽、歐陽智，卻除非日從西起！」

這時，心中最難過的卻是小俠呂崇文，雖然第一次是西域四佛十三僧倚眾圍攻，第二次又是敗在天南老怪掌下，不能算是丟人，但兩度被擒，總覺得臉上太無光彩。

他心性本極高傲，一想不開之下，竟然不欲再見諸位伯叔，奮身一躍，便往峰旁百丈絕壑縱去！

西門豹在他身旁急忙一把抱住，並對呂崇文低低說道：

「目前且讓這干老怪耀武揚威，我包你在泰山大會之時，可以手刃『白骨天王』與陰風秀士。」

呂崇文聞言微覺一怔，他因在丈人峰，與「白骨天王」、陰風秀士均曾拚死力戰，知道兩個老怪名不虛傳，自己功力所限，實非其敵，目前距離泰山大會之期，不過僅有三個多月，哪裏會在這樣短短時間以內，能有如此進境？

論理不足信，但衡情卻又深知這位西門老前輩對自己從無虛言，他昨夜與老怪韋光最後的一掌硬抗，所發玄門罡氣被人家返逼回頭，連同白骨陰風透骨而入，以致周身百穴及奇經八脈之間氣機滯塞，受損不淺！

適才羞憤交集，意欲跳崖自盡，並未怎樣覺出，如今被西門豹攬在懷中，好言相慰，心神

一懈之下，不禁雙頰飛起一片桃紅顏色，口內也自發出痛苦微呻。

這時澄空、慕容剛及嚴凝素等人也均趕過，欲對呂崇文勸慰，澄空因昨夜親見呂崇文被老怪韋光震傷，心中本已暗詫，雙方各以真氣硬拚，以老怪功力之深，呂崇文怎會不受傷損？

如今見他這副神色，眉頭一皺，伸手點了呂崇文黑甜睡穴，向眾人說道：

「老怪韋光的白骨陰風，一經透體，能令百穴閉塞，骨髓成冰，端的厲害已極！昨夜雖因一來是宋三清劉氏荒墳被擒，老怪投鼠忌器，下手不敢過辣！二來呂崇文所習玄門內功，根基深厚，不致有生命之危，但就這樣，也需要兩名好手，替他隔體傳功，細搜百穴，驅散所中白骨陰風餘毒，再加調養，才得復原，我們趕回店中下手施救為要！」

「鐵膽書生」慕容剛聽澄空如此說法，也不禁劍眉深鎖，下腰捧起呂崇文，便自各展輕功，下峰回店。

無憂頭陀所煉的萬妙靈丹，因過分珍貴，只有呂崇文獲賜一粒，在楓嶺山積翠峰石室之中，義釋深仇，救了西門豹！但另一種固元益氣的靈藥固元丹，澄空身旁卻帶得有，解開呂崇文睡穴以後，果然牙關捉對廝併，全身冷顫不休，臉色也逐漸由桃紅變為紫黑！

澄空一連餵他服下兩粒固元靈丹，及呂崇文身邊自帶的靜寧真人所煉靈藥，便向慕容剛說道：

「慕容師弟，你與我同在這間內室之中，各以本身純陽真氣隔體傳功，替他細搜百穴，驅散陰寒，但在三日以內，可不能有人驚擾，萬一老怪等人下峰挑釁，尋到此間，則不但前功盡棄，還可能使呂崇文蒙受更重傷損！所以這外室護衛之責，端的極重！西門大俠，可有什麼萬全之策，加以佈置麼？」

西門豹面色沉重，點頭說道：「昨日上午，我已配製了幾種昔年所用的狠辣之物，並已在宋三清身上做了手腳，企圖從這條途徑，搭救峰頭被困的老友璇璣居士與雙首神龍，所以三日之內，老怪必派人來，但不會翻臉動手；大師與慕容老弟，且請摒除百慮，盡速療傷，憑嚴女俠一身南海絕學，青虹龜甲神劍及西門豹連昔年爲惡江湖都不大肯用的三般奇毒之物，保你三日三夜，無人侵擾。」

澄空聽他已在宋三清身上做了手腳，不由略覺寬心，遂與慕容剛先自調勻本身真氣，各以一掌貼在呂崇文的「鹿車穴」及「靈羊穴」之上緩緩傳入，衝破呂崇文因本身真氣大損，無法自行衝破，以致陰閉難通的「生死玄關」，走「九宮雷府」，度「十二重樓」，轉折於「紫微」、「太乙」之間，然後再調「玄武」，分經「玄牝」、「賢命」，下達「中元」，如此不停反覆周旋，細細搜除呂崇文體內所潛的白骨陰風寒毒之氣。

這樣做法，每一反覆循環，需要一日一夜，共需細搜三遍，才能將寒毒盡除，再用培元固本靈藥，調養所受虧耗，所以澄空說是三日之內，不能有人加以驚擾！

一日一夜過後，呂崇文全身抖顫已停，但那種由經脈穴道之間感受奇寒，而現在臉上的紫黑之色，卻依然絲毫未變，西門豹、嚴凝素隔室相窺，知道必需再有兩日才得功成，不由一齊暗自心驚，老怪韋光的白骨陰風，果然狠毒難敵！

正在相顧咨嗟，店家輕彈室門，報說店外有一白衣老人求見。

西門豹一聽來者是個白衣老人，便知老怪韋光居然自己親來，忙向嚴凝素說道：

「澄空大師及慕容剛老弟為呂崇文療傷之事，不必使老怪看見，嚴女俠在此守護，我往隔室與他談話！」

嚴凝素恐怕西門豹獨對「白骨天王」韋光有所差錯，秀眉一蹙，西門豹業已會意笑道：

「老怪此來，是有求於我，不會妄逞兇威，嚴女俠儘管放心，我往隔室會他一會。」

說完便命店家把那白衣老人引往隔室自己所居房中，嚴凝素不便再問，只得緊握青虹龜甲劍，並暗扣伏魔金環，防備不測！

西門豹才入自己房內，老怪韋光已由店家引至門前，西門豹揮退店家，滿面笑容地請客入室，斟過一杯香茗笑道：

「老前輩的白骨陰風，委實厲害無比，我們那位呂老弟，若非練有『乾元罡氣』及『太清神功』，此時想已骨髓成冰，哪裏還能拉著鐵膽書生去往日觀峰頭，一眺泰山絕景呢！」

老怪韋光休看功力蓋世，卻對這位名震江湖的「千毒人魔」，一樣深懷戒意，那杯香茗，

自然點滴不敢沾唇！他本以為呂崇文身受自己白骨陰風，定已命在旦夕，忽聽此言，不覺微愕，暗想「乾元罡氣」與「太清神功」均是玄門無上絕學，此子年歲太輕，怎會有此造詣？

但微愕以後，並未多想，陰惻惻地對西門豹說道：「宋三清忽然狂笑不休，可是中了你的『紫追魂斷腸笑箭』？」

西門豹點頭笑道：「西門豹因摯友歐陽智、裴伯羽尚在老前輩手中，不得不稍弄狡獪，但『紫追魂斷腸笑箭』中後狂笑斷腸，無藥可解，西門豹不敢如此歹毒，只是用了相似而毒性較輕之物，三日之內，保證生命無危，解藥則更是現成，只要老前輩千金一諾，答允將歐陽智、裴伯羽放回，彼此明歲歲朝，再行正式較量，西門豹便立刻奉上！」

老怪「白骨天王」韋光聽說西門豹要用宋三清所中奇毒解藥，交換歐陽智、裴伯羽，臉上突有一種說不出的神色，微微一現！

西門豹何等心機？何等目力？見老怪神色微變，不由心頭陡然一顫，目射神光，注定老怪說道：「老前輩也是當代武林之中的一派宗師，我那兩位老友，既已成了你的階下之囚，難道你還會對失去反抗能力之人加以傷害？」

「白骨天王」韋光刹那之間，臉色便已恢復正常，但已不由暗暗心驚，這西門豹好毒的眼力！一陣哈哈大笑說道：「老夫全部依你，且將解藥拿來，三日以後，宋三清若告痊癒，便把歐陽智、裴伯羽兩個匹夫，皮髮無傷地送至此店！」

西門豹正色說道：「老前輩威震天南，諒無戲言？」

「白骨天王」韋光又是一陣縱聲大笑道：

「只要你解藥有靈，老夫以數十載威名，保證把他們皮髮無傷地送到此處，何必多此一問？」

西門豹又狠狠地盯了「白骨天王」韋光幾眼，起身先自屜中，取出一個透明淡綠水球，握在左手，然後又拿了一個三、四寸方圓鐵匣，向老怪笑道：

「老前輩功力太高，西門豹幾手俗學，螳臂擋車，無法抗衡，所以不得不以小人之心，度君子之腹！這透明綠色水球之中所貯，乃是『守宮精』與『膽蛇毒液』，沾身即死，無藥可治！西門豹身畔，尙有一袋『蝕骨銀砂』，那鐵匣以內，卻盛的是宋三清需用解藥！老前輩且請先行，歐陽智、裴伯羽送到店後，再爲交付！」

「白骨天王」韋光知道西門豹顧慮自己在取得解藥以後，翻臉逞兇，所以早有準備，「蝕骨銀砂」前夜已然見他用過，威力甚強，這水球以內的「守宮精」及「膽蛇毒液」，更是人間至毒，聽著都有些暗暗心寒，遂微微一笑，起身出門，西門豹則左手握著那只淡綠水球，右手托著解藥鐵匣，隨後相送！

兩人都是當代奇雄，西門豹固然因澄空、慕容剛正在隔室爲呂崇文療傷，絲毫驚擾不得，面對這位武功絕世，一翻臉之間，便可立制自己死命的「白骨天王」韋光，提心吊膽！但「白

骨天王」韋光，何嘗不為這位千毒人魔，手執幾般奇毒無比之物，跟在自己身後，而覺得脊骨生寒，汗毛直豎！

雙方各懷鬼胎地出得店門，走到較為僻靜之處，西門豹駐足向老怪笑道：「老前輩請接解藥，宋三清痊癒以後，便請如約放人，西門豹在此恭候！」

話完，右手一揚，那只內盛解藥的鐵匣，便自凌空拋過，老怪韋光伸手接住，攏入袖中，向西門豹陰森森的冷然一笑，也不再答話，便自揚長而去！

西門豹目送老怪身形一杳，趕緊取出幾粒丹丸，自行服下，回到店內以後，一面直對「天香玉鳳」嚴凝素搖頭，一面取出一包藥粉，調入水中，仔細淨手！

嚴凝素隔室凝神，已把西門豹與老怪韋光的一番談話聽在耳內，秀眉微顰問道：「西門大俠，你先把解藥予人，老怪是否能按江湖道義，如約行事？還有那『螣蛇』之毒，雖足以銷人骨肉，但輕易難覓，你在此人地生疏，是怎樣弄得來的？」

西門豹取巾拭手，神色凝重地答道：「天南老怪雖是邪惡一流，但在武林之中，既有這高身分，信守二字卻不能不講。我何曾未發覺他神色有異？好在彼此各用心機，萬一真有差池，也夠這老怪師徒生受的了！」

說到此處，把那淡綠水球弄破，傾入杯中，一飲而盡，笑對「天香玉鳳」說道：「蝕骨銀砂，確是我匆促所配，至於甚麼『螣蛇毒液』，嚴女俠說得不錯，一時之間，卻

往哪裏去找？不過泡了一杯上好碧螺春，藉著西門豹昔日的『千毒人魔』惡名，嚇嚇天南老怪罷了！」

嚴凝素聞言，也不禁爲之失笑，這場風險應已過去，別無波折。

但到第三日中午，預計再有半日，澄空大師及「鐵膽書生」慕容剛，便可各以本身內力真氣，相助呂崇文把體內所潛白骨陰風餘毒驅盡之際，西門豹默計宋三清服下老怪韋光所攜回解藥，狂笑不止之疾，此時當已痊癒，何以「白骨天王」甘毀一世盛名，不把「璇璣居士」歐陽智、「雙首神龍」裴伯羽送來踐約？

想到前日想過的一樁極爲不利之事，不由眉頭略皺，向「天香玉鳳」嚴凝素說道：

「老怪韋光這久不來踐約，委實令人起疑，難道他們真敢不顧天怒人怨，違反武林道義，對業已被擒之人，再下毒手？……」

一言未了，店家雙手捧著一大只朱紅皮匣，推門走進，說是有人送到店內，吩咐交與西門豹尊客！

西門豹命店家將皮匣放在桌上退去，雙眉緊皺著，注目凝思！

「天香玉鳳」嚴凝素也詫向西門豹問道：

「西門大俠，這只紅皮匣，可是天南老怪差人送來？他們不如約放人，卻送這東西則甚，裏面到底是何物？我們打開看看！」

西門豹凝神好久，突然全身一顫，淚如泉湧，但仍強忍奇悲，用手向裏室一指，意似不令嚴凝素驚擾澄空、慕容剛、呂崇文三人，以免功虧一簣！低低向嚴凝素顫嘆道：

「西門豹身上可能又多添一項罪孽，終身愧對良友！我已大……大略猜……出，這朱紅皮匣之中，恐……怕……是……是兩……兩張帶……帶髮……人……皮！」

嚴凝素聞言，想起老怪前日的陰森獰笑，和那一句「定將歐陽智、裴伯羽皮髮無傷地送至此處！」不由芳心狂震，眼角含珠地便待伸手開啓放在桌上的朱紅皮匣！

西門豹低聲叫道：「峰薑尙有劇毒，對這惡辣陰險的天南老怪，不得不防，何況在他業已失言背約之下，更是任何手段均做得出，嚴女俠，妳避開正面，用靈龍軟劍挑匣！」

嚴凝素知道西門豹江湖經驗老到已極，如言撤下靈龍軟劍，避開朱紅皮匣正面，左掌凝功，右手持劍輕輕一挑，果然不出西門豹所料，立自匣內噴出一蓬金色光雨！

嚴凝素事先有備，左掌輕揚，便把那蓬金色光雨震散，但往匣內一看，不由掩面低頭，淚如泉湧！

原來西門豹猜得半點不差，朱紅匣以內，正是齊齊整整的兩疊人皮，一疊是白髮白鬚，另一疊卻是微鬚蒼髮！

雖係兩疊人皮，但五官形態仍舊依稀可辨，西門豹與「璇璣居士」歐陽智多年摯友，嚴凝素與「雙首神龍」裴伯羽則有十載蘭盟，均是到眼便即認出，自己幾經浴血苦戰，費盡心力想

救之人，果然已遭天南老怪毒手，慘絕人寰地剝下人皮，盛在朱紅皮匣以內！

正在嚴凝素怒憤填膺，西門豹目眥皆裂，但均默默無聲，使滿眶熱淚流淌之際，裏室房門啓處，呂崇文虎吼一聲撲出，搶到桌前，盯著兩疊人皮，雙目之中，暴射無限殺氣仇火，不住搓手頓足，地上堅厚方磚，應足寸寸俱裂！

「鐵膽書生」慕容剛雙眉飛煞，面色鐵青，澄空大師則合掌低頭，不住暗唸阿彌陀佛！

五六
含恨向天

片刻以後，西門豹一陣縱聲狂笑，劃破室中的悲慘沉寂，先伸手掩上朱紅皮匣，對群俠說道：

「我歐陽老友及裴大俠雖遭不幸，但西門豹前日已有安排，宋三清三日之內，必然身受奇慘而死，老怪『白骨天王』韋光在明歲歲朝泰山大會之時，也更有他意想不到的飛災惡禍！所以報仇之事，須在將來，目前我們功力人手，均所不敵，必須委曲求全，忍辱負重！老怪既在這皮匣之中都設了機簧暗算，可見得業已甘冒天下之大不韙，不顧任何江湖道義！宋三清突然一死以後，天南老怪與『白面人妖』必然來此逞兇，我們不必和他拚這匹夫之勇，所以第一件事，是立即離此尋一幽秘僻處，靜待宇內三奇老前輩野人山之戰消息；第二件事是，由此時起，西門豹欲攜呂崇文單獨他往，準於泰山大會正日，趕到丈人峰頭！慕容老弟，你能否放心應允？」

「鐵膽書生」慕容剛知道西門豹此舉必有深意，急忙道：「西門兄對文侄提攜，正是他的福緣造化，小弟哪有不放心之理？不過歐陽居士與裴大俠雙雙遇害，我們就這樣悄悄退去，胸頭惡氣，委實難平！」

西門豹淒然一笑說道：「暫由賊黿，且看天心！大丈夫要拿得起、放得下，此處不可留，我要先告辭了！」

說完轉身向桌上朱紅皮匣深深一拜，口中禱祝說道：「歐陽老友與裴大俠的英靈不泯，請

隨西門豹安息靈山，明歲歲朝，我必令韋光、鍾如玉兩個老賊，斷首飛魂在呂崇文的青虹龜甲劍之下！」

禱畢起身，嚴凝素已爲呂崇文整好行囊，西門豹提著那只朱紅皮匣，又向慕容剛細加曉諭利害，令其千萬暫忍一時之氣，靜候宇內三奇野人山返來，在明歲泰山大會之上，再合力盡殲群賊，之後，便與呂崇文飄然趕往廣西勾漏山而去！

「鐵膽書生」慕容剛、「天香玉鳳」嚴凝素及澄空大師，三人雖爲歐陽智、裴伯羽慘遭不幸之事，傷心慘目，怒氣難平，但深知「玄龜羽士」宋三清一遭惡報之後，「天南老怪」、「白面人妖」必怒傾全力來襲！西門豹說得好，「暫由賊扈，且看天心！」目前確實只有忍辱負重爲是！

遂利用「防遠不防近」的通常心理，就在泰山左近租了一宅民房，除了輪班易裝，探聽宇內三奇行蹤是否由野人山返來以外，便均足不出戶，由澄空督課，各自痛下苦功，精練師門心法！

西門豹前日在店中交與「白骨天王」韋光的那匣解藥，不但匣外大有文章，連匣中所貯，也是暫時性的解藥，防範老怪萬一變卦，則宋三清性命，仍在自己的掌握之內！

所以「天南老怪」韋光、「白面人妖」鍾如玉，見宋三清狂笑之疾痊癒，失信背約，慘下

毒手，殺害歐陽智及裴伯羽兩位大俠，剝下人皮，再在皮匣之中裝設機簧暗算，送去以後，不由得意已極，在丈人峰頭，開懷暢飲！

「玄龜羽士」宋三清本來還可多活兩日，但這一飲酒，加上自己所最恨的，昔日金蘭義弟「雙首神龍」裴伯羽及「璇璣居士」歐陽智均已慘殺洩憤，自然飲得略爲過量！

他哪知性命只在片刻之間，頭重腳輕地站起身形，端著一杯美酒，向「天南老怪」韋光及「白面人妖」鍾如玉笑道：「弟子心頭有點泛噁，業已不勝酒力，敬師叔與鍾老前輩這一杯，便要先行告退了！」

韋、鍾兩個老怪也不知究竟，還待勸他多飲幾杯，宋三清突然暴吼一聲，面如噀血，雙手一掀酒桌，蹦起七、八尺高，然後摔下地面，一大口紫黑腥血，噴得「天南老怪」和「白面人妖」滿臉滿身，腹破腸流，厲聲慘嚎，滿地亂滾，但一時尚自不得斃命！

「白骨天王」韋光知道宋三清所服西門豹解藥不真，此時毒性發作，七竅之中，均自狂沁黑血，人已絕對無救！但因平素功力極深，尚在地上血泊之內滾轉哀號，一時還難得斷氣。不由又是傷心，又是激怒，幾度揚手，想替宋三清加上一掌，免得他多受痛苦，但因二、三十載師叔侄情深，始終不忍下手！

「白面人妖陰風秀士」鍾如玉也看出宋三清生望已絕，及「白骨天王」韋光心意，默運自己的七陰指力，不聲不響地隔空向地上的宋三清胸前一指，宋三清才「吭」的一聲，方告氣

絕！

「白骨天王」韋光此時方自慘然淚下，「白面人妖」鍾如玉一面揮手命人將宋三清好好掩埋，一面向老怪韋光安慰說道：

「宋三清雖遭西門老賊毒計暗算，但我們還不是剝了他們兩張人皮？事到如今，講甚麼江湖道義？小弟與韋兄聯手同往，把那殘存的五個賊子一齊毀掉，以解心頭之恨！等宇內三奇來時，索性誘他們深入埋伏，利用各種手段予以剷除，武林之中，豈不是唯我獨尊，再無心腹之患！」

「白骨天王」韋光引袖拭淚，切齒獰聲說道：

「未來之事慢談，眼前我非要擒住西門豹老賊，把他全身骨骼，一寸一寸的用銅銼銼成骨灰，方消我恨！老賊智計絕倫，忒已狡猾，我們要去快去！」

袍袖展處，與「白面人妖」鍾如玉雙雙撲下丈人峰頭，但西門豹洞燭機先，早與「鐵膽書生」慕容剛等人，分頭鴻飛冥冥，以致韋、鍾兩個老賊，滿懷殺人凶心而來，卻落得個頹然而返！

且說西門豹自泰山腳下，率領呂崇文經蘇、皖、贛、粵，飛速南馳，路途之間，便告知呂崇文，自己要想帶他去往勾漏山幽谷，尋找那部天遊尊者遺著的《百合真經》，使他在短期之

內，即可倚仗此經之力，融會「太乙奇門劍」、「卍字多羅劍」與「伽羅十三劍」，宇內三奇的三般絕學，而成爲一種出乎諸邪意料之外，威力無比，冠絕武林的罕世絕學，在泰山大會，仗劍降魔，揚名天下！

呂崇文聞言，自然喜極，到得勾漏山後，因西門豹是舊地重遊，並未費了多少氣力，便自找到自己昔年的那《百毒真經》的幽谷秘洞之外！

這洞共只數尺方圓，並不寬敞，但形勢絕佳，洞在谷底，被一片藤蘿掩覆，不知內中有洞之人，外觀絕看不出。

谷內青松翠柏，茂草奇花，恰當洞口之旁，還有一條細細靈泉，自谷頂拖青曳白，順壁下流，壁下蘚苔之屬，滋潤得也自綠油油的肥厚如掌！

西門豹在入洞尋經以前，就在那條靈泉右側，倚仗呂崇文青虹龜甲神劍之力，開出一個深大石穴，把「璇璣居士」歐陽智、「雙首神龍」裴伯羽的兩張帶髮人皮，連那朱紅皮匣放在石穴之內，移來大石蓋好，二人一齊倒身下拜。

西門豹並暗中祝禱，歐陽老友與雙首神龍裴大俠請從此安息靈山！並望英靈不泯，默佑自己尋得《百合真經》，助呂崇文早成絕學，好在泰山大會之上盡戮群魔，報仇雪恨！

呂崇文與「璇璣居士」歐陽智雖未識面，但「雙首神龍」裴伯羽卻是極熟，見好好一位光明磊落大俠，竟被惡賊所害，只剩下一層人皮，埋恨幽谷，心頭當然悽惶已極，也自誓雪此仇，憑己力所及，掃蕩群魔，爲蒼生造福！

進洞以後，西門豹對寸土寸石之微都不放過，反覆仔細搜尋，但連搜三日，幾乎連洞翻轉，哪有絲毫發現？

呂崇文則見這洞中雖有禪床、石桌等物，但似乎過分逼仄，不由對西門豹說道：

「天遊尊者與天缺真人身懷絕世武學，宇內名山靈洞極多，何必定要在這逼仄頗甚的小洞之中，參求金丹大道？西門老前輩，你說是否耐人尋味？」

西門豹被他一言提醒，覺得此洞果然太小，可能洞中有洞，但四壁石色無異，敲將上去，也均作實聲，禪床、石桌各處，幾經仔細勘察，找不出機關暗門存在！

萬般無奈之下，只得一試愚公移山之法，利用青虹龜甲神劍鋒芒，慢慢試挖石壁。

左壁挖了三日，毫無所得，西門豹仍不死心，掉頭再往右壁細細挖掘。

挖到第二日時，果然挖出端倪，居然在石壁之中，挖出一只長約四寸、寬約一寸的小小鐵匣！

西門豹心頭狂喜，但因這鐵匣過小，不似藏得下一冊窮極內家奧秘的《百合真經》，所以又不免疑心起來，輕輕用青虹龜甲劍撥開鐵匣，裏面果然只是一張素箇，和一粒異香挹人的青色丹藥！

素箇之上寫著：來人能有虔心毅力，獲得此匣，已屬可嘉，匣內「換骨靈丹」，足抵二十

年內家吐納，倘若再求深造，定欲得那《百合真經》，則必須甘冒奇險，先把禪床中央的石墩毀去，然後把禪床、石桌，一左一右，交錯推動，即有奇事出現，但從此若不將《百合真經》完全融會貫通，則可能永世無法再出塵世！

西門豹、呂崇文既得驪珠，哪裏還顧什麼奇難絕險？先把那粒「換骨靈丹」揣好，然後如言用神劍毀去禪床中央的石墩，再行合力推動禪床、石桌，果然一陣隆隆巨響，後壁首先往外倒塌，現出天光，洞頂跟著突然碎裂坍墮，二人身在其下，無處躲避，慌忙向那透出天光之處縱去，但一經縱出，不由相互驚魂皆顫，外面不是實地，竟是深逾百丈的無底絕壑！

五七 鳩面神婆

勾漏山幽谷，谷中有洞，洞外有壑，西門豹、呂崇文二人，一步縱空，自百丈高處，直墜無底絕壑的生死禍福，暫且不提。

先要表敘另一場驚險絕倫的宇內三奇、金龍寺二佛，連袂同往苗疆野人山，會鬥六十年前，即世無敵手，如今壽過百歲的狠惡魔頭，「鳩面神婆」常素素！

野人山綿延滇西，以山多生苗野猓而著名，無憂頭陀、靜寧真人、妙法神尼等宇內三奇，與「病佛」孤雲、「笑佛」白雲，一行五人，自藏經青，便到滇西，路途本不甚遠。

但因金龍寺四佛，藏人對之敬若神明，見即紛紛禮拜，「病佛」孤雲爲了在宇內三奇這等高人面前，避免此類世俗排場及無謂煩擾，特地盡挑些深山幽谷，不走官塘大道。

這樣一來，自然略爲繞路，等到得滇西，進入野人山，尋找「鳩面神婆」常素素所居的鬼愁峰、斷魂澗之時，行跡居然業已被人看在眼內！

三奇二佛對這野人山因係初到，地勢極生，加以到處都有「金錢」、「桃花」等類極毒惡瘴，故要想找到那座僅知其名的鬼愁峰，與「鳩面神婆」常素素所居的斷魂澗，並非易事！

這日搜了幾座險惡高峰，走到一條滿是落葉的深澗以內，突然聽得前路轉彎之處，「噹」的一聲「報君知」響！

靜寧真人側顧與自己走在一起的「病佛」孤雲笑道：

「想不到這樣窮山惡澗之中，還聽得到『報君知』響，這位賣卜先生應非俗士，我們迎上

前去，打聽一下這座鬼愁峰、斷魂澗，究在何處？」

「病佛」孤雲方一點頭，來人已自澗角轉出，踏著落葉行來，足下竟然不出絲毫聲息！

不但輕功極好，那副長相，也真兇得怕人，兩道濃眉，又粗又短，一對鷹跟深陷眶內，眼珠不停亂轉，鷂鼻成鉤，薄片嘴唇，再配上一張顴骨極高的菱形小臉，頷下一撮微鬚，使得任何稍具江湖經驗之人一望而知，絕非善類！

靜寧真人倒不注意他長相兇惡，卻著實爲此人踏葉無聲的絕頂輕功，及那隻鷂眼之中所隱藏的銳利神光，暗暗驚奇這野人山中，居然還有如此武林高手？

明知此人不善，仍然故意稽首問道：「這位先生，貧道有事請教……」

那面容兇惡，身著土黃長衫，手執「報君知」之人，不等靜寧真人說完，便自把薄片嘴皮一撇，目光視地，冷冷說道：

「道士們不自種桃洗藥，練氣養生，卻跑到這『勾魂澗』中，分明劫數已到，本人有術卜命，無力回天，你何必還要問什麼吉凶禍福？」

靜寧真人毫不爲忤地依然微笑說道：

「道人等生平行事，永順天心，禍福自知，無須問卜，此地既名『勾魂澗』，請教先生『斷魂澗』在何處？」

那人聞言，眼皮連抬都不抬地，以一種極爲冷酷的聲音答道：

「勾魂、斷魂，不過是一字之差，你們倘若定欲『斷魂』，可在日正中天之時，前行十里！」

一面說話，一面已在緩步前行，毫未見他有何縱躍，但最後「里」字入耳，身形已在二十丈外，腳下卻連一張落葉均未掀起！

靜寧真人長眉微聳，說道：

「此人對我們滿含敵意，臨去之時，又顯露了這一手『凌虛縮地』的絕頂輕功，到底是何來歷？」

「笑佛」白雲凝視黃衣人背影，霍地瞿然問道：「道長與此人答話之時，可曾注意他那持著『報君知』的右手，是否缺一小指？」

靜寧真人方自把頭一點，無憂頭陀也已皺眉說道：

「白雲大師猜得不錯，我也覺得此人那副兇相，頗似當年被故去已久的滇池『香蘭劍客』郭老前輩，施展三才劍法，震斷純鋼禪杖，削去一指的法燈兇僧！想不到此人未死，竟在野人山中出現，並已蓄髮還俗？」

這法燈兇僧，武功詭異，昔年幾與魔僧法元齊名，自為前輩劍客「香蘭秀士」郭心澄三才劍法所敗，便自絕跡江湖，傳說久化異物！今日突然在這野人山出現，宇內三奇、金龍寺二佛，均由不得的多添一份沉重心事！

靜寧真人點頭說道：「我正覺得此人臨去施展的『凌虛縮地』輕功，世上並無幾人能擅，如今想起果是法燈兇僧的獨門家數！這些隱跡多年的萬惡魔頭，一個個的紛紛出世，看來真是大劫將臨，我們只好盡己力所及，能挽回幾分算幾分了！」

說到此處，忽然「咦」了一聲，向「病佛」孤雲詫道：「貧道方才問他『斷魂澗』方向之時，他答以『如欲斷魂，可於日正中天，前行十里』，照這語意推詳，『勾魂』、『斷魂』兩澗相通，但何必要激我們，在日正中天，才行前進？」

妙法神尼「哼」了一聲答道：

「『鳩面神婆』常素素確實厲害無倫，至於這蓄髮還俗的法燈兇僧，據我看來，卻沒有什麼大了不得！他既有此言，不如索性就在此處略爲休息，等到日正中天，再往前行，倒看看這些鬼蜮邪魔有甚高明手段？也免得他笑我們空負三奇、四佛之名，卻對一句虛言都有所怯懼！」

宇內三奇之中，以妙法神尼性情最怪，金龍寺二佛亦頗爲驕傲，聞言首先贊同，靜寧真人雖較穩重，無憂頭陀則更爐火純青，但也不信對方有甚出奇手段奈何自己？一齊含笑螓首，就在澗底所積亂葉之上，靜坐歇息。

五人各自功行十二周天以後，妙法神尼一看日影，已將正午，遂含笑而起，與無憂、靜寧，及病、笑二佛，順著這幽澗澗底，向前走去！

七、八里路，轉眼即過，慢說毫無埋伏，連個蟲獸之聲都聽不見，澗底草樹也靜蕩蕩的，毫無半絲風色！

但三奇、二佛何等江湖經驗？從這種沉靜得幾乎達到死寂的程度上看來，均已覺出似有一樁絕大禍變，即將爆發！

走到昔日法燈兇僧化身黃衣賣卜人所說的十里之處，正好是一段斷谷，對谷千仞絕峰之旁，另有一條幽澗，地上堆積的落葉更厚，當澗橫放一大塊長方青石，石上擺著一具人拳大小的白骨骷髏，和一具形狀獰惡的烏鐵鳩頭，青石正面，並以金剛指力，鐫出「到此斷魂」四個大字！

宇內三奇、金龍寺二佛，均自一眼便即認出，那烏鐵鳩頭與白骨骷髏，正是「鳩面神婆」常素素及天南大怪「骷髏羽士」韋昌的特殊標記！尤其那具白骨骷髏，不同於江湖中所傳說的普通標記骷髏令，乃是大怪韋昌貼身所佩！

此物既然出現，可見對谷那座千仞絕峰，就是久尋未獲的鬼愁峰，峰旁幽澗，也必是「鳩面神婆」常素素所居的「斷魂澗」！

妙法神尼哂然一笑說道：「『鳩面神婆』常素素與天南大怪韋昌，均自負一身旁門左道武學，足以蓋壓天下，無敵武林！怎的卻這樣小家子氣，弄這些不值一笑的玄虛做甚？」

無憂頭陀心思最細，彷彿覺得這一段幽澗斷谷之內，過分幽寂，行約十里，竟連一隻飛鳥

均未遇上，未免太已異常！而且這種「留物鎮人」之策，只是以強凌弱，先給對方心理威脅，常素素、韋昌明知三奇、二佛聲勢極強，依然如此做法，其中必然另含深意！

無憂頭陀雖然猜出對方隱佈陰謀毒計，但就這一反覆籌思，業已等於中了對方圈套。

剎那之間，天交正午，「笑佛」白雲偶然一瞥對澗地上的那些厚厚落葉，彷彿覺得落葉顏色，怎的這黃？方一回頭還未及開言，靜寧真人已自瞿然叫道：

「各位趕緊把自煉解毒靈藥含在口中，對澗金錢瘴起，我們速速後退！」

就這幾句話工夫，對澗果然有一片金黃色、微帶桂花香味的煙光，自亂葉之中騰空直起！

這種宇宙奧秘，天然奇險，絕非倚仗武功可以剋制，三奇、二佛知道，「鳩面神婆」常素素就是在這金錢毒瘴肆虐之下，瘋癱了近一甲子，遂趕緊往後撤身，但才一回頭，不禁個個驚心變色！知道果然上了那法燈兇僧，化身黃衣賣卜之人的莫大惡當！

原來身後方才走過的落葉堆中，被這正值中天的強烈日光一照，也自蒸發出一種粉紅煙光，慢慢騰起！

這種粉紅煙光，名叫「桃花瘴」，與對澗金黃色的「金錢瘴」異曲同工，厲害無比，人如呼吸過多，頃刻之間，便能化爲一灘奇腥血水！

但宇內三奇、金龍寺二佛，何等功力？一見前後紅、黃煙光騰起，立即口內各含自煉解毒靈藥，袍袖展處，略藉壁間草樹借力，飛身直登千仞絕壁！

最可恨的是，絕壁頂端居然有人隱身，轟隆連聲，當頭推落兩塊萬斤大石！

絕壁又滑又陡，不是身負絕頂神功，根本無法攀登，三奇、二佛爲避毒瘴，匆促寄身蘿蔓之間，足下均未站穩，哪裏禁得起這種突來襲擊？

宇內三奇及「病佛」孤雲各自撈住一根山藤，以「靈猿過樹」身法，一蕩數丈，躲過危機！「笑佛」白雲則因一塊萬斤大石正好砸向當頭，手邊又恰巧沒有藤蘿可資借力，只得甘冒奇險，硬用壁虎功遊龍術，展開四肢，貼吸山壁之上，暫避粉身碎骨之厄！

萬斤大石，帶著排山倒海般的風勢掠過身旁，雖未觸及「笑佛」白雲，但右角卻與他身旁山壁重重一撞！

方圓丈許的巨石凌空下墜，與山壁互相一撞，威力何等驚人？「笑佛」白雲只感覺到一陣強烈震動，便被震得神智昏迷，手足一軟，往澗底瀰漫蓬勃之金錢、桃花毒瘴的黃煙粉霧之中墜去！

無憂頭陀距離「笑佛」白雲最近，知道倘一與壑底金錢毒瘴及桃花毒瘴相觸，「笑佛」白雲的一條性命，就算交代在這野人山中，遂猛然提足真氣，棄卻手中山藤，雙足一踹絕壁，人往斜下方電疾撲到，一把抓住「笑佛」白雲的束腰絲帶。

「病佛」孤雲師兄弟連心，早就心膽皆裂，找了一塊略爲突出的崖石寄身，暗用內力震斷手中那盤百丈山藤，遂向縱身救人的無憂頭陀拋下！

無憂頭陀一手抓住「笑佛」白雲，身形無法在空中停留，眼看業已離那毒瘴所在，瀰漫蓬勃上騰的黃煙粉霧不遠，突見山藤飛到，伸臂擄住，便由絕壁半腰的「病佛」孤雲往上援引！

但絕壁頂端，又復飛下一陣石雨，猛襲向無憂、白雲二人，靜寧真人一蕩山藤，飄過無憂頭陀這邊，半空中道袍大袖一抖，硬用玄門罡氣把漫空石雨掃數震落！

妙法神尼此時業已憤不可遏，一聲怒叱說道：

「道長且以玄門罡氣，爲無憂、白雲兩位大師防敵暗算，貧尼非要看看，壁頂究竟是哪一個無恥鼠輩！」

話完，竟自施展禪門絕學「平步生蓮」，身形猛往上拔，真力貫注足尖，每次一點石壁，均自深陷石內，然後借力騰身，便是三丈高下！

等妙法神尼施展絕頂神功，翻上二、三十丈石壁以後，壁頂早已鴻飛冥冥，哪有人跡，但仍然擺著一具烏鐵鳩頭，一支骷髏令，壓著一張白紙上寫著：

「三奇土雞，四佛瓦狗，入野人山，插標賣首；
借巖頭石，作獅子吼，警爾癡迷，還不快走？」

這三十二個大字，極盡驕狂蔑視意味，氣得個妙法神尼心頭火發，殺氣騰眉，搜清四外確

無埋伏，先把靜寧真人、無憂頭陀、「病佛」孤雲及昏迷不醒的「笑佛」白雲，接應上了絕壁！

「病佛」孤雲深知三師弟「笑佛」白雲內功極好，雖然用壁虎功貼身石上，受震不輕，但怎會到此刻依然昏迷不醒？

正待細加察視之時，無憂頭陀見「笑佛」白雲臉色，在蒼黃之中帶著一點隱隱紅暈，怪異已極！心頭忽自恍然，左手攔住「病佛」孤雲，右手卻向「笑佛」白雲胸腹之間隔空三指！

「病佛」孤雲見無憂頭陀突然截斷三師弟的血脈流行，心頭一驚問道：「大師此舉何意？難道我白雲師弟，業已中了金錢、桃花瘴毒？」

無憂頭陀知道金龍寺四佛在藏邊阿耨達池金龍寺閉關苦練絕藝，足跡少到中原，對這種苗疆毒瘴的厲害程度，可能僅曾耳聞，未經目睹，搖頭微嘆說道：

「大師不知道這種苗疆毒瘴厲害，而方才所遇的金錢瘴、桃花瘴，尤稱毒瘴之最！休說人困其中，有死無生，就是把毒瘴的特具香味嗅入過多，照樣五臟皆溶，化作一灘膿血！我救白雲大師之際，是預先屏住呼吸，運氣自閉百穴，故而無妨，但白雲大師已因附身山壁，受震昏迷，極可能嗅入了毒瘴香氣！」

「病佛」孤雲聽無憂頭陀說得毒瘴如此厲害，不由眉頭深鎖，伸手僧袍以內，方想掏取自煉解毒靈藥，無憂頭陀又復搖頭說道：

「這種毒瘴能力，非普通藥物能解，而且照白雲大師的臉上神色來看，中毒還不在淺，哪位身上帶有雄黃精之類靈藥？」

靜寧真人、妙法神尼及「病佛」孤雲聞言，均不禁相顧皺眉，尤其「病佛」孤雲以為若無「雄黃精」之類靈藥，「笑佛」白雲既無生望，急得臉上神色為之慘變。

無憂頭陀見狀，向「病佛」孤雲慰道：

「大師與白雲大師仗義相助，致遭此厄，無憂等委實無以為情，既然均未帶有雄黃精之類靈藥，無憂拚捨四十九年心血，耗費一粒『萬妙靈丹』，包管白雲大師立即復原！」

「病佛」孤雲知道無憂頭陀的「萬妙靈丹」，是當今武林之中起死回生的無上妙藥，但因此丹無憂窮四十九年心力，共只煉成七粒，視同性命一般，自己不便啓齒，如今聽他慨然自允，不禁喜出望外，連連稱謝！

無憂頭陀自懷中摸出一粒以朱紅蠟丸封固的龍眼大小靈丹，湊到昏躺石上的「笑佛」白雲口邊，輕輕捏破蠟丸，登時一片奇芬，把其中包藏的淡黃色靈丹，納入白雲口中！

當年西門豹飲下自製極為猛烈的斷腸毒酒，呂崇文一粒「萬妙靈丹」，便能令其起死回生，可見靈效無匹！

無憂略候片刻，聽「笑佛」白雲腹內微響，便隔空運氣，解開先前替他所點穴道，笑對靜寧真人、妙法神尼說道：

「請孤雲大師在此照拂白雲大師，我們且去勘察一下附近形勢，既已來到野人山，無論是否插標賣首，斷魂澗中總不能不走它一走！」

靜寧真人、妙法神尼知道白雲大師可能有餘毒尚待瀉清，無憂頭陀才特地設詞要自己略為迴避，遂含笑點頭，三人同往周圍勘察地勢。

只見適才攀援而上的那條幽澗，又長又深，入口雖在這片百丈絕壁之下，那一頭卻不知通往何處？

夾澗兩座山峰，一座稍低，另一座卻極為險惡高峻，妙法神尼指著那座高峰，向無憂頭陀、靜寧真人說道：

「這座險惡高峰，大概是所謂『鬼愁峰』，不知鳩面妖婆常素素究竟是住在峰上，還是住在澗底？等白雲大師復原以後，我們由峰頭搜起，一直到澗中，哪怕他們飛上天去？」

無憂頭陀笑道：「我那『萬妙靈丹』，服後不但立即復原，功力反比以前有所增益，金錢及桃花毒瘴以正午最烈，夜來稍弱，我們且回峰頭，等到月上中天，再去搜尋老怪、妖婆，及那陰險刁惡的法燈兇僧化身等一干魔頭蹤跡！」

三奇回到峰頭，果然「笑佛」白雲業已復原，與「病佛」孤雲師兄弟二人，深深謝過無憂頭陀甘冒奇險，飛身相救，及慨贈起死回生的萬妙靈丹大德，五人遂在峰頭各自靜坐，等待夜來搜索鬼愁高峰及斷魂幽澗！

五八 九指先生

夕陽紅散，玉鏡初升，東方雲層特厚，蟾光素彩，難得光輝，四外黑影沉沉，加上峰高風大，萬樹繁喧，並時有不知名蛇獸的淒厲鳴吼，以及撲撲亂飛、其大如鷹的異種蝙蝠，織成一個極其恐怖淒涼的野人山之夜！

靜寧真人笑向無憂、妙法，及金龍寺二佛說道：

「這野人山深處，洪荒未闢，確實是個極其險惡之地，適才那幾聲毒蛇怪獸鳴吼，聽來猛烈獰惡已極，絕非尋常習見之物！金錢、桃花毒瘴以及奇蛇異獸，往往不是人力所易防範，我們少時搜索鬼愁峰、斷魂澗，除了注意鳩面妖婆、天南老怪、法燈兇僧化身等陰謀暗算以外，對這些秉天地至陰、奇穢之氣所生的蛇蟲瘴氣，也須……」

話猶未了，三奇、二佛同時靜默無聲，因為聽到鬼愁峰、斷魂澗方面，傳來一種奇異聲息！

那種奇異聲息，起初極低極細，宛如一縷游絲縹緲夜空，又似發自簫笛之中，又似出自人口以內，但越來越洪，越來越烈，半盞茶時過後，簡直如同百萬天鼓齊鳴，加上四周峰壑回音，好似連地皮都在震動，威勢委實懾人已極，那些獸嘯蛇啼，也自然而然地全部靜寂，只有山風狂吹，似在助益這種怪音聲勢！

三奇二佛知道怪音必係「鳩面神婆」常素素所發，內家罡氣練到這種一嘯之威，能使蟲獸懾伏，風雲變色地步，著實驚人！

正在環顧皺眉之際，聽得怪音漸漸又復由洪轉細，細成一縷可辨語音，反覆叫著：「宇內三奇與金龍寺二佛，既到野人山中，怎的不來見我？」

「笑佛」白雲比較最爲性暴，何況又在斷魂澗吃了金錢、桃花毒瘴大苦，及被巨石震了一下，無名業火早蘊心頭，如今聽得「鳩面神婆」常素素傳聲叫陣，方自把頭一抬，要想發話，請大家立往搜索之際。

坐在左面第二位靜寧真人，卻目注巖下一大片沉沉暗影後方，朗聲問道：「巖下來者何人？莫非是三十年前，縱橫雲、貴、川、湘的法燈大師，與貧道的天南舊識骷髏羽士？」

巖下連聲陰森怪笑，閃電般地飄上一黃一白兩條人影來！

黃衣人正是三奇二佛在勾魂澗中所遇的法燈兇僧化身，白衣則是個又矮又瘦，宛如一具骷髏骨架上面，披著一件白色道袍，面容冷漠的骷髏羽士！

黃衣人岸立巖邊，首先發話說道：「道長聽覺之聰與目力之健，令人佩服！但『法燈』二字，早在死鬼郭心澄的三才劍下永世除名，老夫業已蓄髮還俗，恢復原名侯密，苗疆賣藥濟世，人稱『九指先生』！」

說到此處，略微一頓，見三奇二佛靜默深沉，不作絲毫喜怒之色，遂把面容一冷，繼續說道：「野人山化外蠻區，你們宇內三奇、金龍寺二佛，無故不會到此，如今既然結伴同來，又向侯密打聽斷魂澗，是不是想見見『鳩面神婆』常素素？」

「笑佛」白雲早就懷疑對方是在巖頂拋石暗算自己之人，眼皮一翻，依舊端坐不動，反向那自稱「九指先生」的侯密冷冷問道：

「風月無今古，林泉孰主賓？宇內名山勝水，或是窮山惡水，只要興之所至，任我們結伴遨遊，野人山何能例外？難道就憑老妖婆的那點凶名，你殘缺不全的九根手指，或是天南老怪的幾枚白骨骷髏，就唬得住任何人麼？」

這幾句話，說得火藥氣味極濃，太不好聽！「九指先生」侯密昔年以法燈兇僧之名爲惡江湖，被香蘭劍客三才劍削去一指以後，蓄髮還俗，苦練了幾樁絕藝，正待往滇池報仇，香蘭劍客業已作古，滿腹深仇無處發洩之下，在這野人山中，巧遇「鳩面神婆」常素素，兩人氣味相投，侯密替常素素奔走各地，採集靈藥，準備以藥物內功雙管並進，治好常素素兩腿風癱痼疾，同下中原，獨霸武林，殺盡所有異己的正派俠士。

立意如此，故而自負極高，聽「笑佛」白雲的語中譏刺他被人削指之事，眉梢輕輕一挑，鼻中「哼」的一聲，陰惻惻地說道：

「就因爲殘缺不全，侯密才以二十年苦功，練就了『大殘指法』，你是全手全腳之人，嘗嘗我這僅存四指的右手滋味怎樣？」

話音方落，右手四指平伸，絲絲破空銳響，幾股奇勁無比的罡風，直向坐在右面末了一位的「笑佛」白雲當胸襲到！

「笑佛」白雲早就存了鬥鬥對方之念，哈哈一笑，雙掌胸前合十外翻，佛門「大金剛掌」的掌力猛發，向「九指先生」侯密的「天殘指」勁，迎頭撞去！

「病佛」孤雲因三師弟身中瘴毒初清，即以真氣內力，硬拚強敵，頗爲替他擔憂！

無憂頭陀則深知自己那一粒「萬妙靈丹」效驗，只有使「笑佛」白雲功力比未中瘴毒之前更高，所以毫不動容，含笑相視。

果然罡風、勁氣互接之下，兩人勢均力敵，均是原式不動，但心頭卻各自一震，「九指先生」侯密驚的是，這「笑佛」白雲，被自己巖頭拋石震下絕壁，眼看還中了金錢、桃花瘴毒，如今短短半日，不但傷毒痊癒，而且在元氣定然尚未盡復之下，能夠接得住自認無敵江湖的「天殘指」力，則若在未受傷毒之前，豈非還要勝過自己？

「笑佛」白雲則深知，無憂頭陀的那一粒「萬妙靈丹」，不但使自己傷毒盡除，並覺出所練真氣更純，內力更沛！這種功力驟長的情況之下，又是以雙掌之力，敵他四指，而結果落得平平，足以見得這「九指先生」侯密的一身武學，絕不在大師兄「病佛」孤雲及宇內三奇之下。

「九指先生」侯密一向傲視武林，不料出手第一招，就不曾占得便宜，心內雖吃一驚，但因還有辣手未施，一陣縱聲狂笑，震得四外林木落葉紛紛，右手平伸的四指，極慢極慢地向裏微鉤，正待再度出手，「笑佛」白雲也自凝神待敵之際。

侯密身旁那位形如帶氣僵屍的天南大怪「骷髏羽士」韋昌，伸手一攔，對著靜寧真人乾笑幾聲說道：

「泰山一別三十年，韋昌兄弟想煞道長！五月初旬，曾使人投帖恆山，附以骷髏令、白骨箭及桃竹陰陽幡等信物，邀約道長，及無憂大師、潮音庵主，在明歲歲朝，重開泰山大會！你們能邀金龍寺四佛合力，難道韋昌就不能有三、五知交助陣？『鳩面神婆』常大姊聞報三奇、二佛結伴同入野人山之訊，極爲震怒，特命侯仁兄及韋昌傳話，告知道長等人，彼此最好明歲歲朝，泰山一會，因在斷魂澗動手，無論地利人和，均對諸位大大不利，常大姊神功蓋世，也不肯要占這種便宜！但你們如果定欲倚眾逞能，則只要明夜月正中天，尚未退出百里之外，『鳩面神婆』常大姊便即親臨此間，叫你們見識一下，什麼才叫無雙武學！」

靜寧真人靜靜聽完，微笑說道：「泰山別後，荏苒三十年，不想韋大兄仍把昔日青竹九九椿之上的一劍之仇，記得這般真切！貧道及無憂大師、潮音庵主，本來早不問世事，各自清修，但恆山接帖之後，知道武林以內，仍然免不了一場莫大風波，加上聞得韋大兄命駕野人山，邀請『鳩面神婆』助陣，貧道等仰體天心，欲弭浩劫，才特地來此！韋大兄若能泯除一切恩仇意氣，自然最好，不然在這化外苗山彼此作一了斷，勝者各如所志，敗者埋骨蠻荒，何必明歲歲朝，把個五嶽名山的岱宗丈人峰頭，又復弄得一片腥風血雨？」

天南大怪「骷髏羽士」韋昌獰笑一聲說道：「道長說得好不冠冕堂皇？你們分明是怕『鳩

面神婆』常大姊再入中原，才想到野人山來倚眾逞兇，卻偏要用個什麼『仰體天心，欲弭浩劫』的名目加以遮蓋！武林中，江湖上，強存弱死，勝者爲雄！什麼叫『天心』？又什麼叫『正義』？不過全是些欺人之語！韋昌不是不願在此地作一了斷，只因昔年敗在泰山丈人峰頭，天下群雄的眾目之下，如今自然要在原地柬邀各派人物，重行領教，以雪舊恥！常大姊言出不二，今夜月到中天，你們倘若仍在此巖，便不啻螳臂擋車，自尋死路？」

說完與「九指先生」侯密方一回身，「笑佛」白雲揚聲問道：「你們與三奇的舊怨不談，日間巖上拋石，暗算傷人的，是哪個無恥鼠輩？」

「九指先生」侯密黃衣一飄，回頭陰惻惻地說道：「兩塊萬斤大石，不過是爲你們略警癡迷，真要想超度你們，在侯密無非舉手之勞，哪裏還用得著『暗算』二字麼？」

「笑佛」白雲聽見果然不出自己所料，巖頭拋石，正是此人，不由氣上心頭，一陣震天狂笑。

方待正式鬥這「九指先生」一鬥，「病佛」孤雲卻自適才「大金剛掌」與「天殘指」力互換一招之上，看出師弟功力微遜對方，不願第一次過手，便使己方折了銳氣，遂搶先起立，向「九指先生」侯密冷冷說道：

「我這『病佛』之號，名副其實，終年病苦，活得無聊已極，尊駕既然只費舉手之勞，就煩你超脫貧僧，早登佛域如何？」

「病佛」孤雲誠心顯示功力，這幾句話，字字發自丹田，並不尖銳強烈，但聲一入耳，對方心頭即隨自己話音之高下疾徐，震盪不已！

骷髏羽士與「九指先生」兩個罕世老怪，何等知識？知道內家真氣能練到這種「叩心鐘」的地步，比起「獅子吼」之類，又進一層，這位黃焦焦、滿臉病容的金龍寺四佛之首，果不尋常！

但「九指先生」自視絕高，一雙鷹眼微翻，覷定「病佛」孤雲，方待啓唇，突然風送一片密雲，月光立爲所掩，斷魂澗方面，也傳來幾聲幽幽鬼哭！

巖頭驟然一暗之下，雙方都怕對方乘機突下辣手，正在彼此留神戒備，那來自鬼愁峰、斷魂澗的幾聲鬼哭，業已引得遠山近壑全起啾啾，並在亂草密林、峰腰谷口等處，現出無數綠熒熒的鬼火，忽明忽滅，隨風飄舞！

這時，三奇二佛均已聽出來自斷魂澗方面的鬼哭之中，竟然有一種低沉淒厲、聞之令人心魂欲飛的奇異語音，彷佛在叫：「他們反正活不過明夜三更，韋老大和缺指頭的老侯，不必欺負這幾條釜中之魚，趕快回來，我還有事！」

「骷髏羽士」韋昌傾耳一聽，對「九指先生」侯密道：「常大姊現用『九幽心語』相召，且容他們多活一日，真要不知好歹進退，明夜一併超度便了！」

一面說話，一面自懷中掏出三個比核桃略大的白骨骷髏托在手中，向靜寧真人發話說道：

「韋昌念在彼此多年舊識，一再良言相勸你們，把性命留到明春，這野人山毒蟲異獸太多，並不是埋骨最佳的理想所在！明夜常大姊來此之前，適才那種『九幽心語』仍將三發！在她第三次傳聲之後，這片巖頭，便無殊羅剎屠場，任何生物，均將在常大姊絕世神功之下，碎骨粉身，永墜修羅地獄！」

五九 黯然心驚

話完，黃衣白影同飄。骷髏羽士與「九指先生」仍從來時現身之處，退往巖下！

金龍寺二佛不大識得天南老怪韋昌托在掌中的那三個白骨骷髏來歷，但宇內三奇，尤其是靜寧真人，卻深知老怪韋昌昔年偶遊東海，無意之中，發現一隻千年難見、劇毒無比的三爪金龜與一條奇大星魚，鬥得兩敗俱傷，奄奄一息！

韋昌坐收漁人之利，輕輕易易地取得三爪金龜劇毒所聚的三塊項骨，巧運匠心，雕鑿成三具白骨骷髏，並自七竅之中，注入猛烈炸藥，外以膠泥封固，不但能隨心意出手爆炸，丈許方圓以內，中人立死，無藥可救以外，無論何種清水美酒，以此物略浸其中，即含有劇毒，無色無味，一滴斷腸！

老怪重視這三具白骨骷髏無殊第二生命，臨去之際，取出托在手中，分明是示威阻止自己等人隨後追擊！照兩度所聞「鳩面神婆」常素素一剛一柔的真氣傳聲看來，妖婆功力果然可怖！

這些兇神惡煞，狠毒無倫，正好倚仗地勢熟悉，及有自己等人意料之外的「九指先生」侯密助陣，在這野人山中動手才對，但卻不此之圖，一再虛聲恫嚇，要拖到泰山大會決戰，究竟是何用意？

「病佛」孤雲見靜寧真人任憑天南老怪發話退去，卻在凝神想事，頗為不解，含笑問道：

「道長想些什麼？照方才所聞老妖婆的內家真氣凝練程度，確實已入化境，很不大容易鬥

呢？」

靜寧真人遂把心中所疑，向眾人說了一遍，無憂頭陀點頭說道：「我也看出天南老怪色厲內荏，但卻頗難猜測他們用意何在？常素素既已揚言明夜來此，我們若再搜索鬼愁峰，似乎顯得過分小氣，不如各作功課，在此坐待！」

金龍寺二佛、妙法神尼一齊點頭，靜寧真人卻含笑說道：「當初我們原計之中，並沒有把這突如其來的法燈兇僧化身『九指先生』侯密計算在內，如今既然又添此人，功力並似乎不在老怪韋昌之下，是個扎手勁敵，我們應敵人手，是否應該重行分派？」

無憂頭陀略一沉吟說道：「我們原來所計，頗爲周全，添上此人，確實非加另外安排不可！無憂想請孤雲大師專對『九指先生』侯密，無憂負責天南老怪『骷髏羽士』韋昌，白雲大師請與靜寧道長、潮音庵主，合手應付『鳩面神婆』常素素，不知是否妥當，諸位有何高見？」

「病佛」孤雲覺得這樣安排，只要自己纏得住「九指先生」侯密，無憂則足可制服老怪韋昌，三師弟白雲隨靜寧、妙法，合鬥「鳩面神婆」，即令不勝，也無敗理，當然讚好，其他諸人亦均別無意見，五人遂在巖頭靜待明宵惡鬥。

一日光陰，剎那即逝，轉眼東山之上，已現冰盤，此夜倒是風弱雲稀，清光無限！

三奇二佛知道，一場武林罕見的凶險拚鬥頃刻即來，各自端坐凝神，使心頭一片空明，毫無渣滓！

忽然巖下響起一聲極難聽的怪啼，「笑佛」白雲方一瞋目，靜寧真人笑道：

「老妖婆雖極兇殘，但甚守信譽，她既說過要等什麼『九幽心語』三發以後才來，絕不早到！這聲怪啼，似是什麼蛇蟲之屬？……」

話猶未了，巖下「呼」的一聲，翻上一條又長又大的白影！

白影是條體粗盈尺，項生紅冠，長達兩丈有餘的罕見白鱗怪蟒！

怪蟒上巖之後，捷若風車似的，蟠成一堆蟒陣，蟒頭一偏，又向巖下難聽已極地「呱呱」叫了兩聲！無憂等人知道峰下定必還有什麼惡毒之物！

果然不到片刻，巖下躍上一條蒼影和一團金星，而「鳩面神婆」常素素所居的鬼愁峰、斷魂澗方面，也已斷斷續續響起了前夕所聞，「九幽心語」的淒切鬼泣！

那團金星，是一隻比磨盤還大的金色蜘蛛，八隻長足，長滿金毛，上巖之後，不住亂蹦，一蹦就是兩、三丈高，口中時作怪啼，神態獰惡已極！

蒼影卻是一隻通臂灰猱，雙爪捧著一大張柬帖，向三奇二佛一揚，帖上寫著兩句常用的口頭語道：

「閻王注定三更死，絕不留人到五更！」

無憂頭陀等人，雖然覺得「鳩面神婆」常素素居然又遣所豢蟲獸逞威，有點暗暗好笑，但也看得出來，白蟒、金蛛與通臂灰猱，均是凶毒無比的蠻荒異物！

「病佛」孤雲見白蟒蟠成蟒陣，靜靜不動，目光雖兇，倒還不太討人厭惡，灰猱可能通靈，也未顯甚兇態，只有那隻金色巨蛛不停咆哮，遂向無憂頭陀笑道：

「本來我們不值與老妖婆所豢畜類計較，但這隻蜘蛛，過分兇毒，卻要給牠嘗點厲害！孤雲西域閉關，曾經練了一種下乘小術，名叫『玄陰透骨掌』力，傷人無形，就拿這孽畜試試手罷！」

話完右掌一翻，遙空虛按，毫未見甚罡風勁氣發出，那隻金色巨蛛，就倏然微一抖顫，趴伏在地，凶威減卻不少！

「病佛」孤雲本是一時嗔念，哪知天道不爽，福善禍邪，就這無意之中，對金色巨蛛用「玄陰透骨掌」的奇寒暗勁一擊，竟收莫大功效，將來岱宗絕頂丈人峰的大會之上，群俠方面，才不致一敗塗地！

就在金蛛趴伏微抖的一霎之間，白蟒、灰猱兩聲極其淒厲的怪啼怒嘯起處，匹練拋空，灰影電射，帶著一片腥風，猛向三奇二佛撲到！

三奇、二佛本做半圓形的環狀而坐，無憂頭陀居中，靜寧、妙法與金龍寺二佛分列左右，一見這蟒、猱發威怒撲，中坐無憂頭陀，突然氣發丹田的一聲「哈哈」大笑！

這聲大笑，宛如久鬱悶雷突然爆發，威力之強，不但把那來勢洶洶的白蟒、灰猱凌空震落，嚇得全身觳觫不已，遠峰近壑也似一片雷喧，並不比昨夜「鳩面神婆」常素素所發洪烈巨聲弱卻多少？

無憂頭陀以自練般若禪功之中的「羅漢音」，化成笑聲發出之後，倏然起立，僧袍大袖貼地雙揮，把那凶威已殺的金色巨蛛、白鱗毒蟒及通臂灰猱，一齊捲下巖頭，並向鬼愁峰、斷魂澗方面，提氣發話說道：

「無憂等久仰鳩面神婆大名，在此敬候一會，但這些無知畜類，卻不必令其前來，免得無憂等人因牠們凶毒神態，引起嗔心，多造殺孽。」

無憂話音剛發不久，斷魂澗方面的第二陣幽幽鬼哭之聲又作，這一次似乎隱隱約約喊著三奇二佛名號，雖然不甚真切，但叫得至慘奇淒，聽在耳中，連三奇二佛這等定力之人，居然也覺得有點毛髮森森，不大自在！

恰在此時，烏雲蔽月，下了一陣不小山雨，雨過雲收，四外峰壑之間的燐燐鬼火，又復在草樹叢中忽隱忽現！

妙法神尼笑道：「野人山屬化外蠻區，這一片景色，更是宛如鬼域，我們在此會鬥天南老怪、九指凶人，及六十年絕跡江湖的鳩面妖婆常素素，倒真是武林之中的一件莫大盛事……」

一言未了，鬼哭之聲又作，這次不是發自斷魂澗方面，竟似就在三奇二佛所坐危巖左近，

但忽前忽後、忽左忽右地縹緲變幻不定！

三奇二佛心中一懍，知道「鳩面神婆」即來，無憂含笑向妙法神尼及金龍寺二佛說道：「妖婆三番兩次以這種鬼哭擾人，我們何不合力也給它來場『伏魔禪唱』，超度超度這些化外蠻荒的孤魂野鬼？有勞靜寧道友代爲護法！」

說完，三僧一尼垂簾閉目，合十當胸，口內喃喃梵唱，立時大作！

這四位僧尼，佛學極深，何況「伏魔禪唱」又是這種鬼哭邪聲的莫大剋星，所以禪唱初起之時，四外的淒淒鬼哭，雖然也自號啕掩抑的聲勢加強，但哪消多久，只聽得梵音琅琅，響徹天閭，那種淒淒切切的鬼哭邪聲，業已只剩一絲半縷，到了似有若無地步！

「伏魔禪唱」也到尾聲，三僧一尼同時開目，一聲極其莊嚴祥和、清越宏亮的「阿彌陀佛」，佛號宣處，四外鬼哭燐火一齊收歇，天空也自雲破月來，蟾光大朗！

就在此時，鬼愁峰、斷魂澗方面，現出八盞紅燈，宛如飄雲一般，穩捷輕靈的，霎那之間，即到了那三奇二佛所處的危巖之下！

面對常素素、韋昌、侯密如此三個絕世兇人，饒你宇內三奇、金龍寺二佛武功威望再高，也由不得的懍然深懷戒意！

無憂頭陀方招呼眾人起立戒備，那八盞紅燈，已自巖下宛如平步淩虛地拔空而起，落在巖邊，原來是八隻身高六尺，似猩非猩，似猴非猴，滿身墨綠長毛的凶獰人立怪獸，一爪抬著一

具滿嵌珠寶，上覆虎皮的軟榻，另外一爪，則各執一盞紅紗宮燈，榻上坐著一個身披七彩織錦長袍，白髮如霜，披拂數尺，眼眶深陷，雙睛微合未開，臉型上豐下銳，配上鉤鼻尖嘴，活脫脫像個怪鳥成精的貌相獰惡老婦！昨夜來的「九指先生」侯密，與天南老怪「骷髏羽士」韋昌，則在榻前左右分立！

「九指先生」侯密今夜帶有兵刃，右手一柄藍汪汪的長劍，劍尖往兩邊倒捲，形若雙鉤，左手是一雙黑黝黝、看來沉重非常的賣藥郎中慣用虎撐，脅下一邊懸著一只魚皮口袋，另外一邊卻現出匕柄上有微翼的暗器，不知是刀是劍？

天南老怪「骷髏羽士」韋昌，則把他那三枚視若性命的白骨骷髏，用一根金線懸在項下，懷中抱著一柄以白骨做爲錘柄，骷髏做爲錘頭的獨門兵刃骷髏錘！

三人八獸，走到與三奇、二佛距約一丈之處，倏然止步！

三奇二佛一看侯密、韋昌那樣滿身披掛，就知道對方這次是傾全力而來，今夜一戰，不知道要有幾人遭受劫數！

無憂頭陀單掌一打問訊，天南老怪韋昌已自搶先發話說道：

「常大姊六十年未開殺戒，不願一朝破例，決定今夜彼此文比！因你們共是五人，常大姊獨顯三項神功，韋昌與九指侯兄也各湊一樣，只要你們自知不敵，常大姊恩施格外，再給你們數月光陰，等泰山大會開始，准你們認錯，便自一切不究，否則再行一一處死！話已講完，如

無異見，韋昌便即自行獻醜！」

無憂頭陀深知「鳩面神婆」常素素絕非一、二人之力能敵，何況又加上「九指先生」侯密一個意外勁敵，頗感今夜之戰凶多吉少！惟因三奇二佛名望所在，縱令骨肉成灰，也不能稍形畏縮，只有一拚！如今聽老怪韋昌這樣說法，心中自然微寬，但又深深詫異，以對方如此凶毒人物，一再要延期決戰，甘願縱虎歸山錯過良機，究竟是何用意？

靜寧真人、妙法神尼與金龍寺二佛，均懸同一心思，暗想目下不拚也好，且看看這位聞名已久，但未會面的老妖婆常素素，到底有多高功力？來日泰山大會時，也好預作打算！

「骷髏羽士」韋昌見三奇、二佛默不作聲，不禁微微一笑，方待施爲，那位「九指先生」侯密，卻把手中奇形雙鉤長劍及鑌鐵虎撐，放在「鳩面神婆」常素素所坐軟榻之上，向韋昌叫道：「韋大弟，你先讓我一場，侯密要向昨夜那位以大力金剛掌自恃，藏邊金龍寺的高手領教領教！」

「笑佛」白雲知道對方指的自己，應聲越眾而出，冷冷說道：「侯朋友！便你不找我，我也要找你算算那筆無恥卑鄙，推石傷人的舊帳，任憑劃道，白雲無不奉陪！」

「九指先生」侯密聽「笑佛」白雲當面斥責，眼中凶光一閃，但面上並未變容，只是陰惻惻地說道：「大師的金剛掌力，昨夜可能未展所長，今宵侯密向你領教一手『劃地爲界，隔石傳力』！」

說完，在一塊平坦大石之上，伸出右手食指一劃，立時石火星飛，劃出一道深約半寸石槽，自己盤膝坐在石槽前方，手中另外撿了一團海碗大小青石，隱含險惡陰笑，靜待「笑佛」白雲同樣動作！

「笑佛」白雲知道「九指先生」侯密所出的這種題目，表面文比，其實各憑內力硬拚，毫無緩和地步，反比動手過招更爲凶險！遂也用指劃了一道石槽，伸出右掌，與「九指先生」侯密隔著那塊青石，互相暗傳真力，打算誰能把對方逼得不支收手，或是座下移動，觸及所劃石槽，便算得勝！

宇內三奇及「病佛」孤雲一看雙方所劃石槽，便知「笑佛」白雲的真力方面，可能要比「九指先生」侯密弱上一籌，尤其是「病佛」孤雲關心師弟，眉梢更籠憂色！

果然不出諸人所料，起初一段時間之內，兩人互以雙掌抵住那塊青石，宛如老僧入定一般，毫無動作！但想是發現功力相差無幾，不出全力，勝負難分，彼此臉上慢慢現出緊張神色，胸腹起伏稍劇，呼吸微聞聲息，雙掌之間的那塊青石，也漸漸爲掌力所損，不斷有石粉散落！

又過了一盞茶時分，比大碗公略大的極堅青石，只剩下拳頭大小，兩人所坐的平石之上，卻高高堆起了一堆石粉！

「九指先生」侯密與「笑佛」白雲，則均自雙頰飛紅，喘息如雷，但明眼人可以看出，侯

密尚能支持稍久，「笑佛」白雲則汗如線滴，鼻翅狂搧，似已敗在頃刻！

靜寧真人知道此時雙方騎虎難下，爲爭勝起見，各把真力全部發出，連自己本身都已無法控制！只要那塊逐漸縮小的青石一碎，雙方真力直接相觸，必然慘劇立生，「笑佛」白雲功遜一籌，可能噴血斃死，但侯密一樣難免重傷！

但目前形勢，誰先收手，誰就可能招致極大傷害，委實極難排解！

眼看「病佛」孤雲業已急得搓手頓足，心中好生不忍，想以自己乾元神功、玄門罡氣的無形潛力試上一試！

主意打定，遂向臉上也露出無可如何惶急之色的「骷髏羽士」韋昌說道：「這一場靜寧代白雲大師認敗，且先把他們二人……」

話猶未了，軟榻上坐的「鳩面神婆」常素素眼皮微抬，自鼻中「哼」了一聲說道：「認敗就好，要解開他們還不容易？」

緩緩舉起瘦得像根枯柴般的手臂，露出一隻指甲極長，捲成一堆，堆在指尖的右手，微伸食、中二指，虛空遙指，相隔一丈以外的「九指先生」侯密及「笑佛」白雲，便自雙掌垂落，齊被制住！

隔空點穴雖難，倒難不倒宇內三奇及金龍寺四佛之中功力最好的「病佛」孤雲，但要隔空點到一丈以外，不藉任何飛花落葉或米豆等物借力，卻委實駭人聽聞，高明已極！

「病佛」孤雲趕緊抱回師弟，先餵了他三粒本門靈丹，然後替「笑佛」白雲解開被常素素所點穴道！

「笑佛」白雲穴道一開，嗆出兩口淤血，覺得自己一再失挫，有礙眾人手腳，不由滿面愧慚之色！

靜寧真人對白雲略為安慰，緩步而出，這時「骷髏羽士」韋昌也把「九指先生」侯密治好，見靜寧真人出場，詭笑一聲說道：

「道長與韋昌昔年舊識，我們比劃一場也好，這次題目，應由道長出了！」

靜寧真人笑道：「貧道等人千里遠來，一切皆在韋大兄算中，客隨主便，不必再來什麼客套虛文，請自施為，靜寧勉強學步就是！」

「骷髏羽士」韋昌比較陰刁，不像「九指先生」侯密那般兇狂自恃，何況昔年泰山大會的青竹九九椿之上，與兄弟「白骨天王」韋光聯手，尚且敗在靜寧真人的太乙奇門劍下，雖然一別三十年，刻苦埋頭，自信功力突飛猛進，但怎知人家到了何等地步？所以絕不肯照第一場那樣生死硬拚，只想不關痛癢地探測一下昔日強仇的今日深淺！

遂自軟榻之上，取下兩個拳大鐵球，指著平石之上，被侯密、白雲兩人弄碎的那一堆石粉，向靜寧真人說道：「內家掌力練到極致，足可化石熔金，方才侯兄與白雲大師用鐵掌化石，韋昌想與道長試一試，以內力熔金如何？」

靜寧道長含笑點頭說道：「貧道早已說過勉強學步，韋大兄盡量施爲，靜寧敬觀絕學！」

「骷髏羽士」韋昌取了一枚鐵球，合在雙掌之中，閉目凝神，潛聚功力！

約過盞茶時分，韋昌身著的月白道袍，突似水面生波般的微微抖顫兩、三次後，含笑開目，雙手左右一分，竟把一枚拳大鐵球，生生扯成了長約三尺的一根鐵棍！然後再以右手食、中兩指隨意一夾，鐵棍便夾斷三寸！

韋昌指上施功，硬把一根鐵棍整整夾斷成十截以後，才自面含得意之色，向靜寧真人說道：「韋昌獻醜，貽笑方家，敬請道長賜教！」

靜寧真人此時深知自己一行目的，業經整個變更，如今只在探測老妖婆常素素，究竟一身武學到了何等地步？而且既然決心仍俟泰山大會，雙方才作最後決斷，則此時何必過露鋒芒？遂不去取那另外一枚鐵球，只把「骷髏羽士」韋昌用指力所夾的十截斷棍撿在手中，默運禪元神功，雙掌一擠，再復揉團片刻，便自伸手交還韋昌一枚原形鐵球，含笑說道：

「韋大兄既說泰山事，泰山了，靜寧敬如台命，我們目前便到此爲止！但貧道等遠涉蠻荒，就爲的是瞻仰『鳩面神婆』妙奪造化的絕世武學，如今高人咫尺……」

坐在軟榻之上的「鳩面神婆」常素素不等靜寧真人話完，雙眼倏然一張，巖頭諸人立覺冷電似的寒光一閃，目注三奇、二佛說道：

「我老婆子做事，向來公平，第一場『隔石傳功』，老侯占了優勢，至於第二場韋老大的

內力熔金、鐵指斷棍，雖然不俗，但因裝模作樣地提氣運力半天，卻比不上靜寧歸本還元的手法來得自如，所以應作敗論！一勝一敗，彼此扯平，如今老婆子要把三般薄技，做一次施爲，你們五人之中，只要任何一人，能照樣學到我的八成以上，常素素立時躍下這百丈絕壁，把殘生交代在斷魂澗口！」

三奇二佛聽見「鳩面神婆」常素素，居然敢出如此狂言，但絕未加半點輕視，反而深深覺得這老妖婦可能有什麼出奇不俗的絕世功力，一齊面容嚴肅地凝神注視！

「鳩面神婆」常素素話完，見三奇二佛沉默無言，凝神注視，遂把那張又尖又闊的嘴角微掀，臉上浮起一片哂然冷笑，慢慢伸出鳥爪似的雙手，向六、七尺外虛空一抓，適才「骷髏羽士」韋昌與靜寧真人較技所用的兩枚拳大鐵球，便似有物牽引一般，向鳩面神婆掌中凌空冉冉飛去！

「運氣吸物」能把人拳大小的兩枚鐵球，從六、七尺遠的凌空吸到掌中，這份功力，委實絕世罕見！三奇、二佛心頭同自一震，但面上依舊鎭靜得不露絲毫神色。

「鳩面神婆」常素素把那枚鐵球吸到掌中，目光微往一丈七、八以外，生長在巖壁石隙之中，但虯枝伸入巖頂平地丈許左右的一株古松，瞥了一眼，霍地長長吸了一大口氣，雙手一揚，那兩枚鐵球，便自化成兩點寒星，沖天直起！

她這一手，不但三奇二佛難解其意，連「九指先生」侯密與「骷髏羽士」韋昌，也想不出

「鳩面神婆」常素素向上拋起兩枚鐵球，算是顯示哪一門子的功力。

但等鐵球映著月光，沖天飛起三、四丈高，餘勢竭後，向下墜落之時，立有聞所未聞的奇事發生，把宇內三奇、金龍寺二佛、「九指先生」侯密及「骷髏羽士」韋昌，這七位當世正邪兩道之中出類拔萃的領袖，一齊震得相顧失色，嘆爲觀止！

原來「鳩面神婆」常素素往上所拋的兩枚鐵球，自空落下之時，恰好落在那株古松向巖橫生虬枝，旁側兩根細如小指的樹枝之上！

其中一枚鐵球，宛如含有無窮吸力，輕輕落在樹枝之上，樹枝只是微微向下一垂，但隨即彈起，鐵球卻似是枝上長了一個絕大松子般的，隨枝起伏，並不墜下！

另一枚鐵球帶著破空銳嘯落下，「喀嚓」一聲，樹枝立折，但折枝及地之時，極似有人在樹枝之上，加了無堅不摧的內家真力，竟使折枝沒入石地之中一寸有餘！

六十　魔焰高漲

宇內三奇、金龍寺二佛，覺得「鳩面神婆」常素素能把剛柔兩種勁力，練到這等控制自如地步，確實出神入化，舉世無敵！

無憂頭陀哈哈一笑，向那上附鐵球的松枝屈指微彈，再伸右手虛空一抓，勁氣罡風劃空生嘯，松枝應聲立折，鐵球也被無憂頭陀抓得凌空飛回手內！

「鳩面神婆」常素素怪眼一翻，說道：「你這樣就算了……？」

無憂頭陀微微一笑，截住她話頭說道：

「常婆神功絕技，果然天下無雙，我等今夜服輸，如言等明歲歲朝，在岱宗丈人峰頭再行領教！這枚鐵球，無憂要留做野人山之會紀念！」

說完，便與靜寧、妙法及病、笑二佛，向「鳩面神婆」常素素等人舉手為禮，飄然縱下危巖，退出野人山外！

其實三奇、二佛上了一個莫大惡當！因為「鳩面神婆」常素素一身功力雖然卓絕無比，但她那非人武功所能抗拒的兩腿風癱痼疾，卻尚未痊癒，只可坐在軟榻以上，而不能絲毫動轉！三奇二佛若仍依原計，先避開這下半截形若廢人的「鳩面神婆」，合力撲殺「九指先生」侯密、天南大怪韋昌，然後收拾老妖婆，定然手到功成，哪裏還會中了對方緩兵之計？使老妖婆治好宿疾，再出江湖，幾乎無人能制！

這些後事，暫時不提，且先表敘勾漏山幽谷之中，西門豹與小俠呂崇文所遇奇險！

西門豹、呂崇文自移動石床、石桌，後壁首先倒塌，現出天光，跟著洞頂也自往下崩墜，二人忙中無處可避，只得往那透出天光的後洞壁外縱去！

但一出洞外，不禁驚魂俱顫，萬念皆空，洞外竟是一條深逾百丈、目不見底的奇險絕壑！二人武功雖均同屬上乘，但這從百丈上空疾墜絕壑，再妙的身法，也自無從施展！

西門豹此時心中委實難過到了極點，自己本來是想帶呂崇文到這勾漏山幽谷秘洞之中，搜尋那冊天遊尊者遺著的《百合真經》，使他能夠速成絕世武功，在泰山大會，仗青虹劍盡殲群魔，光寒天下，以報他義釋深仇，不念自己舊惡之德！

哪知居然有此大變，洞中失足，一墜百丈，分明有死無生！自己性命倒看得頗淡，但把呂崇文也葬送在絕壑之內，斬斷呂氏香煙，使骨肉成泥，真將遺恨難泯！

二人原是並肩下墜，呂崇文看出西門豹臉上的悽惶神色，半空中朗然大笑說道：

「老前輩帶我來此求經盛意，呂崇文至死不忘！至於目前奇險，晚輩倒未懸心，自古道死生有命，我真不信能在泰山絕峰天南老怪『白骨天王』韋光與『白面人妖陰風秀士』鍾如玉的手下逃生，卻會送命在這絕壑之內！我們且摒百念，各覓生機，與索魂惡鬼及要命閻王拚上一次！」

西門豹想不到呂崇文有如此胸襟及這般鎮靜，但就這片刻之間，壑底業已如飛上迎，相距

那些看來懾人心魄的嶙峋嵯峨，足以令人洞胸穿腸、碎骨粉身的尖銳怪石，不過二、三十丈高下。

就在這危機瞬息，千鈞一髮之中，西門豹目光瞬處，看見壑中有一團黑影往上飛來，不由靈機一動，向呂崇文喊道：「你仗七禽身法，儘量貼近絕壑，利用青虹龜甲劍一試生機，我則在這隻飛鳥身上碰碰命運！」

呂崇文被西門豹一言提醒，他們如飛下墜，本來離那千尋絕壁不過一丈有餘，遂猛提真氣，右手持劍，左掌劈空擊向前方，略爲借力，腰中挺勁，把頭往後一揚，居然貼到距離絕壁只有二、三尺左右！

但這樣一來，情勢更險，因爲絕壑並非一平如砥，不時有怪石突出，自空落下的速度極快，任何稍微碰撞，都足以斷肢折骨，厲害無比！

但呂崇文是抱必死之心、懷求生之念，哪裏還顧得著這些傷損艱危？乘著距離接近，猿臂長伸，青虹龜甲劍精芒騰處，便向石壁之中搠入！

青虹龜甲神劍雖然說是洞金穿石，鋒利無比，但一來絕壁崖石又堅又厚，二來呂崇文百忙之中下墜，懸空發劍，有力難施，所以這一劍只刺入石中不到三寸，再被呂崇文身軀的下落重力一帶，又復裂石而出，仍往壑底墜去！

不過經這略一停當，墜勢自然緩和不少，呂崇文手足在被崖石擦傷幾處以後，二度把握生

機，因為這次墜落得貼壁較近，遂覷準石隙之中挺生的一株蟠虬古松根際，又復一劍刺去！

這一劍卻刺了個實而又實，沒樹至柄，呂崇文不禁心中狂喜，借力翻上古松，而身體距離壑底仍有十丈，憑自己功力無法縱下之際，突然「哎呀」一聲，猛運真力，拔出深陷古松之內的青虹龜甲神劍，脫手化成一道電閃青虹，擲住壑底，人也不顧粉身碎骨之危，跟在劍後，往下飛撲！

原來西門豹看出自壑底飛起的一團黑影，是隻似鶴非鶴的黑色大鳥，遂一面發話喊呂崇文，倚仗青虹龜甲神劍之力求生，一方面卻把命運孤注一擲，在那隻大鳥飛過身旁的刹那之間，勉強拚盡全力，硬在空中來了一式「野鶴孤飛」，身軀平飄四、五尺遠，張開雙手，一把向那隻黑色大鳥抱去！

那隻黑色大鳥本在刺空直上，雖然看見有人墜落，但想不到人會橫飛，還要抱住自己，自然閃避不及，一把便被西門豹抱個正著！

但西門豹匆忙之下，抱的未免不是地方，竟把黑色大鳥的雙翼一齊束住，黑鳥無法飛騰，這一來並未收到他藉鳥緩落的預期之效，反而饒上一隻大鳥，連人帶鳥地向壑底落去！

半空中，又無法鬆手改抱別處，等到西門豹覺得展眼便到壑底，即將碎骨粉身之際，想起自己既難脫死，何必還要害得這隻無辜大鳥一齊送命？滿懷歉疚地把手一鬆，準備放鳥逃走，哪知怪事又生，鼻端一陣腥風，黑鳥不但不曾向上高飛，反而雙翼狂搧，口中淒聲連鳴，好似

不由自己的被一股奇異吸力，吸得如同隕星飛墜一般，直落壑底！

自己身軀也已及地，但感覺到所觸不是尖銳堅硬的石塊，而是落在一堆滑膩膩、腥膻膻，而又頗有彈性的物體之上！

原來那隻黑色大鳥，與這壑底盤據的一條錦鱗巨蟒乃是死敵，每日均要互相鬥上幾次！這次黑鳥鬥敗，飛往壑上，卻偏偏被西門豹一把抱住，隨同墜下！

那大蟒雖然厲害，但因身不能飛，眼睜睜看著仇敵逃走，無法追擊，正自怒無可洩之時，突然看見人鳥同墜，血盆大口一張，便自等待大嚼這樣自天而降的美食！

倘若西門豹始終抱著大鳥而降，則無疑人鳥齊膏蟒吻，偏偏在那即將及地的瞬刻之間，想起何必害鳥同死？撒手放鳥，這一念之善，居然上體天心，反救下了西門豹的一條性命！

人鳥一分，人降鳥飛，大蟒因彼此經常相鬥之故，自然不願仇敵再逃，遂不顧噬人，先顧吸鳥，蟒蛇特具的吸力一噴，便乘那隻大鳥初脫西門豹懷抱，尚未及振翼發力之際，把鳥吸下壑底，而西門豹卻在大蟒全神吸鳥，無暇對他襲擊的刹那之間，落在蟒身之上！

蟒身雖然不比山石，但這高墜下的強烈震動仍自難當，西門豹立時便被震暈，滑下蟒身，昏死在壑底的兩塊山石凹處！

大蟒把黑鳥吸入口中，快意殲仇之後，血吻一張，噴起一天黑色鳥毛，一對凶睛又復覷定西門豹，紅信吞吐，饞涎直滴！

呂崇文松上所見，便是這種奇險景色，雖然相距十丈，但青虹龜甲劍是自上往下，斜斜飛擲，大蟒強仇果腹，美食當前，哪裏還會想到半空中會飛來這柄要命神劍？青虹電射，血雨飛空，一劍正好在七寸要害，貫穿至柄！

呂崇文心繫西門豹安危，人隨劍後，不顧一切地跟蹤撲到，恰好大蟒要害中劍，垂死發威的猛一昂頭，呂崇文急中生智，雙手抓住蟒頸劍柄，半空倒甩車輪，頭下腳上地凝注真力，便極其美妙地以青虹龜甲神劍，在蟒項之上，順勢帶著一片蟒血裂皮而下！

大蟒七寸中劍，本已難活，在頸項之上，被呂崇文開了一個丈長裂口，一陣翻騰，攪得壑底樹木斷折，亂石飛舞之後，便自氣絕！

呂崇文自石凹之中抱起西門豹，一察脈象，知道只是受震過巨，以致暈死，遂餵他服下兩粒師門治傷靈藥，並略爲按摩，西門豹便自悠悠醒轉！

兩人談起適才驚心動魄的所遭所遇，均覺冷汗沁身，西門豹見呂崇文手、腿、肘、膝等處，被崖石擦破見血不少，遂爲他一一敷藥。

呂崇文看著那條長達五丈有餘的死蟒及一地碎石，向西門豹笑道：

「老前輩方才暈死之際，若非恰巧置身這兩塊大石凹處，也未免被巨蟒臨死發威的亂捲亂翻所傷！而我自十丈高空奮身下撲，若不是這蟒突然抬頭接我一下，蟒既不會死得這樣快法，我也難免收勢不住，有所傷損，可見得生死之數，冥冥中真有前定呢。」

西門豹深提一口真氣，微一吐納，覺得所受劇震內傷，經呂崇文餵下靜寧真人靈藥之後，已不礙事，遂向呂崇文搖頭笑道：

「命雖前定，但由心轉，我方才若不撒手放鳥，此時當已在蟒腹之內，可見得為人之公道，能本仁心，即臻多福。天遊尊者與天缺真人兩位老前輩，把《百合真經》藏在這種非拚萬死，無法相尋的絕地之中，足見珍貴無比！我們奇險已過，稍微歇息歇息，便該再下苦功，找找這冊關係正邪興衰、武林禍福的秘笈奇書所藏之處了！」

呂崇文抬頭仰視墜身之處，但見三十丈以上，便被雲封，兩邊峭壁陡立，慢說無路可通，連足資援引的藤蔓草樹之屬，均不多見，全是些又肥又厚的奇滑蘚苔，不由瞿然說道：

「天遊、天缺兩位老前輩在上面洞壁之中的留示，果然不錯，老前輩固然輕功絕世，呂崇文師門的七禽身法也不算差，但對這苔厚蘚滑的百丈峭壁，卻無法平步躡虛而上，不等到尋得真經，練成絕學，確實無法離此重履江湖的了！」

西門豹恢復了平日的從容氣概，含笑說道：「這才叫背水一戰，破釜沉舟，我們找不到《百合真經》，就休想生出此壑！來來來，我們且自看看周圍形勢。」

二人仔細勘察一遍，不由得越發死心塌地！原來這壑雖有數十丈長，並多曲折，但是條死壑，四周全是些刺天削壁，毫無出路！

壑中景色頗佳，十來條細細清泉，自百丈壑頂，潺潺滴滴，漱石下流，但流到離地五十來

丈之處，卻匯成一道不小瀑布，匹練橫空，自雲中曳白拖青，順壁飛落！

西門豹、呂崇文二人，因不知要在這絕壑之中逗留多久，既有這條飛瀑，飲水無虞，食糧卻絲毫不敢浪費，所以協議之下，爲了節省所帶乾糧，不如先吃那條死蟒！

好在蟒肉無毒，味又絕佳，二人足足吃了有十餘日，才把大蟒吃了不到四分之一，但這段時間以內，卻把這條絕壑的一樹一石，幾乎均已搜遍，《百合真經》卻依然找不出絲毫蹤跡！

這一日夜間，因絕壑太深，又常有雲霧封鎖，月光難透，故而壑底漆黑一片，幾乎黑到伸手不見五指程度，西門豹與呂崇文在石上盤膝對坐，均自因久搜《百合真經》不獲，未免心頭略煩，呂崇文微微「咳」了一聲。

西門豹聽後一陣歉疚，含笑說道：「崇文老弟！你被我爲了一冊虛無縹緲的《百合真經》，害得經歷奇險，並等於幽囚在這絕壑之中，委實太已冤枉，西門豹問心難安……」

話猶未了，呂崇文便即接口笑道：「晚輩敬慕老前輩，敬慕的便是肝膽照人、干雲豪氣，如今怎的說出這種話來？這一趟勾漏山奔波，老前輩一心一意，還不爲的是我？雖然《百合真經》尚未到手，但不是業已得了一粒足抵二十年內家吐納功力的『換骨靈丹』？又陪我親歷奇險，同困絕壑，簡直恩同天大，德比海深，要說心頭難安的，應該是我呂崇文，老前輩你有何不安之處？」

說到此處，頭上暗影以內，傳來撲撲振翼飛翔之聲與幾聲尖叫，呂崇文又復笑道：

「蝙蝠最喜住在暗洞之中，此壑既有蝙蝠，可能還有甚麼暗洞不曾被我們尋到！常言說得好：『若是功夫深，鐵杵磨成針，萬般無難事，只怕有心人！』我們只要不了不休，繼續搜尋，除非天遊、天缺兩位老前輩的留示不真，我就不信搜這《百合真經》不著？」

西門豹哈哈大笑道：「好一個『萬般無難事，只怕有心人！』你是有心人，西門豹也是有心人，我們找尋這冊《百合真經》，立意也是上體天心，欲使你速成絕藝，盡掃群魔，挽回世劫！不死於百丈墜身，不死於巨蟒之口，而會困死在這絕壑之中，仰問蒼天，絕無是理！老弟台說得真對，我們不了不休，同心戮力！」

呂崇文接口笑道：「但有一事，晚輩要事先聲明，倘覓得《百合真經》，自然在老前輩教迪之下，一同參究，但這粒『換骨靈丹』，則呂崇文萬不敢領，老前輩如若執意相讓，則只有連那《百合真經》不學也罷！」

西門豹眉頭微皺，還未答言，突然空中一隻巨蝠飛過，二人面頰之上，均自落了幾滴冷水。呂崇文心頭驀地一動，西門豹突然拍手笑道：「呂老弟！大概蒼天有眼，妖孽當誅，找到這冊《百合真經》有望了！」

呂崇文適才心頭雖也靈光一動，但聽西門豹這樣喜洋洋的肯定口吻，不禁又復懷疑問道：「老前輩怎的忽出此言，是不是爲了方才蝙蝠身上落下來的兩滴冷水？」

西門豹點頭笑道：「這兩夜並未下雨，水從何來？除了那條自壑腰凌空飛拋的瀑布以外

……」

呂崇文不等西門豹話完，便即叫道：「我所想的，大概與老前輩差不多，是不是瀑布之後，可能有洞？蝙蝠自洞中衝瀑布而出，身上才會帶有水珠！」

越說越覺所想有理，不由高興得跳起身來，笑聲叫道：「老前輩！我們搜瀑布去！」

西門豹含笑說道：「你怎的如此性急？要搜也得等到天明，此時三尺以外即難辨物，哪裏找得出瀑布後秘洞？」

呂崇文自已想想，也覺好笑，二人這回心中有望，煩憂盡袪，天心益發泰然，寧神靜坐，展眼便已天明，睜眼互做微笑，身心均覺舒適已極！

呂崇文指著那條濺雪噴珠，宛如凌空匹練的瀑布，向西門豹笑道：「老前輩，這幽壑之中，就是這條瀑布最美，倘若洞在瀑後，豈不是成了水簾洞了？」

當先縱身，便自沿著飛瀑，往上細細搜去！

瀑布兩側的石壁因水花飛濺，苔蘚被濕潤得又肥又滑，極難攀登，二人費了不少力氣，不過搜了十七、八丈，但仍自毫無秘洞跡象。

呂崇文的兩道劍眉，方自微微一皺，西門豹著足一塊突石之上，指著頭頂數丈說道：

「呂老弟，你看這一段山壁，是兩邊向前凸出，當中凹進，瀑布順勢飛瀉而下，宛如一道天然水槽一般，極可能瀑後藏有我們所料秘洞！但瀑布飛墜頗急，偶一失足，便告碎骨粉身，

卻怎樣向瀑後探測？」

這時腳底那塊突石，生根不穩，難禁西門豹久站，竟自活動起來。

西門豹急換過一處，突石業已落入飛瀑之中，「轟隆」一聲，砸得水花四濺！

呂崇文靈機一動叫道：「老前輩，我們找些拳大石塊，用暗器手法打向瀑後，不是就可以試出有洞、無洞了麼？」

西門豹不由暗笑自己怎的突然糊塗，連這種辦法都想不出！但這絕壁之間，哪裏來的趁手石塊，二人只得各自覓了一塊大石，默運神功，硬用掌力擊碎，揣在懷中，又復巧縱輕登，援上五丈。

西門豹駐足打量這道寬約八尺，形如水槽的石壁，約莫長達七丈，自己等落腳之處，正在中間，相距飛瀑，則有兩丈遠近。遂向呂崇文說道：

「你我每隔五尺，投一石塊，你從上面探測，我自下面試起！」

呂崇文應聲脫手，一石飛出，只見水花濺處，「達」的一聲，分明瀑後仍是堅厚石壁，石塊也自彈回，被瀑布沖得向下落去！

但西門豹這邊情形，卻自不同，喜得二人心中狂跳！

六一 絕壑求經

原來西門豹抱著希冀心情，脫手一石穿瀑而入，卻未聽見絲毫觸及石壁之音，石塊也不曾彈出！

西門豹心頭一陣狂跳，再加一石，仍然如同先前一般，連他這等沉穩之人，遂也不禁喜得大聲叫道：「呂老弟不必再試，秘洞在這裏了！」

身歷絕險，連日苦尋不得之下，一旦曙光頓現，呂崇文自然欣喜欲狂，正待縱身衝入瀑布，卻被西門豹一把拉住笑道：

「雖然試出瀑內秘洞位置，但一來究竟隔著一道水簾，難知究竟，二來洞中是否藏有毒蛇異獸等猛惡之物？冒失衝入，危險實在太大，你呂氏門中一脈單傳，香煙待續，又正是有守有爲的少年英雄，這捨命衝瀑一事，還是把青虹龜甲劍借我去吧！」

呂崇文心中方想哪有這種道理，但西門豹手口一致，動作快捷至極，業已在他背上掣出青虹龜甲劍，劍先人後地身形縱起，猛往斜下方適才投石之處衝去！

這樣做法，委實奇險無比，因爲倘若萬一該處不是所想秘洞，或者所縱部位稍偏，均將被那百丈飛瀑，凌空衝入壑底，落得粉身碎骨！

所以呂崇文的一顆心簡直狂跳得幾乎體外可聞，俊目凝光，一瞬不瞬，注視著仗劍飛身，衝向瀑布絕壁之間的西門豹，準備萬一有所不幸，自己縱拚百死，也要加以援救！

但蒼天終佑善人，西門豹默運玄功罡氣護身，手持青虹龜甲神劍，猛衝之下，只覺水氣逼

人，身上微微一涼，業已帶著半身水漬，衝進瀑布之內！

而瀑內果如所料，是個又深又黑大洞，西門豹心頭狂喜，因瀑聲轟隆，言語難傳，想把青虹龜甲劍伸出瀑外，替呂崇文做個標誌，但飛瀑狂瀉而下，雖替秘洞織成一道水簾，離洞口卻尚有數尺之遙，青虹劍連手長伸，僅能達到瀑布內緣，無法伸出瀑外！

西門豹方想另外找件較長之物，但由暗看明，由裏看外，卻看得頗清，瀑布水光之中，又有一條人影隔空電疾飛來，直向手中的青虹龜甲劍尖撞到！

西門豹不禁亡魂俱冒，趕緊頓肘收劍，肩頭猛在洞旁崖壁之上一撞，幾乎滾下絕壑，而呂崇文也已一身水漬地衝瀑而入！

原來呂崇文不知道西門豹想找件較長之物，替自己做為標誌，只見他穿瀑而入之後，竟自毫無訊息，心中一急，記準方位，不顧一切地隨後也便撲過！

若不是西門豹眼快心細，在水光之中，發現人影，幾乎正好撞在自己的青虹龜甲劍劍尖之上，冤枉無比地送掉一條性命！

二人事後回思，均覺心悸，洞中除了水光反映，看得見當前一段以外，轉折之處，便即暗影沉沉，難以辨物！

好在西門豹身邊，幾乎江湖用物，無不齊備，取出火摺晃著，仍由西門豹仗劍護胸，緩緩前行，但一轉進內洞，二人不由深深驚詫！

原來洞內竟是一大間極其高廣石室，壁間燈內，並有不少存油，西門豹點燈以後，發現室內丹床、藥灶，一應俱全，但最令人觸目驚心的，卻是丹床之上，一左一右，分別兩個草織蒲團，蒲團上面，卻還端端正正地坐著兩具骷髏白骨！

二人至此，方始恍然大悟，這座瀑內秘洞，才是天遊尊者、天缺真人真正的修真之所，則這蒲團之上的兩具骷髏，也就不問可知，必然是天缺真人與天遊尊者遺蛻！

西門豹、呂崇文想通之後，心頭一片肅然，雙雙攝衣向丹床上天遊尊者及天缺真人的遺蛻恭謹下拜！

拜畢起身，西門豹喟然嘆道：「天遊、天缺兩位老前輩，超化已達三百年之久，而蒲團以上，骷髏不散，坐像猶存，足見真正把內家神功，練到了骨化金鋼的地步！但功行高到如此，卻仍然免不了乘化輪迴，所留示後人的，依舊不過是兩堆白骨！由此可知神仙一道，虛幻無憑，人生百歲光陰，萬不能等閒流轉，令其彈指輕過，總要爲人群或爲後世，留下一點可歌可泣、難以磨滅的不朽痕跡，才算是不曾空負在六道輪迴之中披得這件人皮一次！」

提到人皮，不由想起「璇璣居士」歐陽智與「雙首神龍」裴伯羽來，二人又是一陣深深感慨！

拜畢遺蛻之後，自然就是著手尋找那部心目中所渴望的《百合真經》，秘洞既已尋得，真

經卻不需像以前一般地苦事索求，呂崇文一眼望去，便看見丹床當中的長方經桌之上，擺著一具長約七寸、寬約四寸的透明晶盒！

取過一看，晶盒無蓋，是個整體，盒中果然盛著一本厚才兩、三分許，上書四個鐵線篆字的《百合真經》！

但經上附有小籤，說明封經晶匣，萬物難開，只有放在胸前，硬用本身的純陽三昧真火，把晶匣煉得微微見軟之時，再以寶刀、寶劍才能劃破晶匣，把中藏《百合真經》取出！

呂崇文看完，略有不信，向西門豹笑道：「老前輩！我們找這真經，已找了不少時日，若再用純陽三昧真火慢慢煉軟晶匣，又不知要煉到幾時？晚輩的青虹龜甲劍，無堅不摧，用它試上一試好麼？」

西門豹眉頭微皺說道：「青虹龜甲劍雖是大漠神尼故物，號稱無堅不摧，但天遊尊者留示，也絕非虛語，好在所重只是《百合真經》，不重晶匣，你用神劍試試也好！」

呂崇文遂以青虹龜甲劍尖，在那只晶匣之上輕輕一劃，但聽「嗤」的一響，卻連絲毫痕跡均未劃出！

這樣一來，呂崇文越發不信，劍眉微剔，把晶匣放在地上，覷準匣角，揚手便是一劍劈去！

神劍精芒掃處，把石地倒劈裂了一條大縫，但封經晶匣卻仍完整無傷，呂崇文這才死心！

二人既然打算遵照天遊尊者留示，用本身純陽三昧真火慢慢熔化晶匣，自然要在洞內久居，經仔細察看以後，這石室中日用各物，竟大半齊全，丹床之上，因有真人尊者遺蛻，不敢褻瀆，遂清掃石地，相互對坐，呂崇文把晶匣遞向西門豹，請他施功煉化！

西門豹搖手笑道：「論謀略機智及江湖經驗，西門豹落了個『老成』二字，但這提聚純陽三昧真火，卻是絲毫不能取巧的正宗內家功力，你幼受靜寧道長老前輩八載心傳，自然要比我這半路出家之人高明不少，儘管摒除萬念，一意施功，我替你負責食水之需，及防萬一有甚外來侵擾便了！」

呂崇文如今《百合真經》在手，想起西門豹出生入死，身先險難的費盡心力，不由感激得浹骨淪肌，從懷中摸出那粒「換骨靈丹」，遞向西門豹笑道：

「晚輩有言在先，這粒換骨靈丹，務請老前輩服用！」

西門豹起先微微一怔，但隨即伸手接過，納入自己口中，取來一碗泉水服下，含笑說道：

「我已如你之意，服下這粒足抵二十年吐納功力的『換骨靈丹』，你趕快百念齊蠲，一心提聚純陽三昧真火，煉軟這封經晶匣，爭取時間爲要！」

呂崇文見西門豹服下「換骨靈丹」，心頭稍安，也就欣然把那封經晶匣在胸前貼肉揣好，一心瑩然，提聚自己的純陽三昧真火！

調元聚氣地煉了三天，晶匣依舊堅如鐵石，連半絲軟化痕跡都看不出，呂崇文心中著急，

氣機更覺不純，晃眼五日過去，仍無奏效徵兆！

西門豹一旁也覺皺眉，這日見呂崇文用完一遍玄功，頭上業已熱氣蒸騰，紛紛汗落，但因久久無功，臉上未免現出沮喪神色！遂起身到洞外舀來一杯清泉，自懷中取出一粒丹藥，化入泉中，遞與呂崇文笑道：

「凡事欲速不達，這部《百合真經》，是武林之中的無上奇珍，如今居然已在我們手中，只隔一層晶匣未開，應該業已滿足！你連日運功辛勞，先喝下杯內寧神益氣靈丹的清泉，略為歇息，再慢慢提聚純陽真火，俗語云『水到渠成』，在機緣未至之前，急也無用！」

那粒靈丹溶入水中之後，泉水變得綠盈盈的好看已極，而且更有一種奇香淡馥，不必飲下，令人聞在鼻中，都覺得神清氣爽！

呂崇文心中暗想，西門豹老前輩的花樣真多，身邊何時曾有這類靈丹？自己與他同宿同行，怎的竟不知曉？接過靈泉，因口中頗渴，兩口便自飲完，忽然丹田之內奇熱如焚，全身骨節也覺得又痠又脹，並且格巴格巴地微微作響！

這種奇異現象突生，呂崇文不由大為驚詫，方自抬頭向西門豹看了一眼，西門豹臉上微微含笑，手下卻如電掣風飄，駢伸二指，疾點呂崇文黑甜睡穴，呂崇文驟出不意，「吭」的一聲，便被點倒！

朦朧隱約之中，彷彿覺得西門豹功貫雙掌，火熱如焚地在自己周身不住按摩點拍，弄得筋

骨之間舒服無比，竟在飄飄欲仙的情況之下，漸漸完全失去知覺！

整整過了一日一夜，呂崇文始告醒轉，自己覺得神旺氣充，極爲舒泰！見西門豹坐在身旁，含笑相視，不由起身笑道：「老前輩在泉水之中所溶靈丹，叫甚麼名稱？這一覺睡得我好不痛快！」

西門豹含笑不答，卻自地下撿起一小塊最爲堅硬的青花石卵，反向呂崇文問道：「石卵之中，數這種帶有青花的，最稱堅硬，以你所練指力，能將這石卵捻成粉末麼？」

呂崇文被西門豹這莫名其妙、突如其來的一問，問得摸頭不著，照實答道：

「這種青花卵石，倘若大上十倍，我一掌把它拍成七、八小塊，能辦得到，但若像如今這般大小，憑二指之力捻成石粉，大概除了我恩師與無憂師伯、妙法師叔等宇內三奇，或許有此功力之外，連慕容叔父都未必辦得到呢！」

西門豹聽完點頭笑道：「你說得不錯，但我看你自這一覺睡醒以後，氣色大異昔時，不妨運足真力，試上一試！」

呂崇文也覺得自己體內氣機流暢已極，真力充沛得幾乎有點不須提氣凝功，隨時均可發出之狀，遂用右手拇、食、中三指，撮住那塊青花石卵，微一使力，竟自石粉簌簌應手下落地上！

呂崇文見自己只睡了一覺，功力竟會突然增進到與恩師彷彿，不由驚得跳了起來，但他畢

竟絕頂聰明，眼珠一動，撲到西門豹面前，拉住他雙手，抬頭注視西門豹，以一種激動口音問道：「老前輩你……那日是不是用了偷龍轉鳳手法，不……不曾服下那粒天遊尊者所留的『換骨靈丹』？」

西門豹以一種宛如慈父般靄然神色，把呂崇文雙手握在掌中，輕輕撫摸說道：

「一粒『換骨靈丹』，加上一冊《百合真經》，再加上你本來所善的三奇絕學，才可以有望在泰山會上，仗青虹龜甲一劍，誅除那些窮兇極惡魔頭，永靖江湖，光寒天下。我如分享一粒『換骨靈丹』，不過自己徒增二十年吐納功力，卻可能使你因本身火候真力稍差，不能把《百合真經》所得發揮盡致，飲恨泰山，難施濟世宏願！但若當時堅拒不服，你又必力加推讓，不知要費多少口舌，所以才悄悄換下，溶在泉水之中，與你……」

說到此處，呂崇文業已感動得匍匐西門豹足下，肩頭抽動，淚如線滴！

西門豹輕輕撫著呂崇文肩頭笑道：

「西門豹每一想起當年罪孽，總覺對你負疚太深，區區一粒靈丹之報猶有不足，何必如此在意？但天遊尊者所遺的這粒『換骨靈丹』，功效之大，委實驚人，你昏睡以後，我並未費卻多大心力，便引導你體內真氣，打通『督』、『任』二脈，衝破『生死玄關』，達到內功之中極難達到的最高境界！如今以你功力，據我估量，已鬥得過『白面人妖陰風秀士』鍾如玉，再把《百合真經》參透，精研出一種『太乙奇門』、『卍字多羅』、『伽羅十三』三奇合一的蓋

世無雙劍法，則慢說天南雙怪與桃竹陰陽二惡，恐怕連『鳩面神婆』常素素也足可一鬥了！」

呂崇文被西門豹說得雄心萬丈，跳起身來，再度抱著那只內封《百合真經》的晶匣，猛提自己的純陽三昧真火！

這次與先前果然大不相同，才煉一天，晶匣便已變成微呈乳白之色，運足真力捏時，也似覺得稍有一點柔軟！

呂崇文恐怕功候未到，索性又煉兩天，但晶匣再無異狀，遂仍放在石地之下，拔出青虹龜甲神劍，輕輕一劃，晶匣果然迎刃而解！

《百合真經》既得，呂崇文與西門豹二人，就在這幽壑秘洞，天遊尊者、天缺真人的兩具遺骨之前，彼此研究分析，窮參苦練！

他們在此練功的靜靜參悟之事，暫且不提。先要交代那三位忍辱負重，就在泰山附近藏身的澄空大師、「鐵膽書生」慕容剛與「天香玉鳳」嚴凝素！

六二 苦撐危局

「白骨天王」韋光、陰風秀士鍾如玉兩個老怪，見宋三清慘死，又搜索慕容剛等所居客店不得，當然以爲業已遠颺，哪裏想得到他們索性住在附近，所以這一段時間之內，倒也相安無事。

澄空、慕容剛、嚴凝素三人，每日均是兩人在所居民房之內刻苦用功，一人出外，探聽賊勢及宇內三奇野人山之戰的勝敗消息。

這日輪到慕容剛出外探聽，夕陽已墜，仍未歸來。嚴凝素與鐵膽書生本來已是愛侶，最近這一鎮日廝守，情感更進，因平素大家曾有規定，清晨外出，黃昏必回，慕容剛突然破例，可能出了甚麼岔事？不由芳心忐忑，向澄空大師說道：

「師兄，他至今不返，莫非有甚……」

澄空大師不等她話完笑道：「我慕容師弟那一身功力，又是用西門豹所贈易容丹，易容出外，縱然遇上老怪韋光，被他看出本來面目，只要不自戀戰，一樣能夠脫身，不會有甚差錯！但師妹既不放心，我們便耽誤半日功課，且自易裝前往丈人峰左右一探！」

「天香玉鳳」嚴凝素心繫鐵膽書生，自然讚好，她如今每逢出外，全是一身土布農妝，臉上再一搽西門豹在積翠峰石室，留贈慕容剛、呂崇文的易容丹，把個絕代佳人，硬變成了四十來歲的鄉村農婦！

澄空則不用易容，他設法弄來一副假髮，再穿上慕容剛的一襲青衫，倒也文文雅雅，十足

是個書生模樣！

二人化裝完畢，彼此相視一笑，便往丈人峰腳下的方向行去！

行到丈人峰腳，月已東升，二人看見有兩個勁裝壯漢，挑著酒食之類，好似上峰力乏，坐在一塊青石之上歇息！

從那裝束打扮，一望便知正是峰頭賊黨，二人遂各展輕功，悄悄掩到兩個壯漢的身後林中，想聽聽他們口中之言，可有甚麼關係自己的特殊消息！

澄空大師與「天香玉鳳」均是一等一的絕世輕功，兩個下等毛賊怎會覺察？只聽得其中一人說道：「今天探峰之人，武功也算極高，老天王若不親自出手擒人，幾乎又被他跑掉！」

另一個壯漢接口道：「今夜桃竹陰陽教主回山，高手更增，那些所謂俠客之流的白道人物，來得再多，也不過送死罷了！」

澄空、嚴凝素聽得有人探峰被擒，心中不由一驚，嚴凝素方待潛行上峰，看看究是何人被擒？澄空卻忽然縱身出林，一下便把那個壯漢點倒！

嚴凝素不明其意，也只好跟出林來，澄空要過她靈龍軟劍，指著一個壯漢心窩問道：「你方才說是峰頭有人被擒，趕快說出被擒之人的形相、年齡，饒你不死！」

冷森森的劍峰直抵心窩，壯漢哪敢不說？戰戰兢兢地答道：

「我們奉命下山，趕辦精緻酒食，爲桃竹陰陽教主接風，並沒有看見被擒之人，只聽說一

個老頭和一個少女，要報甚麼剝皮之恨！」

澄空與嚴凝素從這要報剝皮之恨一語之上，便已猜出是「九現雲龍」裘叔儻與裘玉霜父女，在丈人峰頭爲「白骨天王」韋光所擒，那「雙首神龍」裘伯羽，已因自己等人救援無力，慘被老怪活剝人皮，無論如何，也不能再任這父女二人遭受毒手！

所以澄空劍峰一緊，再自問道：「桃竹陰陽教主何時回山？是凌風竹？是畢桃花？還是凌、畢二惡同回山？」

壯漢嚇得魂不附體，全身顫抖地答道：「聽說畢教主約在初更時分，先行回山，韋老天王要用活剝人皮好戲，來爲畢教主接風下酒。」

澄空與嚴凝素一聽這「活剝人皮」四字，旅店之中，朱紅皮匣之內的那兩張帶髮人皮，便自赫然在目，由不得全身上毛髮皆豎的打了一個寒噤，澄空默運真力，隔空連指，便把兩個壯漢點了暈穴！

略一凝思，便向嚴凝素說道：「畢桃花初更一到，裘大俠父女便又要慘遭剝皮之災，我們縱冒百險，也不能再讓這種人間慘劇重演！還是借這兩人服裝，略爲易容，不動聲色地混上丈人峰頭，相機應變！」

嚴凝素點頭讚好，兩人遂仔細改扮，挑著兩擔酒食向丈人峰而去！

二人裝束既改，又特地略爲避人，自然輕輕易易地便上得峰頭，卸去所挑酒食等物，只見上次嚴凝素、呂崇文與「白面人妖陰風秀士」鍾如玉惡鬥的那片廣場之上，豎立著一塊絕大木板，板上縛著一個長衫老者與一個美貌少女，正是意料中的「九現雲龍」裴叔儻父女，但均昏迷不醒！

木板四外，有不少匪徒嚴密防衛，場中並備了一席酒宴，但座上空空，想是所謂要替桃竹陰陽女教主畢桃花妖婦接風之用。

二人見老怪韋光及陰風秀士鍾如玉此時均不在場，正想乘機下手，先把裴叔儻、裴玉霜父女救下，並力逃出重圍，但倏然峰下兩支火箭高飛入雲，立有執事匪徒向大廳之內稟道：

「啓稟老天王，鍾護法、畢教主回山，並有貴客同來，已到峰下！」

澄空大師與「天香玉鳳」嚴凝素二人均係心細如髮，知道韋、鍾兩個老怪即將出場，自己二人裝束、容貌雖變，但若站在明處，仍易令人生疑，瞥見場旁有一小屋，遂閃身入內，從門後往外窺視，並因下手救人必用暗器，「天香玉鳳」嚴凝素把自己僅存的五枚「伏魔金環」取了四枚在手，澄空則在室中找到一大把鐵釘備用！

這時，老怪韋光，與「白面人妖陰風秀士」鍾如玉果然聞報出廳，走到場中所設的席上坐定，不久便見峰下冉冉升起八盞紅紗宮燈，紅燈之後，由八名壯漢抬著兩乘小轎。

左面一乘轎上，坐著一位身穿桃紅色宮裝，年約三十三、四的絕媚中年美婦，右面一乘轎

子，則坐著一位身穿玄色武士勁裝，漆黑臉膛，但劍眉虎目，看去五官頗爲端正英俊的壯健男子。

澄空大師與「天香玉鳳」嚴凝素，一齊有一種奇異的感覺，就是覺得與畢桃花妖婦同來的那位黑臉武士，面貌雖然陌生，但偶一盼顧，及坐在轎上的那種姿態，卻又好像熟極熟極！

老怪韋光與「白面人妖」鍾如玉雙雙起身笑道：

「畢教主怎的一去這久方回？凌教主何以未來？這位朋友怎麼稱呼，請與韋光、鍾如玉引見！」

畢桃花與那黑臉武士飄身下轎，含笑說道：

「畢桃花與教主此次回轉黔西，收歛彼處教務，全數遷來這丈人峰頭，以致稍稽時日，凌教主尚需半月才可回山，這位宋朋友，單名一個『危』字，武功極好，是我特地邀來，彼此共襄盛舉。」

說到此處，向那黑臉武士宋危回眸一笑，笑得冶豔無比，騷媚入骨！

「天香玉鳳」嚴凝素看見畢桃花這等下流神態，不由自心中作嘔，暗想無怪恩師痛恨此女，果然卑鄙無比！但計算妖婦年齡，最少也有五十以上，怎的如此駐顏有術？

她玉潔冰清，不沾塵俗，所以猜不透畢桃花何以有術駐顏？但澄空大師卻心頭雪亮，知道妖婦定然不知害了多少青年，才保得她自己的紅顏不老。

畢桃花向宋危做了個媚笑之後，手指老怪韋光及「白面人妖」鍾如玉，說道：「這兩位就是威名久震江湖數十年的『白骨天王』韋光，與本教護法『白面人妖陰風秀士』鍾如玉，宋兄上前見過！」

宋危對這兩位蓋世魔頭的凶名，竟似並未怎的在意，只把雙手微拱，一聲不響地，便自當先走到席中坐下！

宋危這種傲慢神色，幾乎把兩個老怪氣煞，但礙於畢桃花妖婦情面，只得互看一眼，暫時隱忍，同自落座。

「天香玉鳳」嚴凝素本已覺得宋危神態極熟，這一見他那幾步行走，登時心頭雪亮，但隨著便是一陣騰騰亂跳，向澄空大師低聲附耳說道：

「怎的是他？這樣對面相坐，倘若萬一被老怪識破，豈不太已危險？」

澄空這時也已看出，這位隨畢桃花妖婦同來的宋危，竟是今日清晨在自己與嚴凝素靜坐用功之時外出，迄未回轉的「鐵膽書生」慕容剛所扮，略一尋思，向「天香玉鳳」嚴凝素低聲笑道：

「我慕容師弟，除了和老怪韋光曾在劉氏荒墳交過了一次手之外，僅與陰風秀士鍾如玉峰腰互換人質之時匆匆一面，如今所用又是西門豹的極好易容妙藥，連我們初見都認不出來，何愁對方發覺？我們且在暗中留神，準備等他先行發動，然後再於最有利時機，出手便了！」

「天香玉鳳」嚴素凝雖覺得澄空所說有理，但仍然由不得深爲鐵膽書生擔憂，這一來心分兩頭，更爲忐忑不已！

畢桃花看出慕容剛所喬裝的宋危神情傲慢，韋、鍾兩個老怪面上已現不快之色，急忙舉杯敬酒，岔開話頭笑道：

「我在泰安府外即已聞報，老天王及鍾護法擒住了兩個上峰滋事的裴姓父女，要在今夜剝皮下酒，那木板之上綁的定是，何不立刻動手？」

老怪「白骨天王」韋光一陣獰聲笑道：

「『雙首神龍』裴伯羽背盟負義，倒反四靈寨，被我將他和那『璇璣居士』歐陽智一併剝了人皮，可說罪有應得！不想他族弟裴叔儻父女，居然螳臂擋車，要想來此報仇，正值我因宋三清遇害，怒火難消，才出手擒住他們，留待畢教主回山，在席前活剝人皮，做一樣新鮮別緻的下酒之物！」

說到此處，向鐵膽書生喬裝的宋危微微一笑說道：

「裴叔儻父女二人，均係被我點了暈穴，畢教主推崇宋兄武學極高，有煩代爲解開穴道，使他父女死得明白一點，則更爲有趣！」

慕容剛此時正想怎樣設法，先把昏昏沉沉的裴叔儻父女救醒，聽「白骨天王」韋光這樣一說，正中下懷，估量綁人木板，不過離設席之處兩丈左右，自己近來刻苦修爲，功力又進，大可隔空施爲，以「豆粒打穴神功」一試！

遂自席上拈了兩粒冰糖蓮子，方待出手，忽然瞥見老怪韋光與「白面人妖陰風秀士」鍾如玉臉上，均自流露出一種極其毒辣的陰惡笑容，令人一望便即肌膚生慄，毛髮欲豎！

慕容剛雖然微詫老怪叫自己動手解穴，不過是嫌自己神情傲慢，想藉此考較可有真實功力，做這陰詭笑容，似屬不當？但絕未想到其他方面，兩粒冰糖蓮子業已破空生風，脫手飛向被綁在木板上的裴叔儻、裴玉霜父女打去！

暗中潛窺的澄空、嚴凝素二人，也是想等慕容剛「豆粒打穴神功」，解開裴氏父女被點暈穴，恢復神智以後，再行暴起救人脫身，但好端端的怪事突生，慕容剛所發的兩粒冰糖蓮子，乃是凝注真力出手，破空作響，威勢不凡，卻在即將打中裴氏父女之時，平白無故地左飛三尺，掠空而過！

「白骨天王」韋光與陰風秀士鍾如玉是另懷鬼胎地獰笑注視，畢桃花妖婦是不知究竟的含笑相看，但見這種突如其來的怪事發生，均由不得愕然一怔，矚目四周，場外屋宇沉沉，哪有絲毫異狀？

慕容剛也覺得怪不可解，二次凝足十成真力，「呼呼」連響，又是兩粒冰糖蓮子出手，飛打裴叔儻父女的前胸要穴！

這次在大家凝神注意之下，看出端倪，就在冰糖蓮子將到裴叔儻父女腳前之際，從離綁人

木板右面最近的一座牆角之後，吹出一縷微風，那極強力量的兩顆蓮子，便即隨風一偏，又自綁人木板左側掠空飛過！

這一來，「白骨天王」韋光與陰風秀士鍾如玉首先離座起立，立待有所動作，那牆角暗影之中，已先響起一聲清朗佛號，現出了宇內三奇之中的南海潮音庵主妙法神尼，手指「白骨天王」韋光道：

「韋光老怪，你也是多年潛修之人，心腸怎的這等歹毒？裴叔儻父女被你點了『五陰絕穴』，在未以我佛門『般若禪指』或玄門『乾元神功』解救以前，一紙拂身，勝於刀割，重要穴道稍受重力，更是五臟盡裂，狂噴黑血而死！你自己下此毒手不算，還想借刀殺人，豈非天理何存？神人共憤！」

妙法神尼這一現身，果然宇內三奇的名頭所在，韋、鍾兩個老怪立被鎮住，不敢像往日那等驕狂囂張，只各睒著一對兇睛，向這位三十年前威震群魔的潮音庵主嚴密注視！

「鐵膽書生」慕容剛此刻心中卻不禁一迭聲地暗叫慚愧！自己原想倚仗西門豹易容妙藥，混上峰頭救人，哪裏料到韋光老賊如此狡猾，替裴叔儻父女點的不是普通暈穴，而是「五陰絕穴」，若非妙法神尼來得湊巧，兩顆冰糖蓮子無殊成了裴氏父女的要命之符，何以問心？何以對人？更如何向裴玉霜心目中的愛侶小俠呂崇文交代？豈非聚九州之鐵，鑄錯一身，縱然盡傾北海、西江之水，也難洗此恨！

他這裏正在驚恨萬端，身旁那位桃竹陰陽教的女教主畢桃花，因昔日被這位妙法神尼追得天涯海角，無法逃生，幾乎一見她那件灰色僧袍便即魂飛膽落！如今雖有所恃，練成幾般毒物，但凌風竹不在身畔，心中終覺怯懼，方自悄悄起立，想掩過一旁。

妙法神尼那炯如寒電的目光，已盯住畢桃花道：

「畢桃花！三十年前，你與凌風竹在祁連山朝笏峰頭，被我用兩枚『度厄金鈴』打下千尋絕壑，想不到居然僥倖逃生，活到今日，三十年作惡，定然孽重如山，凌風竹未到，我絕不單獨殺妳，但死罪暫免，活罪難容。鐵膽書生何在？與我賞這妖婦一記『般禪重掌』！」

畢桃花此時膽怯想溜，慕容剛恰好在她身後，一聽妙法神尼發令，神功倏運，雙掌齊推，便如言施展北嶽無憂秘傳的「般禪掌」力，照準妖婦後背擊去！

畢桃花也料不到這個前途相識，愛他精壯勇武，想收爲裙下不二之臣，幾經勸說才肯上峰的宋危，就是大敵「鐵膽書生」慕容剛所扮！聽妙法神尼叫鐵膽書生攻擊自己，正在注意人從何處出現？背後勁風到處，般禪雙掌已挨了個實而又實！

幸而慕容剛遵妙法神尼之言，暫時不要她命，保留了兩成真力未發，只將妖婦震得騰飛八尺，口吐桃花，暈死在地，自己卻乘韋、鍾兩個老怪一愕的剎那之間，足尖點地，一式「孤鶴倒飛」，退向妙法神尼身側。

「白面人妖陰風秀士」鍾如玉與「白骨天王」韋光，雖一樣有點疑心這位宋危來路不對，才騙他動手解穴，等裴叔儻父女應手慘死之後，暗察神色反應，便可看出這宋危是否敵人派來臥底？但再也想不到，他就是「鐵膽書生」慕容剛本人！

畢桃花受傷，慕容剛一退，陰風秀士鍾如玉因昔年未曾會過妙法神尼，不知厲害，首先暴怒難遏，怒叱一聲，長衫大袖展處，隨後凌空追撲！

妙法神尼冷笑一聲，還未有所動作，室中暗藏的澄空大師與「天香玉鳳」嚴凝素已自乘機衝出，雙雙把手一揚，嚴凝素四枚「伏魔金環」飛起三枚，澄空一把大鐵釘，卻以滿天花雨手法疾打鍾如玉，但與嚴凝素一樣心思，故意把兩根較粗釘頭留在掌中未發！

「白面人妖陰風秀士」鍾如玉縱身追撲慕容剛，全副精神均注意在那位名列宇內三奇，號稱群魔煞星的妙法神尼身上，哪裏想得到在暗室之中，會突然出來這兩位對頭？

「天香玉鳳」嚴凝素的「伏魔金環」，他昔日會過，深具戒心，所以一見這三圈金光，便知此人竟是嚴凝素改扮，半空中右手大袖一揮，向左橫飄數尺，輕輕避過。

但那位以滿把鐵釘出手的澄空大師，暗器雖然尋常，發釘之人的手勁功力，卻又深厚無比，高過「天香玉鳳」，一大蓬釘雨呼呼怪嘯，宛如萬蜂齊飛，威勢強大無比！

「白面人妖」鍾如玉避過「伏魔金環」，迎向釘雨，見有這般威力，也不由深自驚心，默運自己看家絕技「七陰指力」，右手食指一指，再隨勢舒掌一推，陰寒徹骨的勁氣狂飆起處，漫空釘雨，果被紛紛震落！

兩般暗器施襲均自無功，「白面人妖」鍾如玉得意了個哈哈大笑。

但一個哈哈才只打出半聲，澄空、嚴凝素同聲又復斷喝叱道：

「鍾老怪休要張狂，你再嘗一下！」叱聲之中，兩人預先留下未發的一環二釘，均自出手！

這回是把全副功力貫注在一件暗器之上，所以威力比先前所發強過很多！環如金輪飆轉，迅疾無儔，釘似電掣星飛，破空生嘯，打的正是鍾如玉的左右兩腕！

六三
泰山定約

「白面人妖」鍾如玉此時身在半空，才運「七陰指力」震落澄空大師的一蓬釘雨，想不到對方在極度匆忙之間，還有暗器再度出手，如換常人，想避萬難，老怪功力畢竟不凡，忽的一聲長嘯，盡散體內濁氣，身軀自空中平墜三尺，把一環、二釘恰巧避過！

鐵釘「刷刷」地兩聲，掠袖而過，但那枚「伏魔金環」卻在業已偏飛以後，一旋一轉，又復回頭，正好打中「白面人妖」鍾如玉右手手背的「陽豁」穴上！

鍾如玉一見伏魔金環旋飛回頭，便知不妙，但此時業已無力再躲，只得在金環將中未中的刹那之間，勉強一沉右手，卸去對方幾成勁力，就這樣，老怪鍾如玉也被這枚南海獨門暗器「伏魔金環」打得怪吼一聲，右半身麻木不堪，手臂低垂，所練極為毒辣的「七陰指力」，短時以內已自無法施展！

澄空大師與「天香玉鳳」嚴凝素得手擊傷「白面人妖」以後，雙雙縱身到那綁人木板之旁，準備先將「九現雲龍」裴叔儻父女放下，再圖解救！

妙法神尼見狀喝道：

「素兒與澄空師侄不可妄動，裴叔儻父女被點『五陰絕穴』，此時萬碰不得，你們守住木板，防備其他賊子侵害，其他不必多管！」

可憐此時最難堪的，卻是天南第二怪「白骨天王」韋光，他此時方餵被慕容剛震暈的畢桃花服下丹藥，眼看「白面人妖」鍾如玉中了「伏魔金環」，正在暗運功力療傷，暫時已難動

手，只剩自己一人，如坐視對方從從容容地把裴叔儻父女救走，則傳揚開去，情何以堪？

但若逞強動手，自忖充其量與妙法神尼鬥個平平，那幾個難惹難纏的鐵膽書生、「天香玉鳳」及喬裝寨丁的澄空和尚出手之時，卻叫自己怎樣應付？

老怪終因久負盛名，忍不住心頭這口惡氣，緩緩走向妙法神尼，一張本來就白得不大有血色的馬臉之上，越發逐漸慘白得宛如朽敗多年的塚中白骨。

妙法神尼知道老怪韋光這樣慢慢走路，是藉機提聚他所練的白骨陰功，此人三十年前即負盛名，如今二度出山，自然更非小可，所以表面依然沉穩從容地微含冷笑注視，其實把自己南海小潮音三十年苦參的「伽羅神功」，也在不動聲色之中提到九成以上。

「白骨天王」韋光心中早起毒念，認爲今夜雖在丈人峰頭自己的巢穴之中，若論情勢，依然已弱人強！但無論如何，也不能讓對方毫無所傷地安全退走，必須力智兼施，虛實並用。遂在走到距離妙法神尼一丈五、六之處駐足，雙眼凶光覷定妙法神尼，獰笑連聲說道：

「妙法老尼妳休要得意，可知道老夫這丈人峰上，埋伏有無數妳意想不到的絕頂高人，你們已如網中之魚，甕中之鱉！」

妙法神尼口角微哂，尚未答言，「白骨天王」韋光倏地雙臂一張，全身骨節一陣山響，左手一指側方，說道：「喏！桃竹陰陽教的凌風竹教主業已現身，光憑他那一面『玄竹靈幡』，也就夠你們這一群消受的了！」

攻敵必先攻心，老怪韋光這一句話，便收了攻心之效，因為凌風竹既是妙法神尼早年愛侶，後來變心負義，又成了刻骨深仇，聽說此人一到，妙法神尼關心過甚，由不得的目光略瞬！

左側方暗影沉沉，哪有什麼桃竹陰陽教主凌風竹的絲毫蹤跡？妙法神尼知道上當，但就在她那目光一瞬之間，老怪韋光白衣飄處，人已凌空電疾飛起，雙手十指箕張，射出絲絲寒氣陰風，直向綁在木板上神智昏迷的裴叔儻、裴玉霜父女抓去！

在木板周圍擔任護衛的「鐵膽書生」慕容剛、「天香玉鳳」嚴凝素及澄空大師，此時已由妙法神尼指破裴叔儻父女是被點了「五陰絕穴」，則深知慢說有人加以傷害，即略受絲毫掌風指力，一樣便即身遭慘死，返魂無術，故而三人分成品字形，環板而立，對各方加以嚴凝注視！

「白骨天王」韋光這一凌空飛撲而來，在人尚未到之前，便已寒氣襲人，陰風砭骨。澄空大師居中，知道防衛太難，不能容有絲毫陰毒之氣襲入，忙自喊道：

「慕容師弟、嚴師妹，趕快各運你們的『玄門罡氣』與『伽羅神功』，佈成一道無形屏障，阻擋老怪的『白骨陰風』，莫令絲毫侵入！」

慕容剛、嚴凝素也深知厲害，如言施為，澄空大師本人卻採以攻為守之策，拚著受些傷損，凝足幼隨無憂頭陀苦練的「般禪神功」，護住周身要穴，雙掌在胸前合十，往外一穿，竟

迎著「白骨天王」韋光飛身直上！

韋光暗算傷人的白骨陰風，爲慕容剛「玄門罡氣」及嚴凝素「伽羅神功」所阻，不由大怒，正待等身臨切近，猛然加功，把二人的真氣震散，突見澄空大師居然膽大包天地飛身迎上，遂把一腔盛怒轉對來人，左手翻掌猛劈，但澄空深有自知之明，只以六成功力接掌，卻以四成功力借勁飄身，又事先運功防護，雖被「白骨天王」韋光震出七、八尺外，雙掌痠疼，其實並無大礙！

「白骨天王」韋光冷笑一聲說道：「北嶽無憂門下，也不過如此……」

話猶未了，妙法神尼的清朗口音起自身後說道：

「欺凌後輩，還要自鳴得意，簡直無恥已極，人家不過如此，你又如何？接得住妙法一掌，便算你不曾白在高黎貢山苦參三十載！」

一股無比罡風，隨著話聲，直向「白骨天王」韋光後心猛襲而至！

韋光這時腳尖業已點地，肩頭一塌，雙掌回翻，硬以白骨陰風與妙法神尼隔空接了一掌！

他三十年高黎貢山潛修苦練，功力本與妙法神尼相若，但一來「白骨陰風」究屬左道旁門，比不上「伽羅神功」是禪門正學，二來丈人峰頭，好手只剩自己一人，孤立無援，心頭生怯，三來妙法神尼的掌風語氣，勢挾雷霆，宇內三奇的威名久震，又是昔年心中所怕人物，幾般因素湊巧，「白骨天王」韋光的十成功力，無形減去一成有餘，「白骨陰風」與「伽羅神

功」一接，竟被震得騰騰地退出三步！

妙法神尼哈哈笑道：「一別三十年，我以爲天南雙怪韋氏兄弟變成了什麼蓋世魔頭？原來故我依然……」

話音未了，遠處突然極其陰森的一聲冷笑，有人發話說道：

「三十年高黎貢山，我弟兄雖然所學不多，妳在南海小潮音也不見得就練成了什麼驚人絕學？」

人隨聲至，白影飄空，陰毒寒飆，蓋頭猛壓而下！

妙法神尼聞聲便知，苗疆野人山中的天南大怪「骷髏羽士」韋昌也已趕到，生怕「鳩面神婆」常素素也來，心中倒著實吃了一驚，凝足「伽羅神功」拂袖生風，往上一迎，這回倒是勢均力敵，一震而開，來人落地現身，果然是心目中所猜的天南大怪！

「白骨天王」韋光見兄長一到，凶威又熾，兄弟二人雙雙並立，面對妙法神尼，四手緩緩上提，正待恃眾進撲，左右兩方突然又響起一聲宛如驚雷的「阿彌陀佛」，與一聲清亮悠長的「無量壽佛」！

隨著無量佛號，人隨聲至，一條灰影疾似長虹電射，輕如飄絮落花似地飛墜場中，正是宇內三奇中的靜寧真人，向天南雙怪稽首爲禮笑道：

「韋大兄已在野人山中見過一面，韋二兄卻是三十載初逢，貧道靜寧，問候天南舊友！」

那聲宛若驚雷，震人心魄的「阿彌陀佛」，卻是宇內三奇中的第一位無憂頭陀所發，無憂到後，卻未理天南雙怪，一伸右臂，把那塊綁人木板，連人帶板一齊托起，走到韋昌、韋光兄弟之前，慈悲雙目，齊射精光，注定「白骨天王」及他身後腕傷未癒的「白面人妖」陰風秀士鍾如玉，說道：

「殺人可恕，剝皮難容，韋光、鍾如玉，你二人心腸過毒，泰山大會之上必遭天報！時機未到，老衲暫且寬容，道長與庵主此刻也不必費手，且讓他們從容佈置佈置！」

宇內三奇一齊現身，天南雙怪「骷髏羽士」韋昌、「白骨天王」韋光兄弟才熾的兇威，又復殺盡！但「白骨天王」韋光眼看裴叔儻父女被人救走，哪肯甘心？知道「五陰絕穴」未解之前，稍受外傷，便無生理，遂哈哈一笑說道：

「算你們說得對，時機未至，暫且寬容！韋光兄弟，今夜讓你們下山，明歲歲朝，彼此再決生死！」

「死」字才出，佯裝拱手送客，月白長衫大袖倏地雙揮，捲起一股冰寒徹骨的白骨陰風，直向無憂頭陀手上托的裴叔儻父女襲去！

宇內三奇何等人物？見白骨韋光發話之時，臉上陰晴不定，眼珠連轉，知道口蜜腹劍，必有凶謀，所以在他白骨陰風才發，三奇便即同聲怒叱，並以「般禪佛掌」、「玄門罡氣」、「伽羅神功」三般武林絕學一齊施為，把「白骨天王」韋光震得狂吼一聲，飛出一丈以外！

「骷髏羽士」韋昌羞怒交迸，幾度伸手摸住胸前的白骨骷髏，想逞兇威，但因敵勢過強，「鳩面神婆」常素素及「九指先生」侯密來援未到，只得忍氣吞聲，眼看著無憂頭陀居中，托著綁人木板，靜寧真人、妙法神尼一左一右翼衛，澄空、慕容剛、嚴凝素等人隨在身後，從從容容地步下丈人峰頭而去！

「白骨天王」韋光被這宇內三奇合手一震，雖然對方未出全力，但也傷勢不輕，經韋昌餵藥調治以後，問起「鳩面神婆」常素素怎未同來？兄長何以一人獨返？韋昌眉頭略皺，告以詳情。

原來「鳩面神婆」常素素所患風癱痼疾，別無特效療法，必須用宇內三奇在野人山所見的那隻金色巨蛛，慢慢吸去寒毒，再自以極高內功調和「玄武罡氣」、「寒靈丹精」，才能恢復久僵下體！

那隻金蛛，本是「九指先生」侯密費盡心力替她覓來的洪荒異種，但想不到野人山用以示威，竟挨了「病佛」孤雲一記玄陰透骨掌，這一掌內含頗重寒毒，蘊在金蛛腹內，替「鳩面神婆」常素素吸那兩腿寒毒之時，竟自越吸越重，等到發覺有異，業已不僅前功盡棄，並永絕治癒之望！

「鳩面神婆」常素素盛怒之下，一掌擊斃金蛛，再與「九指先生」侯密、「骷髏羽士」韋昌細一計議，覺得以自己精純內功往外提那寒毒，原無不可，但一到丹田，人即無法禁受，只

有設法將雙腿寒毒並聚一腿，然後引刀自斷，才可以獨腳姿態參與泰山大會！

天南大怪「骷髏羽士」韋昌野人山試技以後，知道倘若「鳩面神婆」常素素不出，僅憑自己弟兄及「九指先生」侯密，可能敵不過宇內三奇，何況對方還有金龍寺四佛助陣！故在無可奈何之下，贊同此議，並恐宇內三奇離開野人山，撲奔泰山丈人峰頭，所以請「九指先生」侯密，伴同「鳩面神婆」，等她斷腿以後趕來，自己先行遄返中原，接應兄弟「白骨天王」韋光，與「白面人妖陰風秀士」鍾如玉！

「白骨天王」韋光聽完瞿然問道：「常大姊斷去一腿以後，是否還抵得住無憂、靜寧、妙法等三個老鬼？」

「骷髏羽士」韋昌說道：

「常大姊神功蓋世，我等望塵莫及，一腿之失，不過殘缺難看，對內力神功無礙，算不了什麼大事，有她一人，足抵宇內三奇，剩下金龍寺四佛，我兄弟與鍾、侯二兄業已穩操勝算，何況淩、畢二位教主的陰陽幡也非武林俗手可敵，二弟不必憂心，且命人打掃賓館，靜候『鳩面神婆』常大姊與『九指先生』駕臨，在泰山大會稱雄天下便了！」

「白骨天王」韋光聽兄如此說法，心內穩安，他與畢桃花妖婦，同病相憐，一個挨了「鐵膽書生」慕容剛的般禪雙掌，一個挨了宇內三奇的神功一震，外表雖已照常行動，其實內傷不輕，遂在丈人峰頭，由「骷髏羽士」韋昌及那手腕爲「天香玉鳳」嚴凝素「伏魔金環」所傷的

「白面人妖陰風秀士」鍾如玉相助，用內家吐納導引功力，慢慢調治！

按下天南雙怪韋光兄弟這面不提，且說宇內三奇無憂頭陀、靜寧真人、妙法神尼等，將裴叔儻、裴玉霜父女救往山下。

慕容剛因所居民宅，主人既好，地勢又極僻靜，遂將師伯等一行引至該處，無憂頭陀放下裴叔儻、裴玉霜父女，仍然未解綁繩，笑向妙法神尼、靜寧真人說道：

「這種『五陰絕穴』歹毒無比，非費上三、五日工夫，替他們舒暢奇經八脈，驅盡淤血不可，裴叔儻由我救治，裴玉霜則煩勞庵主下手，道長請爲護法，並將野人山經過，說與慕容師侄等人知曉。」

靜寧真人含笑點頭，無憂、妙法遂往靜室之中，各運神功救治裴氏父女，靜寧真人問起西門豹、呂崇文何往，慕容剛稟以呂崇文被老怪「白骨天王」韋光所傷，傷癒之後，西門豹自告奮勇，攜呂崇文同行，並未說明目的，只稱有把握使呂崇文在明歲歲朝，泰山大會之時，以青虹龜甲神劍盡殲群魔，名揚天下！

靜寧真人點頭笑道：

「這位西門怪俠，實是菩薩中人，文兒隨他同行，有益無害，不過明歲歲朝的泰山大會，對方除天南雙怪、陰陽雙惡、『白面人妖』鍾如玉、『九指先生』侯密等黑道之中的極高好手

以外，還有那武功玄不可測的『鳩面神婆』常素素爲之助陣，我們宇內三奇與金龍寺四佛聯手赴約，自忖尚居六成敗局，西門豹卻有何術，使呂崇文如此速成絕藝，屆時功成？」

澄空、慕容剛、嚴凝素也猜不出其中究竟，慕容剛聽得「九指先生」侯密之名陌生，問起靜寧真人，靜寧真人遂把苗疆野人山一會「鳩面神婆」常素素，顯示絕頂神功之事，向三人細述一遍，並告以「病佛」孤雲、「笑佛」白雲業已回轉阿耨達池，到時金龍寺四佛，一齊趕到丈人峰頭赴約！

六四 群雄大會

慕容剛又把「雙首神龍」裴伯羽、「璇璣居士」歐陽智慘遭剝皮奇禍，西門豹以牙還牙，使「玄龜羽士」宋三清中毒亡身等情，稟告靜寧真人，靜寧真人也爲老怪韋光此種殘酷暴行髮指不已！

「天香玉鳳」嚴凝素突然想起一事，向慕容剛問道：「你今晨出外，怎會化名宋危，隨那妖婦畢桃花混上丈人峰頭，打她那一下幾乎震斷心脈的般禪雙掌呢？」

「鐵膽書生」慕容剛含笑說出一番話來！

原來慕容剛清晨易容外出，在茶樓酒肆之內一直混到黃昏，也未聽得宇內三奇野人山之行及丈人峰賊黨的絲毫消息，正在拈杯心煩，暗想是否倚仗容貌已變，索性向丈人峰左近裝作遊山，探聽消息之時，突然有兩個彪形壯漢走進酒肆，慕容剛一見那身裝束，便知是峰頭賊黨，又恰好坐在自己隔席，遂招呼店家添了兩樣酒菜，凝神竊聽。

聽來聽去，聽出有父女二人，因要報什麼剝皮之仇，在峰頭被擒，慕容剛一聽，便猜出是裴叔儻、裴玉霜父女，昔日裴叔儻與自己萍水相交，極爲投契，裴玉霜又是呂崇文的心中愛侶，不由心急如焚，要想回轉居所，趕緊與澄空、嚴凝素合謀營救之策！

但急聽壯漢話風又變，這兩人居然均是桃竹陰陽教主妖婦畢桃花的面首，因聽得畢桃花今夜回山，特地下峰來遠迎爭寵！

慕容剛心中電轉，暗想以澄空師兄、嚴凝素及自己三人之力，硬闖峰頭救人，根本無此可

能，何如仗著易容有術，試探可能隨著這從未見過自己的妖婦畢桃花，混上峰頭，暗中將裴儻父女救走！

念頭打到此處，雄心頓起，恰好那兩個彪形壯漢酒畢起身，慕容剛遂悄悄尾隨，以鐵膽書生這身功力，對方自然毫無所覺。

跟到丈人峰下的一片林口，其中一個壯漢遙指遠方冉冉八盞紅燈，笑道：「畢教主已來，我們到得恰是時候，且各憑運氣，看看今夜誰先中選？」

慕容剛從江湖傳言及這兩個壯漢口中，聽出畢桃花定然是個武功頗高的蕩婦妖姬，對於這種人物，自己與她萍水初逢，必需有甚特別表現，方易結識！看出這兩個壯漢眉橫殺氣，滿面邪惡，遂咳嗽一聲，自暗處現身走出。

這時那八盞紅紗宮燈，業已距此只三、五丈遠，兩個壯漢眼見突然撞來這麼一位陌生人物，雙雙把濃眉一剔，目注慕容剛獰聲叱道：

「哪裏來的村農，竟敢衝撞畢教主大駕，莫非找……」

找死的「死」字，尚未出口，慕容剛哼了半聲，動如電閃，左手駢指點中一個壯漢的胸前要害，右手默運般禪掌力，凌空吐勁，另一壯漢狂吼一聲，震得飛出六、七步遠，便自雙雙了帳！

兩壯漢方死，八盞紅紗宮燈也到近前，燈後是兩乘軟轎，一乘轎上，坐著一個貌如女子，目光隱帶驕邪的俊美少年，另一乘轎上，卻坐著一個神情蕩逸飛揚的中年美婦，眉目之間，並在向隔轎少年互傳情意！

一見地上兩個壯漢橫屍，妖婦畢桃花不由柳眉雙剔，杏目籠威，但一眼看見慕容剛從容卓立的英姿，雖然以藥易容，變成黝黑臉膛，不是原來的星目劍眉，冠玉雙頰，但那種瀟灑安詳，英挺俊拔，氣吞河嶽的手標，卻依然故我！

妖婦一看便知這殺人之人不同流俗，煞氣漸消，蕩笑連聲，眉梢竟自堆起媚邪春意，俏生生地「喲」了聲一問道：

「這兩個是我手下之人，怎樣開罪壯士？致遭慘死！」

慕容剛平日與「天香玉鳳」嚴凝素雖然似海情深，但只是靈犀一點，心坎溫存，高雅聖潔無比！最看不慣的，就是這種媚聲浪氣的蕩逸之態，遂連眼皮抬都不抬地簡簡單單八字答覆：

「盜賊淫邪，人人可殺！」

畢桃花越看慕容剛這種高傲神色，越覺得比尋常一般軟骨頭的男子可愛得多，方又盈盈一笑，紅唇微啓，尚未開言，她身旁另一乘軟轎之上坐的那位目光隱帶媚邪的俊美少年，本是滇南巨寇「粉燕子」蕭遙，看出自己這位新交姘婦竟對攔道卓立的黑漢生情，不由妒火中燒，冷笑一聲，雙手微按轎杆，人便飄然飛起！

他外號「粉燕子」，輕功自然不俗，飄起兩丈來高，半空中縮腰拳足，一連兩個車輪，輕

輕落足山道，手指慕容剛，滿面驕狂無比的神色說道：

「泰山丈人峰方圓百丈，乃是有尺寸之地，豈能容人妄自撒野？蕭遙要把你碎屍萬塊，爲這兩個已死朋友報仇，你且報個萬兒，粉燕子手下，從來不殺無名之輩！」

「鐵膽書生」慕容剛一見粉燕子蕭遙的那副佻達輕狂神色，便覺此人可厭，再一聽他自報外號，越發知道必是下五門的淫邪惡賊！嫉惡之心方自一動，忽然想起自己這樣做法，本旨在於要隨妖婦混上峰頭，設法搭救裴叔儻、裴玉霜父女，若不吊妖婦胃口，怎能達到目的？

遂根本不理粉燕子蕭遙，扭頭向妖婦畢桃花微笑問道：

「我叫宋危，家住關外長白山頭，聞得桃竹陰陽教主之名才特來岱宗拜會，但我已經殺了教主兩位相好，再殺一位，教主不心疼麼？」

畢桃花本來覺得慕容剛挺拔不群，英姿勃勃，是自己心目中最理想的人選，但神情過分冷漠，恐怕不易上手勾搭！如今見他自報姓名，不僅笑顏相向，言語之中，並還隱含挑逗之意，邪心蔽智，竟然喜上眉梢，抿嘴一笑說道：

「粉燕子蕭遙的『三陰絕戶掌』名震滇南，不比地上那兩個蠢貨，你殺得了麼？」

這幾句話，分明含有激將之意，粉燕子蕭遙聽在耳中，幾乎連肺都快要氣炸，暗想與畢桃花相識以來，何等情深，怎的今夜一見此人，便自喜新厭舊，語氣中恨不得要鼓勵對方快把自己置於死地？

鋼牙一挫，趁著那自稱宋危之人與畢桃花相互笑語，分神旁騖，毫未提防之下，猛運自己成名絕技「三陰絕戶掌」力，一掌生風，便往對方左胸擊去！

離胸只有數寸，掌風業已飄衣，慕容剛猶如未覺，直等實在地挨了蕭遙一掌，才微退半步，雙目一翻，精光四射、神威十足地說道：

「我念你遠自滇南趕來，卻在這岱宗丈人峰下橫屍，煞是可憐，才讓你一掌，倘如識趣，速返南荒，再若片刻遲延，宋危不再留情，定叫你魂歸地府！」

粉燕子蕭遙的「三陰絕戶掌」力，功能裂石開碑，慢說他自己，連畢桃花也所深知，這位宋危居然坦胸受掌，毫無傷損，委實太已驚人！

蕭遙這等惡賊，講甚臉面情義，何況人又極其狡猾？知道再如逞強動手，定係白白送死，遂借著慕容剛話頭，把雙拳一抱說道：「蕭遙敬如足下之語，青山不改，你我後會有期！」

話完轉身，便向來路走去！

慕容剛萬想不到對方會藉機下台，就此抽身，倒弄得只好眼看著這自己本來想殺的下五門惡賊，揚長而去！

畢桃花則因知蕭遙連妒帶羞，此去必然翻臉成仇，自己又曾與他深有肌膚之親，傳揚江湖，未免大爲難堪，遂眉間突現殺氣叫道：

「桃竹陰陽教下，從來不容叛教之人，蕭遙已犯死罪，宋壯士，你代本教處置如何？」

慕容剛聞言，不禁為這粉燕子蕭遙的無恥貪生，與畢桃花妖婦的反臉無情，心腸毒辣，打了一個寒顫！

但一來蕭遙這等惡賊，殺之為世除害，二來妖婦既然如此說法，也正是自己良好的進身之階，遂答了一聲：

「宋危遵命，粉燕子蕭遙休走，大好泰山，你何不就在此間埋骨？」

人隨聲起，以雲龍三現身法故意逞能，目光籠住蕭遙，雙掌胸前虛抱，緩緩外翻，特地留給對方一個防禦機會？

蕭遙真想不到這自稱宋危之人，肯任自己逃走，而一往情深的情婦畢桃花，反有如此毒心？他本以輕功見長，認出對方頭下腳上，凌空飛撲的這種雲龍身法，極難躲避，遂趁對方緩緩翻掌，似在提聚功力之際，來了個先發制人，肩頭微塌，裝做膽怯前竄，其實腳跟點地，倒縱而起，施展鐵琵琶重手「怨女彈箏」，十指齊伸，劃向慕容剛的丹田要害！

慕容剛早把玄門罡氣凝足，故意容他指尖沾衣，然後突地縱聲長笑，左掌一揮，只聽蕭遙一聲慘叫，十指齊被玄門罡氣振斷，胸前又中了一記般禪重掌，凝空飛出七、八步遠，一口鮮血噴得滿地桃花，便告畢命！

慕容剛是故意小顯身手，把內功、輕功及劈空掌力，全在這一擊之中加以表現，畢桃花看得自然驚喜非常，以為自己不但添了一個精壯面首，桃竹陰陽教內，也又增加有力臂膀！

慕容剛就是這樣得了妖婦歡心，取代粉燕子蕭遙之位，坐著那乘軟轎，隨畢桃花混上丈人峰頭，等妙法神尼命令自己處置妖婦之時，便出其不意地給了她約莫七成真力的般禪雙掌！

「天香玉鳳」嚴凝素聽他娓娓講完，才知究竟，笑向靜寧真人問道：「無憂師伯與家師把裴大俠父女救好以後，距泰山大會之期已不在遠，我們是不是就在此處等候到時赴會呢？」

靜寧真人笑道：「會期不在遠，我們自然不必他去，而且此次會後，我與你師父及無憂大師等人，便將真正潛修，再不出世！所以也要趁這一段時間，再傳授你們幾手功夫！這所民宅，地既隱蔽，主人又頗老實，就在此間等到明歲歲朝，與那些兇惡魔頭一作決算便了！」

慕容剛問起金龍寺四佛怎樣相會？靜寧真人告以彼此約定，到時直接趕往峰頭，甚至連離字十三僧之中的好手，也要帶來幾個！

「九現神龍」裴叔儻與裴玉霜父女，被「白骨天王」韋光所點的「五陰絕穴」雖然惡毒絕倫，但在無憂頭陀、妙法神尼兩位大行家悉心替他們一經一脈地細細驅散淤血，並運功治療之下，過了三日三夜，也就齊告痊癒！

裴玉霜聽說呂崇文隨西門豹之行，竟有那高成就希望，也代他覺得高興，諸人遂在這民宅以內，由宇內三奇親自督課，刻苦用功，準備在泰山大會之時，盡殲群魔，替莽莽江湖，整治出一片清平世界！

駒光流轉，一展眼間，已是家家臘鼓、戶戶春燈的年終時間，丈人峰頭，桃竹陰陽的另一位教主凌風竹，也已回山，但「鳩面神婆」常素素與「九指先生」侯密，卻始終未見來到！

宇內三奇方面，也同樣爲西門豹、呂崇文二人不知去向，眼看會期即屆，依然音訊沉沉，而添了不少懸憂雜念！

一晃年終，明日便是大會會期，武林各派中人，因天南雙怪在半年之前即已傳柬相邀，所以聚集在泰山腳下者爲數不少！

無憂頭陀知道不能再等西門豹，遂與靜寧真人、妙法神尼，召集慕容剛等人說道：

「明日便是泰山大會會期，武林正邪兩派興衰，在此一戰！雖然『鳩面神婆』常素素太已厲害，幾乎無人能敵，但我們不問成敗，仍須各盡其力，與這些妖邪一搏！明日動手主旨，經我與道長、庵主合議，定爲『首惡不放一人，脅從則盡量寬恕！』但首惡之中，個個都是隱跡多年的厲害魔頭，你們小一輩的恐非其敵，應盡量避免逞強，只須留神注意賊黨有甚意外的陰謀毒計，不奉我命，不得出手！」

澄空、慕容剛、嚴凝素及裴叔儻父女，雖然覺得無憂頭陀小心過甚，但因深知天南雙怪厲害，也就一齊點頭領命！

歲朝正午，眾人由宇內三奇率領，同上丈人峰頭，只見天南雙怪的巢穴以內，處處佈置一

新，廣場之上，高高搭起一座擂台，賓主雙方，均在兩側的新建看台落座！

此次大會的設立目的，是天南雙怪韋昌、韋光兄弟，爲了要想一雪三十年前，此時此地會鬥宇內三奇，在青竹九九椿之上敗給靜寧真人的一劍之恥，並就此樹威江湖，自居武林霸主！

所以主體只是天南雙怪與宇內三奇及雙方所邀助陣好友，其餘各派人物，則僅係接獲請柬，來此觀光這一場武林盛會性質！

天南雙怪以盛筵及清潔素齋饗客以後，便由天南大怪「骷髏羽士」韋昌走上擂台，向濟濟群雄抱拳說道：

「今日這泰山大會，乃韋昌兄弟及桃竹陰陽教凌、畢兩位教主，邀會宇內三奇無憂、靜寧、妙法三位道友，互相一了三十年前舊債所設，但其他各派的武林朋友，如若有興，一樣可以彼此印證所學，韋昌先爲交代，等撤席換茶，雙方便可登台，各覓對手！」

無憂頭陀目光細搜主台天南雙怪這邊，不曾發現那位「鳩面神婆」常素素及「九指先生」侯密在內，不由微覺詫異，但「天南雙怪」、「白面人妖」也何嘗不爲金龍寺四佛至今未來，而心頭略覺寬解！

須臾席罷，換上香茗，桃竹陰陽教的女教主，妖婦畢桃花，因含恨上次平白挨那「鐵膽書生」慕容剛所扮宋危的般禪雙掌之仇，又暗料妙法神尼不致第一陣便自出手，即便出手，自己與凌風竹業已有備，正好倚仗這三十年來所得，與其一了舊債！

所以身上粉紅色的宮裝抖處，帶著一片香風，縱上擂台，手中拿著一枝純鋼所鑄，但與真花色澤一般無二的三尺來長桃枝，站在台口，發話說道：

「畢桃花敬請『鐵膽書生』慕容剛上台一會！」

慕容剛因無憂頭陀來時曾囑咐自己等人，不可逞強妄動，故雖聽妖婦指名叫陣，並未應聲，只把目光一瞥師伯，暗中請示！

無憂頭陀以金龍寺四佛尚未見到，不便第一陣就煩妙法神尼，而慕容剛自二次下天山之後，功力業已高過澄空，遂微一點頭，默允他應邀出陣！

慕容剛本來沉穩，雖在丈人峰頭，出其不意地使妖婦吃了一場大苦，但深知妖婦與凌風竹二度出世，既然敢隨天南雙怪信物「骷髏令」、「白骨箭」之後，併傳「桃竹陰陽幡」，邀鬥妙法神尼，必有所恃！故而心中連半絲輕敵之意全無，青銅長劍出鞘以後，人才起身，身御青衫，劍泛青光，便如一道青虹直射台上！

妖婦畢桃花這還是第一次看見鐵膽書生的本來面目，蕩意媚情，又不禁爲對方的英姿俠骨微微生波，以手內桃枝一指慕容剛，擺了個風情萬種的姿態，堆起一臉嬌笑，浪聲浪氣地喲了一聲說道：

「看不出馳譽江湖近三十年的鐵膽書生，竟還是個小白臉？但臉雖白，心卻太黑，你那天打得我……」

慕容剛對妖婦手內的那根奇異兵刃純鋼桃枝，特別注意，見枝分三岔，並有不少細碎枝節，及十來朵淡紅桃花，不由暗想這根鋼鑄桃枝的三岔主幹，自然能鎖對手兵刃，細碎枝節，亦可用來點穴，但那附在枝上的十來朵桃花，卻厲害何在？

他這裏正捉摸不出對方奇形兵刃奧秘，妖婦的那幾句話已近尾聲，鐵膽書生看不慣她那副蕩態，截斷所言，插口說道：

「丈人峰頭，慕容剛般禪雙掌再增兩成真力，畢教主未必能夠活到現在？這演武台上，較技爲先，在下敬領高招，畢教主請！」

畢桃花見慕容剛神情冷峻，語意如刃，不由把挨那般禪雙掌之恨記在了心頭，嘴角一撇，頓時把蕩態媚姿化做了兇威殺氣，說了聲：

「你自己一再找死．可別怨你畢教主心狠手毒！」

桃枝一挺，用的竟是劍招「玉女投梭」，往鐵膽書生分心便刺！慕容剛認定對方這奇形兵刃，定有不凡威力，不肯遽爾相接！

畢桃花見對方避招不接，眉梢微動，就勢沉肘橫枝，果然鐵膽書生所料，一根兩寸來長的尖銳小枝，正好直向右腰「章門穴」上襲到！

慕容剛猛然駐足吸胸，使那純鋼桃枝稍差分許地掠衣而過，自己掌中的青鋼長劍趁隙還攻，一式「倦鳥投巢」，照準畢桃花咽喉點至！

畢桃花想不到他敢用如此險招，遂乘著一招掃空，就勢帶回純鋼桃枝，往對方長劍之上便搭！

慕容剛知對方想用桃枝鎖劍，頓肘收腕，以極其準確手法，僅用劍尖貫注真力，一點桃枝主幹尖端，「叮」的一聲，蕩開尺許！

但就從這雙方兵刃輕輕一觸之上，慕容剛業已知道，前日自己是僥倖，這妖婦不僅內功真力不弱於自己，桃枝並是中空，定然大有玄虛，最佳的應付上策，只有設法逼得她無法施展！

主意一定，「卍字多羅劍」已隨心念發動！自第一式「靈山拜佛」，奔騰變幻，宛如百劍同揮，形成一片劍山，威勢無比！

但妖婦三十年前，即是一流好手，自與凌風竹二人，在祁連山被妙法神尼以兩枚度厄金鈴打下絕峰，萬死一生以來，日夜銜仇，悉心苦練，功夫又有大進，所以不但能在「卍字多羅劍」下應付從容，鐵膽書生若非劍法神奇，真力充沛，幾乎早遭挫敗！

桃枝百變，劍影千重，鬥到七、八十招，妖婦心中業已微微驚惱！暗想自己再出江湖之意，本在向南海潮音庵主妙法神尼尋仇報復！如今若連這鐵膽書生都收拾不了，卻怎樣對得起絕塞窮邊的三十年苦練？

她這純鋼桃枝，不但中空藏有迷魂毒霧，連十來朵桃花的花蕊，並全是奪命神針，只要機鈕一開，便能在動手之間，自桃枝之上暴射多蓬針雨，隨後瀰漫毒霧之後，飛襲對方，針針奇

毒，極難防禦，端的厲害無比！

但這些毒針，是妖婦的看家絕著，非對付妙法神尼這等人物，不肯輕易施爲！如今只用內力，慢慢把枝內毒霧逼向枝端，準備一發迷魂，擒住這鐵膽書生細細凌辱，最好能夠設法收爲禁臠！

剎那之間，雙方過手已近百招，妖婦畢桃花一招「毒蛇尋穴」刺向慕容剛丹田，但中途收手，暗用內勁一震桃枝，頓時自桃枝之上騰起一片粉紅煙霧，濃香襲人地瀰漫當空，妖婦再舉左掌，用柔力微推，逼得那片香霧籠住鐵膽書生，人也跟在其後，駢指點向對方「幽門」大穴！

「天香玉鳳」嚴凝素自然最爲關情，見粉紅香霧一騰，便知不妙，拚命趕往台前，但救援已自不及！

正在芳心狂震，驚魂欲碎之時，台上「砰」然巨震，結果卻頗爲出人意料之外！

因爲「鐵膽書生」慕容剛昔日自「鐵扇閻羅」孫法武的「追魂鐵扇」，及「毒心玉麟」傅君平的「淬毒魚腸」之中，業已深深領略這種中空兵刃的厲害程度，所以在青鋼長劍與對方兵刃一碰，聽出桃枝不是實心以後，業已深自戒備，紅粉香霧才騰，便已摒住呼吸，覷準妖婦隨後進撲身形，左掌一推，般禪掌力便自劈空擊去！

般禪掌力的高明之處，就在先柔後剛，出手無聲，但面前隔著一層粉紅香霧，卻又不免露

出痕跡！

妖婦畢桃花本在駢指疾點慕容剛的「幽門」大穴，見香霧突似有物衝蕩，往外一飄，便知對方居然事先有備，未被點倒，自己欺身過近，無法避招，趕緊化指爲掌，也是一股劈空勁氣疾拍而出！

她倉卒變式，略爲吃虧，雙方掌力交接，「砰」然巨響之下，心頭一震，往後退了三步！

但鐵膽書生因立處已近台邊，真力一發，摒氣自然稍鬆，一絲濃香入鼻，腦際微暈，足下立時便軟，竟自台口墜下！

「天香玉鳳」嚴凝素這時恰好趕到，一把將「鐵膽書生」慕容剛接住，正要斥責妖婦畢桃花無恥，用這種下流手段暗算傷人，耳邊一聲清宏佛號，恩師妙法神尼業已上台，並向自己微一擺手！

嚴凝素知道恩師與桃竹陰陽雙惡積怨甚深，既已親自出手，自己當然不必多事，趕緊抱回慕容剛，由靜寧真人餵下兩粒靈丹，也就醒轉無事。

妙法神尼一上擂台，畢桃花由不得心神微慴，往後退了幾步！

妙法神尼面罩寒霜，慈悲雙目中的炯炯精光一注畢桃花，冷然說道：「妳還不通知凌風竹，一齊見我？」

話音方落，忽地側臉旁視，只見半空飄影，正是昔日青梅愛侶，後來負義變心，與妖婦合

謀，將自己推入大海的凌風竹！

凌風竹如今身爲桃竹陽陰教主，裝束得頗爲怪異，金圈束頂，散髮披肩，身上穿著一件八卦織金邊道袍，手中持著一根長約四尺，形似墨竹，但質係鐵鑄之物，近尖端處，並纏有半紅半白軟綢，似是一面未曾展開的旗幡之類！

妙法神尼一見此人，由不得心中厭惡，方自「哼」了一聲，凌風竹雙目之中，射出一種兇狡詭譎光芒，向妙法神尼說道：

「韋傲霜，當年我夫婦雖與妳有仇，但祁連山朝笏峰頭，受妳兩枚度厄金鈴，恩仇應該已了！我們傳桃竹陰陽幡邀妳來此一會之意，旨在彼此把話說開，並不一定非拚生死，難道妳三十年南海潛修，連這一點過眼雲煙都丟不下麼？」

妙法神尼深知凌風竹詭詐異常，他這故做說詞，可能是藉機拖延，好讓妖婦畢桃花準備什麼毒計？遂貌作不覺，其實暗暗留神答道：

「當初若不是你負心背義，把我推入大海之中，韋傲霜也不會有今日成就，三十年南海潮音庵中潛心般若，倒確實如你所言，昔年火氣漸漸消磨，你們既在萬丈絕峰墜崖不死，前仇可不再計，不過本著俠義立場，卻難容任何人創立什麼桃竹陽陰邪教……」

畢桃花聽至此處，倏地插口問道：「倘若我們非創不可，便怎麼樣呢？」

妙法神尼長眉雙剔，目射精光，斷然答道：「那貧尼只有上體天心，爲民除害！」

「害」字剛剛出唇，音還未落，畢桃花一陣格格蕩笑，手中桃枝一顫，十來朵桃花花蕊，齊化粉色飛針，帶著一片香霧，照準距僅數尺的妙法神尼彈射而至！

妙法神尼一來洞燭機先，識透詭計，二來這三十年之間，南海小潮音別無所事，一意苦參，把佛門中無上降魔大法「無相神功」，業已練到可以無形御物地步！但因再入江湖，志在凌、畢二人，所以野人山中及上次在這丈人峰頭，均自深藏若虛，未曾施展！

如今果然不出自己所料，妖婦心腸毒如蛇蠍，乘著雙方答話之際，便下絕情，不由殺心頓起，默凝無相神功，目光一注，四外飛針如遇無形堅壁，紛紛自落！

並也乘著對方不明就裏，極度驚疑之間，倏地宏宣佛號說道：「阿彌陀佛，貧尼三十年來，開殺戒了！」

右左雙掌一揚，不理凌風竹，運足伽羅神功，專擊妖婦畢桃花一人！

這是妙法神尼重出南海以來，初度顯示真實功力，威勢直如山崩海嘯，石破天驚，這股難以抵擋的勁氣狂飆，硬把畢桃花自台中震得飛出一丈三四，跌下擂台，七竅狂噴鮮血，立時斃命！

凌風竹再也想不到，一別三十年，妙法神尼武功高到這般地步？毒計害人未成，劈空一掌，便使桃花命赴黃泉，剩下自己一人，戰既心膽皆怯，逃又無法下台，正在進退兩難之際，妙法神尼已向他微微一哂說道：

「凌風竹，你居心險惡，猶甚於畢桃花，我特地略爲延誅，讓你把這三十年來所得儘量施展，好教你死而無怨！」

說完微撩僧袍，探手撤出自己威震武林的靈龍軟劍！

凌風竹論真實功力，自然還遜妙法神尼，所恃只是幾般小巧毒技，最怕的是妙法神尼不令近身，左一掌、右一掌地劈空遙擊，如今聽對頭給自己機會施展三十年來所得，並已亮出靈龍軟劍，心中不由仇火頓燃，生出幾分僥倖之念！

他手上這根形如墨竹，而質係鐵鑄之物，名「玄竹奪魄幡」，製作得極其歹毒；幡身之上，鑿有無數目力難見的牛毛細孔，孔中貯藏特煉毒液，平時並不外噴，只在與對方兵刃相觸之時，略爲傳導，但至多相觸三次，對方持刃之手便感麻木難動，然後展開纏在鐵杆之上，毫無作用的半紅半白軟綢，惑亂對手心神，實則乘機按動柄端暗簧，把那前半截帶有鐵鏈的銳利幡尖飛出傷敵，無不穿心立斃，是極少失手的！

妙法神尼雖深知凌風竹陰惡險毒，但他想不到他這根「玄竹奪魄幡」上，會有這多巧妙，正在雙方各自凝神，活開步眼，欲待進招纏戰之際，峰下傳來幾聲號角。

天南大怪「骷髏羽士」韋昌起立向台上叫道：「凌教主暫時停手，隨我迎賓，『鳩面神婆』常大姊到！」

凌風竹聞言，把手中「玄竹奪魄幡」一收，手指妙法神尼說道：

「韋傲霜，妳三十年前把我打下絕峰，今日又殺我愛妻，彼此結有一天二地之恨，三江四海之仇，凌風竹迎接高朋過後，再與妳一決生死！」

金龍寺四佛迄今未到，而極令宇內三奇頭痛的「鳩面神婆」常素素已來，妙法神尼也正想與無憂頭陀、靜寧真人略爲計議，遂點頭說道：

「當著天下各派英雄之面，諒你也無顏逃走，我且寬誅片刻便了！」

凌風竹目射凶光，切齒一「哼」，轉身縱下擂台，因妖婦畢桃花屍首業已有人收拾，遂即隨同「天南雙怪」韋氏兄弟、「白面人妖」鍾如玉等人，往外迎接引爲最大靠山的「鳩面神婆」常素素及「九指先生」侯密！

妙法神尼回到本台，無憂頭陀呵呵笑道：

「畢桃花妖婦伏誅，庵主多年心願已了一半，想不到三十年小別，庵主居然練成了無相神功！我們少時盡量設法先翦除對方黨羽，等老妖婆常素素出手之時，三人合力相抗，只要應付得宜，並不見得就準居敗局呢！」

妙法神尼笑道：「大師休要怪我隱瞞，實因對無相神功尚未練到火候，抵禦幾根飛針之類雖還見效，但如遇上高明對手，只有弄巧成拙……」

話方說到此處，往外迎客的天南雙怪等人已回，不但把「鳩面神婆」常素素、「九指先生」侯密接來，連藏邊阿耨達池金龍寺的「病、醉、笑、癡」四佛，也已一併延進。

雙方各增賓朋，自然免不了先來一陣寒暄。

「病佛」孤雲向靜寧真人說道：「道長！可能是江湖有福，妖孽當誅，你看『鳩面妖婆』常素素怎的好端端地斷去了一條左腿？」

六五 龍爭虎鬥

宇內三奇聞言，均覺一愣，瞥眼向那方自軟轎下來，大模大樣坐在敵台正中的「鳩面神婆」常素素看去，果然見她那件八彩織錦長袍之下，左腿已無，脅下拄著一根金絲藤杖！

常素素這條腿，是斷在「病佛」孤雲野人山打那金色蜘蛛一記「玄陰透骨掌」之後！但三奇四佛均不知情，正紛紛猜測，以老妖婆這身罕世功力，怎會有失去一腿之事，天南雙怪的手下賊黨，又有人向對台報說：

「寨門以外，又有來賓，說是定要『白骨天王』、陰風秀士二人親自往接，不然要立時放火，燒去大寨！」

以天南雙怪名頭，又有「鳩面神婆」這多武林特殊好手坐鎮此間，居然有人敢如此出語搗亂，也實出於對台群寇的意料之外！

「白骨天王」韋光與陰風秀士鍾如玉，因今日身是主人，任憑來人怎樣無禮，也應先行迎進，再在擂台之上動手處置，遂只得眉頭微皺，雙雙起立，離座出迎。

但等把來人迎進之後，韋、鍾兩個老怪恨得眉騰殺氣，「鐵膽書生」慕容剛、「天香玉鳳」嚴凝素等人卻又喜心翻倒，原來正是那令「白骨天王」韋光最感頭痛難纏的西門豹，與容光煥發、肩插青虹龜甲長劍的小俠呂崇文，雙雙來到！

西門豹、呂崇文見過諸人之後，靜寧真人先把愛徒拉到懷中，向他臉上仔細端詳，再在周身骨節穴道按摩一遍，回頭向西門豹正色問道：

「西門老弟，貧道真有點佩服你哪裏來的這大神通？區區數月之別，你是怎樣把文兒調理得幾乎等於脫胎換骨？」

西門豹暗笑自己何曾會有什麼神通？不過天遊尊者所留的那一粒「換骨靈丹」，效力足抵二十年內家吐納而已！但靜寧真人只看出呂崇文真氣瀰沛，根骨迥異，尚絕想不到自己二人業已貫通了一部蓋世奇書，神妙無比的《百合真經》，索性瞞他片刻，到時豈不意外驚喜？所以含笑答道：

「此事話長，等盡殲群魔，把這場功德完滿以後，再行細細稟告諸位前輩！西門豹想先處置了這個慘剎我歐陽老友及裴二俠令兄『雙首神龍』裴大俠人皮，毫無人性的天南老怪『白骨天王』韋光，以慰泉下英靈，並謝我來遲之罪！」

宇內三奇雖知西門豹、呂崇文這一老一小二人，不知去向數月，必有異常遇合，但聽西門豹這幾句話口氣，似乎那武功幾與自己等人彷彿的「白骨天王」韋光的一條性命，就在他掌握之中，不由又均有點半信半疑！

西門豹本來輕功已自極俊，這一通《百合真經》，呂崇文感恩圖報，又把所得三奇心法儘量相傳，所以雖未服有「換骨靈丹」，內功真力方面進境稍淺，其他功力卻也與呂崇文同樣的一日千里！

他誠心氣惱天南雙怪，並與群賊一記當頭棒喝，故而略為炫露，未見絲毫作勢，全身便自東看台騰起，宛如世外飛仙，凌虛躡步般地飄然而過，輕輕妙妙，點塵不驚地落在了擂台之上！

這一手震世駭俗的罕見輕功，不但引起來此觀光的天下各派群雄，一個個出自內心的暴雷喝好，宇內三奇的意外驚讚，天南雙怪等人的詫異憤妒，連那目空一切，以為普天之下唯我獨尊的「鳩面神婆」常素素，也眉頭微皺，「咦」了一聲，暗向身旁的「九指先生」侯密、「骷髏羽士」韋昌，打聽新來的這位葛衣老者，究竟是武林之中的哪號人物？

西門豹落足擂台之上，因知道這場泰山大會，天下武林各派中的主要人物，大都應邀觀光，遂有意以己為鏡，驚勸世人，一提真氣，報出昔日名號說道：

「九華山『千毒人魔』西門豹，敬請『白骨天王』韋光，上台一會！」

這「千毒人魔」四字，惹得未知底細的武林群雄紛紛一陣驚詫，均想不到在宇內三奇一邊的人物之中，會有這位名懾江湖的蓋世魔頭在內！

既想不通其中究竟，當然會向知悉內情之人請教，人口如風，片刻之間，無人不知昔日江湖人人側目的千毒人魔，如今業已成了一位光明磊落的白道大俠！

這樁美談，從此遍傳武林，譽騰眾口，不知影響了多少尚有慧根，偶積惡業之人，效法西門豹盡懺前非，革面洗心，回頭向上！

「白骨天王」韋光則心中疑惑萬端，自己曾經會過這西門豹數次，怎的數月不見，就會變

得有這高功力？

人家既在指名叫陣，以自己名頭，怎能不應？何況也正想殺卻此人，為師侄「玄龜羽士」宋三清雪恨報仇，自忖功力足能縱過擂台，但絕不如西門豹那麼輕靈美妙，何必開始便貽笑於人？遂故作從容地絲毫功力不施，利用擂台兩側所設扶梯，慢慢走上！

西門豹何等厲害？藉機挖苦笑道：「兩台之間的這點距離，在名滿江湖的天南雙怪講來，還不是舉足即過！韋老前輩這樣緩緩而來，莫不是在想怎麼處置我這『千毒人魔』之策麼？」

「白骨天王」韋光臉上微紅，雙眼倏張，凶光暴射！

西門豹搖手笑道：「老前輩且慢逞威，西門豹若無幾分降龍手段，也不敢在天下英雄之前批逆龍鱗，真人面前不必再說假話，你剝了西門豹好友『璇璣居士』歐陽智、『雙首神龍』裴伯羽的兩張人皮，我也略施小計，取得了『玄龜羽士』宋三清一條性命，雙方仇深似海，今日一會，不是你死，就是我亡，不過西門豹外號『千毒人魔』，陰損出名，怎樣比賽，還是由你出題目，否則使你這天南老怪死在九泉，也難以心服口服！」

「白骨天王」韋光雖然明知西門豹定有甚麼尖酸刻薄主意，但他設詞太妙，自己因天南雙怪的盛名所在，不能不在明知故犯之下，硬中對方的激將之計，雙睛一瞇，凶光炯炯，覷定西門豹冷然說道：

「以老夫身分功力，再若出題，你還不眨眼之間，就在我掌下做鬼？不必挖空心思激將，任憑出甚題目，只要公平合理，韋光無不奉陪，好在以你那點能力，老夫隨時隨地都能令你骨化飛灰，爲我師侄宋三清報仇雪恨！」

西門豹微微一笑說道：「你既然爲了天南老怪的這點虛名讓我出題，西門豹要先和你比賽吃點東西，分了勝負以後，便即過手！」

「白骨天王」韋光聽不出西門豹話中含意，只聽見要先比賽吃點東西，想起對方外號「千毒人魔」，一身是毒，不由有點膽顫心寒，但話已出口，只得硬著頭皮答道：

「韋光早就說過，任憑劃道，無不奉陪，你要比吃何物？」

他口中如此說法，心內卻已定計，萬一西門豹要吃甚麼奇毒之物，自己便索性不顧名頭，把這「千毒人魔」出其不意的一掌震死！

西門豹見老怪答話之間，色厲內荏，眼珠亂轉，早知其意，但故作看不出對方毒計，遂微笑問道：「老前輩今日以盛筵款待天下武林同道，廚下總有鱔魚？」

「白骨天王」韋光莫測高深，點頭示意。

西門豹詭秘一笑說道：「請老前輩傳諭，命廚下準備兩大碗活鱔生血！」

活鱔生血，毫無毒質，並能強力補身，「白骨天王」韋光不禁寬心大放，擺手命人趕緊準備！

這種別開生面的比賽辦法，比一場生死肉搏來得更覺新奇，連「鳩面神婆」、「九指先

生」、天南大怪及宇內三奇等東西兩台首腦人物，也均看得極有趣味！

活鱔生血送來之後，西門豹接過一碗，向「白骨天王」韋光笑道：「這活鱔生血，滋味絕佳，並能強力補身，老前輩喝盡一碗！」

說完，便把手中一大碗鱔血，慢慢喝完。

「白骨天王」，自始至終雙眼緊盯西門豹，注意他可曾在另一碗鱔血之中弄鬼？如今見西門豹只自行喝了一碗鱔血，對另一碗連手都未沾，知道無妨，遂冷笑一聲說道：

「慢說是一碗活鱔生血，便是一杯穿腸毒藥，韋光照樣敢飲！我飲完之後，看你還有甚麼花樣？」

說罷，也把那碗鱔血一飲而盡！

西門豹見老怪韋光喝下鱔血以後，微微一笑說道：「世間往往皂白難分，若此心無愧，萬仞刀山，何異康莊大道？倘神明有靈，一杯鱔血，照樣等於毒藥穿腸！西門豹先前說過，勝負分後，再行過手，如今各盡鱔血一杯，勝負未分，西門豹先行告退，但望老前輩好生度過你在世間的最後片刻光陰！」

邊說邊已運用來時所展絕頂輕功，飄然離卻擂台，最後那「片刻光陰」四字，是在空中發出！

這一來，真把個「白骨天王」韋光又氣又疑地僵在台上，氣的是自己上台之意，本在處死

西門豹，爲師侄「玄龜羽士」宋三清報仇，卻想不到這狡猾絕倫的千毒人魔，只騙自己喝了一大碗活鱔生血，便即藉詞不戰而去，並且說走便走，追已不及！

疑的則是照他臨走所云「要自己好好度過在世間的最後片刻光陰」的語意看來，似乎這碗鱔血之中，確實含有劇毒，但鱔血明明出自山寨廚中，並經仔細注意西門豹不曾沾手，究竟毒自何來？要不要真信他所言，服下一點解毒靈丹之類？

老怪「白骨天王」韋光疑潮起伏之際，西門豹又卓立本台，向他傳聲笑道：

「老前輩以慘無人道手法，剝去我老友歐陽智及『雙首神龍』裴大俠的兩張人皮，使西門豹不得不重施昔日小技，以牙還牙，叫你也嘗嘗心肝寸裂是個甚麼滋味？千毒人魔從無虛語，你還不回台，安排後事？難道真要使這彼此動手過招的擂台之上血污狼藉？再若不信我言，且自微提真氣，試試你的丹田，可有異狀？」

「白骨天王」韋光真被西門豹說得毛骨悚然，但無論如何也想不出這鱔血之中的毒自何來？如言微提真氣，面上立即勃然變色，因爲果然覺得丹田之間，發脹頗劇！

這時，「天香玉鳳」站在西門豹身後，低聲問道：「西門兄，我也明明看你不曾碰過那另一碗鱔血，到底那玄妙何在？」

西門豹微微一嘆說道：「老怪少時必然死得極慘，若不是他慘無天理，活剝人皮，我早已回頭，豈肯仍用這種毒辣手段對付？鱔血本來無毒，倘有絲毫異狀，這老怪狡若天狐，又對我

這千毒人魔特別留心，哪裏還肯中計飲下？」

「天香玉鳳」嚴凝素正想鱔血既然無毒，老怪怎會死得極慘？尙未及再向西門豹詢問之時，天南大怪「骷髏羽士」韋昌，兄弟關心，聽西門豹說得那般嚴重，急忙飛身縱過擂台，向「白骨天王」韋光問道：

「二弟，這老魔頭出名陰毒，你到底覺得怎樣？不論真假，先服幾粒自煉解毒靈丹，總不會錯！」

這時所有各派群雄也均莫名其妙地注視變化，偌大的會場之中，立時鴉雀無聲，一片肅靜！

「白骨天王」韋光如言服下幾粒自煉解毒靈丹，手撫丹田，向「骷髏羽士」韋昌皺眉說道：「除了丹田之間，發脹頗劇以外，別無異狀！但我對這狡滑老魔特別注意，鱔血之中，分明無毒，怎……」

說到此處，面上神色倏然又是一變！

「骷髏羽士」韋昌驚問所以，「白骨天王」韋光皺眉說道：「此時已自丹田漸漸脹到胸腹，並有點忍受不住，所服靈丹無力解毒，趕快回台請常大姊看看，或者她有辦法！」

「骷髏羽士」韋昌知道以兄弟那樣精純的一身內功，竟然忍受不住，中毒必定極劇，趕緊手攙「白骨天王」，兄弟雙雙用力，一躍而起！

西門豹見狀，冷笑連聲說道：「不知死活的老怪，這一用力飛身，管保你立時腹裂腸流，魂歸地府！」說至此處，突地仰頭悲呼：「歐陽老友與裴大俠的在天之靈，請看西門豹代你們報仇雪……」

一言未了，半空中傳來「白骨天王」韋光懾人心魂的淒厲狂吼，跟著便是「啵」的一聲，血雨飛花，他丹田小腹之處，竟然自動爆裂，肝腸外溢，不但立時惡貫滿盈，並弄得與他把臂同飛的天南大怪「骷髏羽士」韋昌一身上下，全都是鮮血！

天南雙怪對人雖狠，對自己則兄弟骨肉，自然同氣連枝，韋昌見兄弟莫名其妙地慘死西門豹手中，不禁鋼牙咬碎，一探懷中，摸出那三枚仗以成名，用海外奇種三爪金龜項骨及猛烈炸藥所製，劇毒無比的骷髏，揚手化成三點銀星，電疾般地向西門豹當胸射到！

靜寧真人見天南大怪含忿出手，竟以三枚白骨骷髏同發，知道厲害，忙向無憂頭陀、妙法神尼及金龍寺四佛說道：

「上人庵主與我合用玄功，將這白骨骷髏往上震起，四位大師，則請防護台上諸人，千萬不可令這些碎骨沾身，沾身即死！」

話音方了，三點銀星業已飛到台前不遠，宇內三奇因這類毒物一觸即炸，己方事先防護，或可無妨，但觀光群雄不知要受多少殃及？所以全用陰柔暗勁，六隻大袖輕揮，便似有股無形大力，托得那三枚白骨骷髏往上斜斜飛起！

但才起數尺，便驚天動地般自動爆炸，震耳欲聾的巨響聲中，滿空全是毒骨橫飛，宇內三奇暗叫不好，立即化柔為剛，袍袖再拂，一陣極其強烈罡風，震飛了漫空毒骨的十之五、六。

金龍寺四佛同樣施為，但範圍太廣，碎骨太多，依然有一片銀砂，恰好直向觀光台上的各派群雄飛射！

各派群雄，本來正被這極緊張的場面，鎮靜得鴉雀無聲，但如今事變突生，卻又弄得紛紛大亂！

呂崇文反手拔劍，倏然離座，人如電射，劍似虹飛，半空中不知怎樣施為，青虹龜甲神劍宛如飆輪電轉，閃起一層密密劍幕，硬替觀光台上群雄格落那毒骨所化的一片銀砂，人也就勢「細胸翻雲」，翻起半空，運用七禽身法「雁影孤飛」回轉本台！

等人歸原座，青虹龜甲劍並已入鞘，神情自若，宛如無事一般，與隔座的女俠裴玉霜仍低低笑語！

旁人只驚奇詫異呂崇文年歲輕輕，怎會練出這高的輕功身法，及如此神奧難測劍術？但宇內三奇卻均從呂崇文長劍一揮，化出密密劍幕之上，看出他竟似把各家的獨門劍術合融為一，而更加發揮！

這種融會貫通之道，成就極難，區區數月光陰，有此大成，不論是恆嶽無憂、南海妙法以及北天山冷梅峪靜寧真人，全部目注西門豹，欽佩無已！

「骷髏羽士」韋昌見自己的撒手絕學又告無功，不由咬牙切齒，欲待連身飛撲，那位桃竹陰陽教主凌風竹，因銜恨畢桃花慘死，也想就此掀起一場混戰，但「鳩面神婆」常素素卻擺手止住他們，陰陰說道：

「韋老二雖然死得太過可疑，但既有我在此地，他們一個也難逃命，不過遲遲早早而已，何必自亂章法，貽笑天下群雄？老侯的『天殘指』勁練得不錯，先會對方一陣，讓我再仔細看看，他們的實力到底怎樣？」

宇內三奇這邊一人未傷，妖婦畢桃花及「白骨天王」韋光卻已雙雙送命，韋昌、凌風竹等，自然把整個希望寄託在「鳩面神婆」一人，雙雙強忍奇悲，並如言由「九指先生」侯密縱上擂台，去向對方叫陣！

就在對台群邪議論之間，「天香玉鳳」嚴凝素因見「白骨天王」韋光果然慘死，心中疑團未釋，芳唇微啓，正待再問，西門豹已向她笑道：

「嚴女俠是不是又要問我，那『白骨天王』韋光是怎樣中的毒麼？」

「天香玉鳳」含笑微一點頭。

西門豹笑道：「對付這等兇狡老怪，必須深謀遠慮，哪裏能夠當面下毒？這毒我是下在數月以前，今天不過借一碗質本無毒，但性卻相剋的活鱔鮮血，使其隱在臟腑丹田之間的毒素往外發作而已！」

「天香玉鳳」嚴凝素被西門豹一言提醒，想起數月前，澄空、慕容剛用內功替呂崇文療傷之時，老怪「白骨天王」來到所居店中，爲「玄龜羽士」宋三清討取解藥，曾自西門豹手中接去一只鐵匣。

西門豹送走老怪，遞匣以後，立即用藥淨手，自服靈丹，並有雙方各用心機，倘有差池，足夠老怪生受之語！

可見今日「白骨天王」韋光的殺身劇毒，確在數月以前，便由那只鐵匣之上傳入體中，這位千毒人魔幸虧業已回頭，不然這種謀略心機，豈不令人太已可怕？

想通這樁秘密之時，恰好「九指先生」侯密登台搦戰！

「病佛」孤雲因三師弟「笑佛」白雲在野人山中曾吃了侯密暗虧，一見是他出陣，僧袍微擺，宛如一團黃雲，飄身到台上。

「九指先生」侯密也知道「病佛」孤雲是金龍寺四佛中的最強硬手，自己這邊接連失利之餘，無論如何也不能再敗，遂把一向驕狂的傲態全收，探手撤出一柄藍汪汪的長劍，劍尖向兩邊倒捲，成一雙鉤，橫舉當胸，左手並已凝足「天殘指」勁，寧神待敵！

「病佛」孤雲見侯密手中這口奇形兵刃，比吳鉤劍多出一鉤，比跨虎籃卻又少了一節尖鋒及柄端護手！

但劍光發藍，分明蘊有奇毒，忽然想起武林之中，有一件罕見兵刃，名叫「雙絕毒蛇

鉤」，是用十三種毒蛇毒液淬煉，見血封喉，侯密手中，可能即是此物！

心中一懍，微撩僧袍下襬，自腰間取出一根一尺來長，似幡非幡，似杖非杖，一頭是一月牙，另一頭則是一個塑十二銳齒金色圓輪的奇形兵刃，雙手一分，竟然長出一倍有餘，約達四尺左右！

「病佛」孤雲雙手捧住自己兵刃，向「九指先生」侯密微一合十說道：「侯施主掌中兵刃，大概就是稱絕江湖的『雙絕毒蛇鉤』，貧道這根『日月金幢』，自信也非俗物，我們不分勝負，不下此台如何？」

「九指先生」侯密聽「病佛」孤雲叫出自己「雙絕毒蛇鉤」的名稱，頗覺對方淵博。

但見「病佛」孤雲撤出一根非幡非杖的「日月金幢」，心頭未免也是一驚，因深知這種「日月金幢」，是用西域紫金所鑄，任何寶刀寶劍所不能傷，當年大漠神尼萬法大師在北天山絕頂，劍劈西域魔僧之前，就曾被魔僧所用的「日月金幢」，把神尼兵刃「青虹龜甲劍」崩缺一口，如今「病佛」孤雲手中竟是此物，自己「雙絕毒蛇鉤」雖有奇招，仍需特別小心謹慎！

想罷，微微一笑答道：「侯密的這柄雙絕毒蛇鉤，恐怕不足擋大師西域異寶一擊，今日高人畢集，好手如雲，我們不必多事耽延，侯密要先行得罪了！」

「雙絕毒蛇鉤」微領，用了一招極爲平凡的「毒蛇尋穴」，斜向「病佛」孤雲的丹田點到！

當日野人山絕嶺，雙方惡顏相向，反而平靜無波，如今當著天下各派群雄，彼此各顧身分，你一聲「施主」，我一聲「大師」，稱呼得頗似火氣毫無，但兩人心中，均自深深體會出，這才是一場真正凶險絕倫的生死搏鬥！

以「九指先生」的武學造詣，第一招出手，絕不會如此尋常，「病佛」孤雲右手拄定「日月金幢」，卓立如山，不接不避地靜觀其變！

侯密心機何等詭辣？這一招看來平庸的「毒蛇尋穴」，果如「病佛」孤雲所料，中蘊無數玄機！

但見對方以靜制動，穩若泰山，侯密竟把一切變化均停，化虛爲實地倏然加急來勢，疾點丹田要害！

「病佛」孤雲知道自己只一換步避招，對方便即乘隙永占先機，攻勢將如長江大河，滔滔不絕！所以在對方「雙絕毒蛇鉤」將到未到之時，手中本以日輪拄地，月牙向天的「日月金幢」猛然一翻，頓時幻起一片金光，用日輪之上的十二銳齒，鎖格來刃！

侯密也真老練，見「病佛」孤雲不動，他保持了個原招不變，如今「日月金幢」才揮，雙絕毒蛇鉤立時控腕微收，左手食指一伸，蘊蓄已久的「天殘指」力突然吐勁，一絲銳嘯罡風，飛襲「病佛」孤雲右胸，但在「天殘指」力吐勁同時，微停的「雙絕毒蛇鉤」比原式更疾，依舊閃電般地向丹田點到！

這種左右齊攻，分途並進的手法，虛虛實實，頗不易防，換了武功稍弱之人，連第一招均難逃得過侯密毒手！

但「病佛」孤雲身為西域一派武學宗師，功力不遜「九指先生」，豈會輕易上當？左掌以「金剛掌」力，發出一股劈空罡氣，遙拒對方「天殘指」勁，手中「日月金幢」卻加力多轉半圈，看來是改以月牙拒鉤，其實藉這一蕩之勢，右足微退，略避「雙絕毒蛇鉤」，竟然化守為攻，「日月金幢」挾著銳嘯勁風，照準侯密左肩斜劈而下！

「九指先生」侯密試出對方這根「日月金幢」果然不俗，清嘯一聲，在台上拔空丈許，手中「雙絕毒蛇鉤」施展自己得意鉤法「龍飛九式」，幻起一天鉤影，已凌空倒撲而下！

他這「龍飛九式」，七式在天，兩式在地，看似凌空飛擊，威勢較強，其實那兩式足踏實地，不大起眼的兩招，才是真正的殺手絕學。

「病佛」孤雲一見對方起式，便知這套鉤法不凡，也自施展西域「日月金幢」威力最強的「伏虎降龍七十二式」對敵。

一位是凶邪魁首，一位是西域宗師，這場狠鬥，可看得各派群雄眼花撩亂，目眩神搖，滿台鉤影幢光的呼呼勁風，越來越快，漸漸二人身形均杳，化作了一團藍影！

二人銖兩悉稱，功力相若，戰來也就特別驚險，七、八十個照面之中，「九指先生」侯密幾乎挨了「病佛」孤雲一招石破天驚的「日月金幢」，「病佛」孤雲也險些被對方詭辣無倫、

虛實難測的「雙絕毒蛇鉤」法「龍飛九式」所乘！

又過片刻鬥滿百招，「九指先生」一式「金龍掉尾」，格開「日月金幢」，手指「病佛」孤雲笑道：「如此打法，便再打上一天，大概你我依舊難分勝負！」

「病佛」孤雲也覺得自己已把金龍寺的鎭寺幢法「伏虎降龍七十二式」展盡精微，未占勝面，遂點頭說道：「侯施主所說不差，你想出了什麼高明比法？」

「九指先生」侯密自恃內功真氣及耐戰韌力極強，左掌一伸，微笑說道：

「你我以左掌相貼，互較玄功，右手兵刃互搭，並比內力，兵刃一沉，或步眼一動，便算落敗！」

「病佛」孤雲微笑點頭，遂以左手改執「日月金幢」，與對方「雙絕毒蛇鉤」相搭，右掌一伸，兩人掌心互貼，一面互傳內力，一面暗較玄功！

兩人何以均自同意這種絲毫不能取巧的硬拚硬比？因爲兩人各自存了私心，「病佛」孤雲以爲對方不知自己練有「玄陰透骨掌」力，抵掌較功，正好用以傷敵！

「九指先生」侯密則左手之上的中指、無名指指甲，均與「雙絕毒蛇鉤」一般，餵有劇毒，準備能勝固好，萬一發現不敵之際，利用貼掌良機，隨時均可以此毒甲制勝！

相持足有頓飯光陰，兩人依舊軒輊難分，但「病佛」孤雲臉上微現笑容，因爲自知已有取勝把握！

原來「病佛」孤雲深知若在較功中途改用「玄陰透骨掌」力，狡如「九指先生」，必會立時發覺，所以開始抵掌之際，便已如計施爲，果然侯密雖覺對方掌心微涼，而並未在意！

但耗到此時，侯密已覺得丹田之中微生寒意，並且越來越冷，不由大吃一驚，知道「病佛」孤雲竟亦深有心機，自己存心弄人，誰知反而中了對方暗算！

危機雖現，侯密自估功力，尚足以再耗半個時辰，遂暗用「金剛拄地」內功，故意裝出寒意難盡，身上微起哆嗦！

「病佛」孤雲果然上當，以爲功成即刻，驟加真力，便舒掌一推！

「九指先生」侯密早有預計，足下步眼不搖，身軀稍晃，左掌微縮再前，似在蓄力抗拒，其實就這一縮一前，已用極其尖銳的中指毒甲，把「病佛」孤雲指尖略爲劃破少許。

「病佛」孤雲想不到對方指甲有毒，雖覺微痛，並未在意，這時「九指先生」侯密所中的「玄陰透骨掌」力，確實正在發作，「病佛」孤雲看出端倪，自然全力施爲，以致使指尖染有劇毒，隨著本身真氣加速傳導周身，刹那之間，也自覺四肢微麻，心頭作噁，不由大惑不解！

他們勾心鬥角，兩敗俱傷，外人卻不知情，只見「九指先生」侯密全身發抖，似已敗在頃刻。

「白面人妖陰風秀士」鍾如玉與「九指先生」侯密未還俗前身法燈兕僧便即交好，此時見他情勢不利，但也看出「病佛」孤雲同樣足下微浮，不由分外關心，手持湘妃竹摺扇，走到台

口，倚柱而立，注目凝神，準備萬一侯密先敗，便即過台接應。

這時小俠呂崇文的炯炯神目，不停電掃諸邪，尤其對鳩面神婆及「白面人妖」特別注意。

因爲一個是群邪今日的最後靠山，一個是慘剝裴伯羽、歐陽智人皮的主謀人物，自己昔日也曾在他手下受過屈辱，如今絕藝既成，這「白面人妖」鍾如玉要敢在台上未分勝負之前有所妄動，便先把他斬在青虹龜甲劍下！

「病佛」孤雲此時亦知同樣中了對方暗算，只得一面以本身真氣，暫遏毒力蔓延，一面準備突以「玄陰透骨掌」全力施爲，好了結「九指先生」侯密，趕緊回台服藥療毒！

但他吃虧是在身中暗毒，本台之上，包括宇內三奇，竟無一人看出業已有此劇變！所以「醉佛」飄雲、「笑佛」白雲、「癡佛」紅雲，均在遙指全身顫抖的「九指先生」相互笑語，等待自己的大師兄揚威得勝！

台上兩人，此時均係以數十年性命交修的一口真氣，勉強支撐，等候對方先行倒地！但手中兵刃無力再持，「日月金幢」及「雙絕毒蛇鉤」同時撒手，噹啷啷的金鐵交鳴，使得東、西主客兩台及所有觀光群雄，全自心神一震！

宇內三奇及醉、笑、癡三佛，見「日月金幢」落地，才看出「病佛」孤雲似受暗傷，一樣難支，與對台的無憂頭陀、天南大怪等人，均是一般動作，站起身形，準備接應！

這時「病佛」孤雲撒手「日月金幢」之後，想起妙法神尼、西門豹雙雙殲敵，倘輪到自己出手便告無功，豈不太已丟人？縱然拚捨這條殘生，也要爲金龍寺四佛保全聲譽！

念頭打定，僅留二成真力，暫保中元，突然瞋目開聲，「玄陰透骨掌」的陰柔暗勁，加上「金剛掌」的雄渾剛力，倏然猛吐！

「九指先生」侯密若非功力極厚，早在發現身中對方「玄陰透骨掌」力之際，便已骨髓成冰！如今勉力支撐這久，哪裏還禁得起「病佛」孤雲這竭盡餘威，以「玄陰透骨掌」及「金剛掌」合併施爲的全力一擊？

先是遍體一片冰涼，然後胸、頭如受千鈞重壓，狂吼一聲，便即踉蹌退出幾步，倒地不起！

「病佛」孤雲勉強轉身面對群邪，哈哈一笑，但見眼前青虹騰彩，血雨瀰空，鳩面神婆、天南老怪、宇內三奇及師弟飄雲等，均也紛紛飛縱而來，同時怒叱，但自己精神一渙，毒力難支，也便撲倒擂台之上！

六六 一劍光寒十四州

原來「病佛」孤雲瞋目開聲，怒震「九指先生」之際，「白面人妖」鍾如玉便知不妙，神功默運，人似飛虹，趕往擂台接應！

「白面人妖」身法捷如電閃，快速無倫，但身才縱起空中，耳邊一聲：

「兇狂老賊，殘害雙首神龍、璇璣居士兩位老前輩的罪魁禍首之中，有你一個，今日報應臨頭，還不拿命來償！」

清叱聲中，一道耀眼青虹，已自帶著森森劍氣當頭疾落！

「白面人妖」鍾如玉聽出是呂崇文口音，但想不到一別數月，對方功力竟會增加數倍，聲才入耳，青虹龜甲劍冷電似的精芒虹彩已到當頭！

老賊極爲沉穩，臨危不亂，此時他當然顧不得再救什麼多年老友「九指先生」，雙臂一抖，施展絕世輕功「巧渡天河」，橫飄六尺！

呂崇文師門七禽身法，最擅長的就是凌空飛騰變化，何況此時服過「換骨靈丹」，研通《百合真經》，融合宇內三奇的各善神功爲一，自然更爲神奇莫測，吸氣轉身，追縱再到，神劍青芒暴長，攔腰又是一劍狂揮，口中自哂道：

「『白面人妖』怎的不戰先逃，你的『七陰指力』，及昔日在這丈人峰頭恃強凌弱、耀武揚威的威風何在？」

這兩句話，極盡挖苦能事，「白面人妖」自視絕高，哪裏忍受得住？不再避劍，凌空轉

身，湘妃竹摺扇運足真力，疾敲呂崇文橫掃而來的青虹龜甲劍！

呂崇文好似力量用老，無法變招，但在「白面人妖」鍾如玉湘妃竹摺扇眼看敲中青虹龜甲劍脊之時，驀地縱聲長笑，手腕微翻，劍身一側，湘妃竹摺扇即被神劍鋒芒從中一分為二！

呂崇文丹田提氣，左掌微向下按，人又平升七尺，掉頭下撲，劍影蔽天，根本看不出是什麼招術？及怎樣施為？半空中血雨飛花，「白面人妖」鍾如玉便被青虹龜甲劍斜肩帶背地劈成兩截！

這三招兩式，雙方全是凌空變化，毫未腳踏地上，只看得天下群雄目眩心驚，全為呂崇文神威所奪，叫起一聲暴雷大好！

無憂頭陀與靜寧真人、妙法神尼，一齊趕往擂台，察看「病佛」孤雲得勝以後，突然撲倒，半空中瞥見呂崇文神威奮發，劍斬「白面人妖」，認出那神奇莫測、威勢無倫的一劍之中，融合了妙法神尼「伽羅十三劍」中一招「天女散花」、靜寧真人「太乙奇門劍」中一招「倒瀉天河」，及自己「卍字多羅劍」中一招「萬法朝宗」，因而對西門豹使呂崇文武學在極短期間突飛猛進之故，也已猜出了幾分究竟！

這時「鳩面神婆」常素素與天南大怪「骷髏羽士」韋昌，也自主台趕來，因她與「九指先生」侯密關係較深，雖見「白面人妖」鍾如玉在呂崇文青虹龜甲劍下飛魂，依然未加理睬，只領先飛身擂台，察看侯密死活！

老妖婆功力委實驚人，她在諸人之中，是最後起身，鐵杖一點，凌空飛越，居然仍比宇內三奇早到半步！

但到後一看，「九指先生」侯密身中「玄陰透骨掌」力，並負傷硬拚多時，等無法支持才告倒地，故此時骨髓皆凝，全身僵冷得如同凍死人般的，業已返魂無術！

「鳩面神婆」常素素牙關一挫，照準中毒甚深、暈絕台板上的「病佛」孤雲，「呼」的一聲，揚手發出一股強烈無比的破空勁氣！

這時宇內三奇也到台前，無憂頭陀當先喝道：

「常素素休得妄逞兇威，要想較量功力，少時我們陪妳比劃，如今生者待救、死者何辜？雙方還是先行爲他們料理善後爲要！」

話音之中，無憂頭陀的「般禪佛掌」、靜寧真人的「乾元罡氣」及妙法神尼的「無相神功」一齊施爲，合三奇之力，恰好護住「病佛」孤雲與「鳩面神婆」常素素所發疾風勁氣，一撞而開，半斤八兩、未分軒輊！

「鳩面神婆」常素素這劈空一掌，是蓄怒施爲，足有九成以上真力，竟被宇內三奇合手抵住，不由也微覺一驚，又見金龍寺三佛跟蹤來到，遂冷笑一聲，半語不發，目光微瞥「骷髏羽士」韋昌，示意他料理侯密後事，自己則鐵杖一點，飛回主台，尋思少時怎樣制勝宇內三奇之策！

「醉佛」紅雲等人，把大師兄「病佛」孤雲抱回本台，見孤雲面色已呈青黑，雖然心頭尚存有一息微溫，眼看即將無救，不由均自相顧噓唏、搓手頓足。

「笑佛」白雲在野人山內，曾中金錢、桃花瘴劇毒，魂遊墟墓，所以深知無憂頭陀的萬妙靈丹力能起死回生，但此丹過於名貴，自己已獲一粒，無顏再求，故而眼望無憂頭陀，囁囁嚅嚅，難以啓齒！

無憂頭陀雖然窮畢生之力，只煉得七粒萬妙靈丹，一粒賜給呂崇文，救了西門豹，一粒救了「笑佛」白雲，自己僅存五粒，但煉丹之旨本在救人，所以毫不遲疑地又取出一粒萬妙靈丹遞與「笑佛」白雲！

「笑佛」白雲以一種不可言喻的感激神色接過靈丹，救治「病佛」孤雲。

無憂頭陀卻向靜寧真人、妙法神尼說道：「常素素妖婦果然厲害，我們適才三人合力，才抵住她劈空一掌，少時妖婦萬一當著天下群雄，按武林規矩，向我們個別索戰，卻真不大容易應付……」

說到此處，突然想起一事，偏向旁座正在皺眉暗想心事的西門豹笑道：

「呂崇文劍劈『白面人妖』鍾如玉之時，我看出他已把『太乙奇門劍』、『伽羅十三劍』、『卍字多羅劍』三種劍法，融合貫通，這種境界極高，最快也要摒除百欲，埋首十年，呂崇文卻在數月之間有此大成，太已令人驚奇！無憂曾聞傳說，三百年前，有位武林奇人天遊

尊者，周遊天下，親習各派絕學，然後以一甲子空山歲月，著成一部《百合真經》……」

說到此處，西門豹接口笑道：「萬事均難瞞過老前輩法眼，西門豹這幾個月之間，確在廣西勾漏山的一條絕壑以內，與呂老弟共習天遊尊者遺著的《百合真經》！」

無憂頭陀見自己果然料中，越發驚奇，西門豹遂將勾漏山絕壑歷盡艱危，尋得《百合真經》等情，向宇內三奇細述一遍，並說明呂崇文雖服「換骨靈丹」，及融會三奇絕學，成了一種蓋世無雙劍法，但適才親見「鳩面神婆」常素素武學高不可測，恐怕在功力方面，依然要比老妖婆弱上兩籌，所以正在苦思，怎樣才足以除此魔中巨擘，為莽莽江湖永持公道！

無憂頭陀聽完，也自閉目沉思，片刻以後，雙目倏然一睜，恰好看見對台「鳩面神婆」常素素，正手拄鐵杖，緩緩起立。

原來常素素與天南大怪韋昌、桃竹陰陽教主淩風竹等人商議之下，覺得除了常素素親自出手，制服宇內三奇一途之外，這泰山大會就算一敗塗地！

常素素從方才那凌空一掌以上，體會出自己縱然能勝宇內三奇，也極費力！彼此勝負存亡，均繫於這最後一戰，何必在如此緊要關頭，再逞驕狂？索性向他們按江湖規矩，一對一個較量，取勝豈不易於反掌？

所以走到台口，嘴皮根本未見怎動，卻發出沉雷似的巨響，向宇內三奇喝道：

「無憂、靜寧及南海妙法！你們竊號『宇內三奇』，自尊正派，藐視天下群雄，常素素今

借這泰山大會，要見識見識你們到底有什麼驚人手段？你們是倚眾逞強？還是按江湖規矩，一個一個上手？」

無憂頭陀見果然被自己料中老妖婆肺腑，幸而如今業已成竹在胸，不然真要當場窘住！真氣猛提，也用佛家「天龍禪唱」神功答道：

「常素素，妳昔年惡跡，幾滿江湖，如今不在苗山，倖保首領，卻要跑到這丈人峰頭，為狂暴殘虐的韋氏弟兄助長凶威，豈非報應臨頭，自速其死！妳如四肢尚全，宇內三奇中任何一人均足勝妳，但如今不論是無憂或是靜寧道長、潮音庵主，全不屑與一腿已殘之人，過手較功……」

「鳩面神婆」常素素與無憂頭陀，就這個一問一答的數語之間，因一個用的是功力純厚，舉世無匹的「奪魄魔音」，一個用的卻是佛門無上神功「天龍禪唱」，所以各派群雄之中的功力稍差人物，一聽常素素語音，即覺心神巨震，魂魄欲飛，直等無憂頭陀祥和清平的語音入耳，才又慚漸寧靜，恢復原狀！

無憂頭陀說到此處，常素素竟以為他知道一對一個，不是敵手，藉著譏諷自己殘腿為名，設詞避戰，方自怪吼一聲。

無憂頭陀又向她搖手笑道：「妳且慢情急，今日這泰山大會，韋氏兄弟是仗妳做為靠山，倘若靠山不倒，此會功德難滿，江湖中豈非不得從此清平，還要再費一番手腳？所以無憂與靜

寧、妙法兩位道友，雖然不屑鬥妳這缺腿殘人，卻要臨場授藝，隔體傳功，令靜寧道長愛徒呂崇文，代替我們以青虹龜甲劍，會會妳這蠻荒老怪！」

「鳩面神婆」常素素聽無憂頭陀竟要令一個後生下輩來鬥自己，不由氣得七孔生煙！雖然知道呂崇文就是方才那凌空劍劈「白面人妖」的英挺少年，劍法果然神妙，但若與自己過手，根本任何劍法施展不開，舉手之間，便可制其死命！

獠牙一挫，暫且強忍盛怒歸座，倒要看看這宇內三奇是怎樣的臨場授藝，隔體傳功？

無憂頭陀向常素素交代完畢，見老妖婆滿面悻悻之色，佛然歸座，遂也喚過呂崇文，命他在自己及靜寧真人、妙法神尼之間，盤膝坐好！

呂崇文也不知無憂師伯還有甚麼武術絕學，要在這臨陣磨槍之下傳授自己，但深知這一戰關係正邪兩派興衰，及天下武林禍福，哪敢絲毫怠慢？如言靜攝心神，盤膝坐好。

無憂頭陀業已嘴皮微動，用「傳音入密」神功，專對他一人說道：

「我與你恩師及妙法師叔，因不知天南雙怪一別數十年，武功到了何等地步，遂各費苦心在所創『卍字多羅劍』、『太乙奇門劍』及『伽羅十三劍』之中，綜妙鉤玄，又合力精研出三招威力無倫『伏魔三式』！你既獲天遊尊者遺著《百合真經》，能把這三種劍法精微綜合發揮，定然可以觸類旁通，在極短期間，記熟這『伏魔三式』！」

呂崇文本來就是天悟神聰，再一通《百合真經》，凡屬武功，便自一學就會，見無憂師伯

是對自己單獨傳音，知道事關機密，不能爲他人聽聞，遂也不答話，只是將頭微微一點！

無憂頭陀微笑又道：「這『伏魔三式』變化無窮，在這匆促之間，不能全部相傳！好在你已習《百合真經》，只要驪珠一得，百變皆可自通，我如今借箸代劍，便將基本手法傳你！」

說完自桌上取過了根竹筷，略做比劃，他人看來毫無神奇，但呂崇文因已得劍術三昧，深深領略這「伏魔三式」，真有鬼神不測之妙！

無憂借箸傳劍之後，與靜寧真人、妙法神尼一商議，又向呂崇文說道：「你如今雖已身懷舉世無雙的劍術絕學，及有青虹龜甲劍斬金切玉的神物在手，可知仍不足與『鳩面妖婆』常素素一搏麼？」

呂崇文劍眉雙剔，俊目一張，無憂含笑又道：「老妖婆的真氣內力，練到一掌可敵我與你恩師及妙法師叔，足見驚人！你劍術再高，也禁不起人家隔空一擊，卻是怎樣與她鬥法？」

略停又道：「所以臨場授藝之外，還要隔體傳功！天遊尊者的『換骨靈丹』，足抵二十年內家吐納之功，我那窮畢生之力練就的『萬妙靈丹』，若與無病之人服用，每一粒也可抵得上三、五年潛修苦練！丹共七粒，一粒賜你救了西門豹，兩粒救了笑、病二佛，尚餘四粒，我讓你一次服下三粒，再與你恩師、師叔拚耗真氣，合手爲你立時打通『任』、『督』兩脈，則不啻在片刻之間，增加了半甲子功行，加上神物仙兵及絕世劍術，當可有與老妖婆常素素放手一搏的能力了！」

呂崇文聽到此處，才知道無憂師伯竟要爲自己費上這大苦心，並把稀世難求的「萬妙靈丹」一賜三粒！

正在極端高興，無憂頭陀卻以「獅子吼」神功瞋目大聲向呂崇文喝道：

「這樣之後，你的武功，當世之中業已無人能制，速在服丹之前，與我立個誓來！」

呂崇文被無憂頭陀這一聲大吼，吼得心頭一片清涼，知道這位師伯始終嫌自己煞氣太重，趕緊肅容合掌答道：「呂崇文得師伯、恩師、師叔之恩，習成絕藝，除卻『鳩面妖婆』之後，對任何惡人，只加度化，絕不開殺戒，有違此誓，天誅地滅！」

無憂頭陀點頭一笑，隨從懷內取出三粒「萬妙靈丹」，賜給呂崇文服下。

呂崇文服丹之後，無憂頭陀吩咐他六蘊齊空，一神內照，伸出雙掌，與靜寧真人、妙法神尼左右互抵，自己則以右掌輕按他頭頂「百會穴」，宇內三奇各自拚耗真氣，緩緩傳功，要在這頃刻之間，爲呂崇文打通「督」、「任」兩脈，並促使所服「萬妙靈丹」藥力，遍達周身百穴！

哪知傳功以後，發現呂崇文不但「督」、「任」二脈早通，連內家認爲極難衝破的「生死玄關」，也已衝破！

無憂頭陀等人知道，這定是那粒天遊尊者遺贈的「換骨靈丹」之效，三奇微微相視一笑，竟均立意爲武林中造就一株空前未有的絕代奇葩！身上各是一陣熱氣騰騰，齊把「般禪神

功」、「乾元罡氣」、「伽羅神功」等功力，儘量施為，自呂崇文雙掌、頂心緩緩傳入，索性要替他把奇經八脈一齊打通！

呂崇文此時在真氣內力方面，已有極高造詣，所以不但能夠潛神內照，萬慮皆忘，並能以本身真氣配合恩師及師伯、師叔等的體外傳功，流轉周身，遊遍奇經八脈！

勾漏山幽壑絕世奇逢，再加上宇內三奇三位蓋代高人的苦心孤詣，終使呂崇文在這短短時間之內，達到其他人窮畢生之力亦難有望的內家至高無上境界！

等到他全身經脈通暢，神歸紫府，氣納丹田，感覺到有一種說不出來的舒適之際，宇內三奇那高的功力，居然全是一身大汗，六目齊開，臉上各自現出一片安慰已極的和祥微笑！

妙法神尼首先向無憂頭陀及靜寧真人搖頭笑道：「三十年不曾流汗，這片光陰，費力之大，真不啻與常素素老妖婆纏鬥三、五百回合呢！」

呂崇文滿懷感激，拜謝師恩，此時「鳩面神婆」常素素因根本連宇內三奇都看不起，哪裏會把呂崇文看在眼中，業已等得不耐，揚聲叫道：

「你們何必做張做致，慢說這樣一個年輕小娃，就換了你們三個老鬼中的任何一人，還不是頂多十回合之內，便即難逃一死！」

宇內三奇由她狂傲，也不加理睬，只示意呂崇文，已可上台應敵！

呂崇文如今身負絕世神功，反而沉穩起來，不像初涉江湖那等急躁，因面臨大敵，謹謹慎

慎地把全身細一找紮，倒提青虹龜甲劍方待飛身，西門豹又把他拉向一旁，並絮絮耳語。

呂崇文聽得連連點頭，等西門豹話一講完，真氣稍提，便即連人帶劍，化作一條電疾青虹，凌空飛落擂台之上！

以一柄青虹龜甲劍獨鬥「鳩面神婆」這等蓋代凶邪的膽識，再加上那身絕世輕功，又引起觀光席上各派群雄一個發自內心的震天大好！

「鳩面神婆」常素素此時尚大模大樣地端坐椅上，她本來自恃功力，要等呂崇文縱身之後就搶先趕去，甚至在半空中便了結對方，再找宇內三奇算帳！

哪知呂崇文說走就走，身法又快得宛如電掣虹飛，不由口中「咦」了一聲，因搶先已自不及，遂索性等對方身落擂台，才緩緩起立，左手鐵杖輕點，便自「呼」的一聲，帶著一陣極勁強風，凌空飛過！

她身還未到，那股破空勁氣，便震得擂台格格作響，威勢果然猛烈無比！

但呂崇文自來便是天不怕地不怕的雄心萬丈，此時絕藝在身，更不會為老妖婆的威勢所奪，一聲斷喝說道：「對妳這等萬惡凶邪，呂崇文不再講甚麼江湖禮數，妖婆看劍！」

話聲之中，劍聚一片青芒，攔腰橫掃！

「鳩面神婆」常素素見呂崇文這副毫不畏怯的氣吞河嶽神情，認定自己只要隨意揮手，便可了結對方，所以倒立意看看這被宇內三奇派來對付自己的年輕人物，到底有些甚麼樣的神奇

武學？

腳才點地，劍光已如大海狂濤般地橫掠而至，老妖婆不負盛名，雖然只剩一腿，但靈活絲毫未減，「嗤」的一聲冷笑，身形業已搶入劍影之中，七彩織錦長袍的大袖，向呂崇文作勢虛拂！

呂崇文滑步避勢，推劍進撲，身遊九宮，光分八卦，足下並暗踩五行方位，他一開始用的就是師門所授的「太乙奇門劍」法！

「鳩面神婆」常素素錦袍飄飄，在青芒劍影之中，從容遊走，並冷笑說道：「北天山劍術，號稱震壓武林，原來不過其中摻雜了點淺薄不堪的奇門八卦……」

話猶未了，呂崇文已自叱道：「老妖婆休要輕狂，趕緊還手，不然小爺胸羅萬象，等我絕學一施，妳便連喊冤枉都來不及了！」

話聲之中，劍招又變，只見青虹如電，人影如風，一個呂崇文化成七、八個呂崇文般的，把「鳩面神婆」圈在當中，每一劍都像是千手同揮，灑落一天劍氣，改用了無憂頭陀獨門降魔絕學「卍字多羅劍」法！

「鳩面神婆」依舊毫不匆忙，任憑呂崇文奇招迭出，均沾不上她半絲七彩長袍衣角，口中並仍哂笑說道：

「好個『胸羅萬象』，可惜全是些俗技庸招，我不等你把所謂『絕學』施出，絕不還手！

但還手之下，你如能逃過三招，我便返野人山鬼愁峰，永不出世！」

呂崇文行前得了西門豹指教，成竹早在胸中，根本不理「鳩面神婆」，只把三奇絕學，由「太乙奇門劍」化到「卍字多羅劍」，由「卍字多羅劍」化到「伽羅十三劍」後的盡情施展！

同樣一趟劍術，在功力高低有別的二人手中施展，威力便自不同！呂崇文此時何等功力？施展的又是宇內三奇的絕世劍術，只見劍光如海，劍影如山，看得各門各派中平素以劍法自雄之人，一個個目眩神搖，舌矯不下的嘆爲觀止！

無憂頭陀也向靜寧真人、妙法神尼說道：

「文兒這幾手劍術，已足睥睨當世，但三易絕學，卻連老妖婆的半絲衣角都難沾，足見今日若不是妖孽當誅，種種機緣湊巧，不但我們要把一世名頭扔在這泰山絕頂，武林之內也必妖邪肆虐，魑魅橫行，正人英俠之流，蒙受無邊浩劫！」

宇內三奇感嘆聲中，小俠呂崇文已把「伽羅十三劍」使到尾聲，一招威力無倫的「伽羅禮佛」，劍光化作朵朵青蓮，飛襲「鳩面神婆」，口中叫道：

「老妖婆仔細留神，呂崇文讓妳這夜郎自大之人，見識一下，甚麼叫做劍術之中的蓋代絕學！」

縱身震劍，頓時滿台密罩砭骨精芒，悟自《百合真經》，融精提粹，使人莫測所來的神奇劍法已自使出！

「鳩面神婆」常素素本已覺得那一招「伽羅禮佛」，威力不凡，略爲退步避勢，突見呂崇文劍招又變，不但威力大上一倍有餘，而且那漫空飛落的森森劍影，其快其奇，竟使自己認不出對方是甚麼招式，及攻的哪一部位？

老妖婆何等見識？也何等凶毒？呂崇文絕學才施，便知自己不能再讓對方盡情施展，還是趕緊憑著舉世無匹的深厚功力，一掌震死呂崇文，再找宇內三奇決鬥！

她毒念雖定，但呂崇文把握了對方心頭轉念的刹那先機，一劍快似一劍，一劍狠似一劍，一連十八劍疾攻，劍劍均是莫知所來，莫知所攻的極度神奇，根本使天下群雄看不清誰是呂崇文？誰是「鳩面神婆」？只見一片青色精芒之中，裹著一團彩影，滿台翻滾！

台下群雄，雖是武林各派之中的頂尖人物，但何嘗見過這樣一場石破天驚、空前未有的龍爭虎鬥？而且看情形，還是呂崇文的一柄青虹龜甲神劍占著上風，遂口不停地又是一個發自內心的暴雷大好！

裴玉霜見意中人神威奮發，也高興得眉飛色舞，但宇內三奇卻反而漸漸地神色凝重起來，西門豹也低聲向「鐵膽書生」慕容剛說道：

「老妖婆領略了這種蓋世無雙的神奇劍術，必然還手在即，武林禍福及正邪興衰，就看呂崇文的臨場應變如何？片刻之間便可分曉了！」

慕容剛也看出「鳩面神婆」常素素在呂崇文變幻莫測的青虹龜甲劍影之中，情勢雖險，身法不亂，似在暗中潛聚功力，準備一掌立斃呂崇文，遂由不得地擔心呂崇文，雖服「換骨靈丹」，研通《百合真經》，並經宇內三奇臨場授藝，隔體傳功，但如此速成，究竟是否抵得住「鳩面神婆」常素素近百年的潛修功力？

西門豹見鐵膽書生劍眉雙蹙，猜出他心內愁思，含笑說道：

「慕容老弟不必憂心，呂崇文所獲這幾樣神功靈藥，哪一樣不是罕世難逢的至寶奇珍？老妖婆這樣雖然凶毒絕倫，據我判斷，也定在青虹龜甲劍下難逃一死的了！」

說到此處，台上動手的呂崇文，突似把那套神奇莫測的劍法業已使完，竟自從頭再行重複施展！

「鐵膽書生」慕容剛見狀不由生疑，因自己深知「卍字多羅劍」法輪常轉，招數無窮，「太乙奇門劍」也有正反陰陽各六十四手，「伽羅十三劍」則一式之中，暗中藏十三式，循環變化，無了無休！呂崇文既通《百合真經》，融妙鉤玄，更應萬化無窮，怎的才這頓飯光陰，便須又從頭重複起式？

「鳩面神婆」常素素卻不知，對方業已研通天遊尊者的《百合真經》，她本來頗爲心驚呂崇文劍法過分高明，以自己這等罕世無匹的靈奇身法騰挪閃避之間，依然劍劍均在生死邊緣，驚心蕩魄！

如今見對方招術業已反覆循環，認定呂崇文劍法雖高，因年齡有限，所學止此，遂在劍影

之中，冷笑一聲說道：

「怪不得三個老鬼差你出陣，這套劍法，果然頗有威力！但如今黔驢之技已窮，反覆循環，不足對我施展，還是乖乖納命，換你師父受死！」

左臂鐵杖點地，穩住身形，恰好呂崇文躍身丈許，空中發劍，青虹龜甲劍化成一道奪目青虹，迎頭劈下！

「鳩面神婆」倏地一陣極長聲的桀桀怪笑，執杖拄地的左手拇指一彈，彈出一道疾猛勁風，直撞青虹龜甲劍，右掌卻以無形陰手，照準呂崇文當胸，虛按一掌！

呂崇文因一開始動手，「鳩面神婆」即不曾還攻，所以在極度警惕小心之下，不免略爲鬆懈，一劍迎頭劈下，對方屈指輕彈，那股勁氣之強，竟是從來罕見！青虹龜甲劍猛然一震，知道若不撒手，神劍可能要被老妖婆的彈指罡風，生生撞折！

無可奈何右手一鬆，「嗡」的一陣朗脆龍吟，青虹龜甲劍連轉三圈，騰空飛起一丈一、二。呂崇文神劍方自脫手，胸前又是一片奇寒如冰的無形勁氣湧到！

他此時身軀猶未落地，左手微揮，先以四成「玄門罡氣」略擋對方無形潛力，猛提真氣，停在下落之勢，再行雙掌合力，往下一推，施展七禽身法「欲降還颺」，又復凌空直上！

四成左右的玄門罡氣，自然被「鳩面神婆」一震即散，餘力往前一湧，正好呂崇文不拚而退，借勁騰空，去得真如鷹隼之疾，又在半空抄住已被震飛的青虹龜甲劍柄！

「鳩面神婆」常素素見對方這等乖巧，殺氣益透雙目，右掌一翻，「百步追魂陰手」化無形為有形，捲起一片宛如山崩海嘯的勁氣罡風，再度向呂崇文凌空襲到！

呂崇文此時也被「鳩面神婆」常素素逼得怒火高騰，雄心萬丈，竟自略變西門豹所授的誘敵之計，右手抄青虹龜甲劍柄，就勢舞起一片青光劍氣護住當胸，左手卻以十成功力硬接一掌！

他雖然曾服「換骨靈丹」及「萬妙靈丹」等罕世奇妙靈藥，又被宇內三奇拚耗本身真氣，打通奇經八脈，如今功力方面，業已冰寒於水，青出於藍！但一來單掌吐勁，身軀又在凌空，二來「鳩面神婆」常素素潛修苦練的近百年修為，何等威力？所以雙方互發的內家真力，劈空勁氣互接之下，呂崇文眼前一黑，心頭巨震，幾乎被人家震得飛出擂台，若不是光密如幕的青虹龜甲劍氣護住當胸，一條小命真要被人家一掌交代！

這種情形之下，只要「鳩面神婆」跟手再來一掌，呂崇文必然劫數難逃！所以不但西門豹、慕容剛、裴玉霜等人大驚失色，連宇內三奇臉上，也一陣急劇震動！

前文曾經交代，呂崇文如今是青出於藍，而勝於藍，冰凝於水，而寒於水，功力真較宇內三奇猶有過之！一掌硬拚，他雖然震得心跳耳鳴，吃虧稍重，但「鳩面神婆」常素素臟腑之間，也是一陣血氣翻騰，深深吃驚這年輕對手，何來如此出人意料的深厚功力？

慢慢一步一步地向前，凶睛覷定呂崇文，看似故意示威作態，獰惡無比！其實也在借這一

步一步地緩進之間，調勻自己真氣，以備二度發力！

呂崇文一掌受挫，不由深悔自己氣盛逞強，他不知「鳩面神婆」同樣受震不輕，需要略爲緩延，才能二度發力，以爲只要對方再一揮掌，自己便即難逃毒手！

這一戰，身膺正邪興衰的天下武林重望，呂崇文業已棋差一著，不敢再事逞強，只得隨著「鳩面神婆」踏進一步，自己便後退一步，使兩人之間，始終保持一丈左右距離，並以青虹龜甲劍橫護當胸，也趁這雙方緩進緩退的剎那光陰，納氣歸元，企圖調勻恢復幾乎被那「鳩面神婆」一掌全部震散的內家真力！

這種情勢，比那劍劍生死呼吸更覺緊張，全場一致鴉雀無聲，凝神注視，但絕大多數的武林群雄，均在暗替呂崇文擔憂不淺！

呂崇文退約十步，真氣調勻十之七、八，正想再有剎那光陰，自己便可恢復全部功力，施展新得自宇內三奇的「伏魔三式」，與老妖婆常素素拚命一搏！但此時常素素業已聚足神功，冷冰冰的一聲陰笑，右掌倏推，那種勁急無儔的排空罡氣，又自二度出手！

一根合抱粗細的擂台大柱，首當其衝，「喀嚓」暴響，硬被生生擊斷，擂台上高約三、四丈的台頂，立時傾塌不少，碎木紛飛，滿台一片煙塵！

呂崇文一掌知戒，哪裏還敢硬抗？好在他此時輕功一道，舉世無雙，等「鳩面神婆」掌風甫出，真氣一提，施展七禽身法中的「鶴翔太空」，飄身已在丈許以外！

「鳩面神婆」常素素怎肯留情?她根本不用跟蹤追擊，擂台一共不過七、八丈方圓，以左手鐵杖拄地，右掌不斷劈空發力，一連十來掌驚天動地的勁氣狂飆，打得呂崇文展盡奇妙輕功，宛如一隻大鳥般地，在陣陣連綿不絕的劈空罡氣的隙縫之間，翻飛躲閃!

此時不但「鐵膽書生」慕容剛、俠女裴玉霜等，緊張得心頭亂跳，連宇內三奇，也均憂形於色。

靜寧真人唸了一聲「無量佛」號，向無憂頭陀、妙法神尼說道:「上人，庵主!文兒萬一有所不幸，爲了剪除這蓋世魔頭，你我只好與老妖婆併骨泰山……」

言猶未了，西門豹接笑道:「老前輩不必擔憂，呂崇文老弟在那一掌受挫之後，業已深知戒懼，照我授計，要耗去老妖婆四成真力，才出殺手硬拚!他如今所展身法，係出自《百合真經》，由七禽身法進化而成，名爲『天龍無象』，足可支持半個時辰之上!」

說到此處，忽地「咦」了一聲，眼望擂台，臉上也轉憂疑神色!

原來呂崇文施展自「七禽身法」，脫胎進化而成的「天龍無象」身法，閃避「鳩面神婆」常素素威力無比的劈空掌風，雖然有驚無險，但時間一長，呂崇文畢竟年輕人好名心切，暗想適才自己施展精妙劍術，圈住老妖婆之際，台下不住暴雷喝彩，如今卻被人家一輪劈空掌力，打得翻來閃去，四外鴉雀無聲的好不難堪!

自己這種「天龍無象」身法，只要提住一口真氣，便可借著對方掌風東飄西蕩，根本不甚

費力，而老妖婆掌掌均須蓄足內勁，可能消耗已不在小，再延片刻，何不拚死與其作最後一搏？

他這裏心意方定，「鳩面神婆」常素素也覺對方所用的凌空飄翻閃躲身法從來未見，過分驚奇，自己非出全力，不克奏功，獠牙格吱吱地一挫，竟把那根鐵杖插入台板之中，獨腿屹立如山，左右雙掌，一齊吐勁，並算準呂崇文閃避方向，右掌先發，以二成內功虛擊，左掌才是蓄足十成真力施爲，立意一擊成功，把對方斃於掌下！

誰知奸謀雖毒，天意難逃，呂崇文若仍按西門豹授計，必須把老妖婆真力耗去四成以上，才可力拚，則定然依舊以「天龍無象」身法閃躲，絕想不到人家突然棄杖，改用右手虛擊，左手來制自己死命，豈非難逃此厄？

如今立意一拚，全身功力貫聚左掌，硬接對方掌風，卻反而出乎妖婆常素素意料之外，以實擊虛，令妖婆上了莫大惡當！

掌風一接，老妖婆二成虛勁，當然抵不住呂崇文十成實力，眼前金花一轉，右臂疼痛欲折，尙幸功力太深，趕緊提氣運功，傳出綿綿暗勁！

呂崇文覺得老妖婆真力怎的突然太弱？心頭未免生疑，就這一轉念之間，對方強大無比的綿綿暗勁已自傳出！

呂崇文福至心靈，詐做乘勝追擊，左掌再壓，口內並「嘿」的一聲，似出全力！其實業已

收回六成真力，化作一片無形罡氣，護住後背要穴！

果然「鳩面神婆」常素素見他吐氣開聲，全力下壓，心頭一陣狂喜，把近百年功力全聚右掌，在震天怪嘯之下倏然吐勁，硬把個小俠呂崇文凌空擊出一丈五、六，跌落台口，連青虹龜甲劍也自被震得把握不牢，在右手中往上飛起數尺！

「鳩面神婆」常素素見呂崇文是背向自己，跌落台板之上，見對方硬拚，受了這重打擊，連青虹龜甲劍俱已把握不牢的情形之下，居然仍在掙扎欲起！哪裏還肯寬容？她也來不及拔杖拄地，就用獨足一跳，跳到呂崇文身後，駢指吐勁，點向後背「精促穴」，意欲點倒以後，抓起生生撕裂，豈不把天下群雄連宇內三奇一齊震住？

哪知呂崇文根本未曾與她真正較力，四成力借勢飄身，六成力護住後背，青虹龜甲劍往上詐作脫手拋起，也正是想用一招新學「伏魔三式」之中的「拋劍陰魔」絕學！

人似掙扎欲起，其實是在右手拋劍，左手接劍，但「鳩面神婆」宛如石火電光，來得太快，呂崇文左手才抄住青虹龜甲劍柄一縷勁疾強風，業已襲到後腰「精促穴」上！

「鳩面神婆」果然不愧稱爲蓋世魔頭，呂崇文六成真力所化罡氣護身，竟依然禁不住她的隔空一指！後腰一陣痠麻，雙腿便自無力站起，翻身發劍！

呂崇文知道自己弄巧反拙，命已陷危，但幸有六成真力護身，穴道雖被點中，神智尚不致應指昏迷，鋼牙一咬，青虹龜甲劍當作甩手箭使用，自左肋下倒甩而出，人也就此昏死！

「鳩面神婆」常素素吃虧在目力太銳，見呂崇文後腰中穴，看出雙腿一軟，便知大功告成，一陣得意獰笑，俯身便欲抓起對方活生生地撕成兩片，示威洩忿！

但她這陣得意獰笑才笑出半聲，便轉成淒聲怒吼！

呂崇文一面昏倒，一面自左肋下射出一道精芒，青虹龜甲劍整個貫穿「鳩面神婆」心房，只在她那七彩織錦長袍之外，露出一截劍柄！

這時宇內三奇及西門豹、慕容剛、裴叔儻等人，均已紛紛趕到，只見「鳩面神婆」常素素依然獨腿屹立，身軀微作前撲抓人之狀，但胸前背後鮮血如泉，滿面極度獰厲之容，人已死去！

呂崇文則奄奄一息，氣若游絲，西門豹、慕容剛、裴叔儻、裴玉霜等均不禁淒然淚落！

無憂頭陀唸了一聲「阿彌陀佛」，說道：

「幸虧我還留了最後一粒『萬妙靈丹』，呂崇文可保無虞！老妖婆既已伏誅，道兄、庵主千萬注意天南大怪韋昌及凌風竹二人，不要被他們再度逃走，仍爲江湖中埋伏無窮隱患！」

慕容剛抽出青虹龜甲劍，踢倒「鳩面神婆」常素素屍身，靜寧真人與妙法神尼則見韋昌、凌風竹依舊端坐主台，頗爲詫異，飛身趕過一看，原來二人見「鳩面神婆」死去，知道事無可爲，畢竟也是邪道中的主腦人物，無顏再逃，業已雙雙服毒自盡！

無憂頭陀救醒呂崇文，各派群雄紛紛致賀，一致推崇他那神奇劍術，蓋世無雙！

西門豹手指四外淩寒怒放的豔豔梅花，笑拍呂崇文肩頭說道：

「老弟一劍成名，加上這四外的豔豔花光，濟濟賓客，正合了兩句古詩：『滿堂花醉三千客，一劍光寒十四州！』你與裴玉霜姑娘，你慕容叔父與嚴凝素女俠，兩對兒女英雄，何不就此新歲之始，在泰山絕頂結成神仙眷屬？西門豹吃完這杯喜酒，也要隨無憂老前輩永隱恆山，皈依佛門去了！」

妙法神尼、「九現雲龍」裴叔儻點頭笑諾，滿堂賓客更是一片歡聲，在英雄俠女、月圓花好之中結束！

全書完

國家圖書館出版品預行編目資料

一劍光寒十四州／諸葛青雲作. --初版. -- 臺北市：風雲時代, 2013.02
冊； 公分. -- （諸葛青雲精品集；04-06）
ISBN: 978-986-146-960-7（上冊：平裝）
ISBN: 978-986-146-961-4（中冊：平裝）
ISBN: 978-986-146-962-1（下冊：平裝）

857.9 101025954

諸葛青雲精品集 06

書名 一劍光寒十四州（下）

作 者 諸葛青雲
封面原圖 明人入蹕圖（原圖爲國立故宮博物館典藏）

發行人 陳曉林
出版所 風雲時代出版股份有限公司
地 址 105 台北市民生東路五段 178 號 7 樓之 3
風雲書網 http://www.eastbooks.com.tw
官方部落格 http://eastbooks.pixnet.net/blog
Facebook http://www.facebook.com/h7560949
E-mail h7560949@ms15.hinet.net
服務專線 (02)27560949
傳 真 (02)27653799
郵撥帳號 12043291

執行主編 朱墨菲
封面設計 許惠芳

法律顧問 永然法律事務所 李永然律師
北辰著作權事務所 蕭雄淋律師

版權授權 張文慧

出版日期 2013年4月

訂價 240 元

總經銷 成信文化事業股份有限公司
地 址 新北市新店區中正路四維巷二弄2號4樓
電 話 (02)22192080

ISBN 978-986-146-962-1

行政院新聞局局版台業字第 3595 號
營利事業統一編號 22759935